JN005839

英翔（えいしょう）

明珠（めいじゅ）

張宇（ちょう う）
順雪（じゅん せつ）
季白（き はく）

（私……。頭を打って、
幻を見てるんじゃないわよね？）
明珠は気持ち悪さに回らない頭で青年を見上げる。
神仙が住まうという仙郷に若木の精がいたら、
きっとこの青年のようだろう。

呪われた龍にくちづけを 1

～新米侍女、借金返済のためにワケあり主従にお仕えします！～ 上

Contents

綾束 乙

イラスト：春が野かおる

第一章

雇われる前にクビですか⁉

（なんでこんなことに……っ！）

明珠（めいじゅ）が一歩踏み出すたび、獣道まで伸びた草の葉がさがさと鳴る。尖（とが）った葉が、たくし上げた裾（すそ）から覗（のぞ）く足をかすめて傷つけるが、かまってなどいられない。

順調に進んでいた旅に異変が起こったのは、そろそろ木立の向こうに目的地である『蚕家（さんけ）』の屋敷の高い塀が見えようかという頃だった。

林の奥で何か動いた気がして、猪（いのしし）か狸（たぬき）だろうと思わず目を向けた途端――頭の天辺（てっぺん）から爪先まで黒装束の男達と、目が合った。人数は五、六人ほど。

男達が腰の剣の柄（つか）に手をかけたのを見て、明珠の全身からざっと血の気が引く。捕まったら、問答無用で口を封じられるに違いない。

身を翻して獣道を駆け出した明珠を、男達が無言で追ってくる。

（十日も経（た）ってるのにまだ賊がいるなんて、嘘（うそ）でしょ……っ!?）

命懸けの追いかけっこをする明珠の脳裏に、さきほど聞いたばかりの噂話（うわさばなし）が甦（よみがえ）る。

故郷の町から奉公先である蚕家の屋敷へ旅立って二日。無事に旅は進み、つい先ほどまで、近くの村に住むという親子の牛車（ぎっしゃ）に乗せてもらって、他愛（たわい）のない話をしていたというのに。

獣道を行けば蚕家の裏門への近道になると教えてくれた親子は、他にも、十日ほど前この付近で賊が出たらしいという噂も教えてくれた。

だがまさか、十日経っても賊がうろついているなんて、予想の埒外（らちがい）すぎる。

大回りになっても正門に続くちゃんとした道を行けばよかったと後悔するが、もう遅い。

布袋を胸元に抱え、必死に走る。

荷物を捨てれば少しは身軽になるだろうが、全財産を放り出すわけにはいかない。

足の速さには自信があるが、後ろから聞こえる草をかき分ける足音は、遠のくどころか少しずつ近づいている。

息が切れる。心臓が爆発しそうだ。

揺れる視界に、漆喰で塗られた蚕家の高い塀が近づく。裏門とは思えぬほど立派な黒塗りの門が見えたが、のんきに開門など待っていられない。

塀の向こうにさえ逃げ込めば、賊も追っては来るまい。

故郷に残してきた最愛の弟・順雪の顔が脳裏をよぎる。蚕家で奉公し、実家に仕送りするためにここまで来たのだ。

こんなところで賊の手にかかって死ぬわけにはいかない。

(私は順雪のためにしっかり稼ぐんだから！　ここで何かあって支度金を返せと言われても、返す当てもないんだから！　お願い母さん、力を貸して――っ！)

首から下げている守り袋を引っ張り出す暇さえ惜しくて、着物の上から守り袋に手を伸ばす。

母の形見の守り袋を握りしめた途端、不思議と力が湧いてくる。

「《大いなる彼の眷属よ。その姿を我が前に示したまえ。板蟲っ！》」

『蟲語』と呼ばれる独特の言葉で呪文を唱える。

一瞬、空間が歪んだかと思うと、明珠の足元に現れたのは、《板蟲》と呼ばれる蟲の一種だ。

まな板みたいに薄くて平らな胴体の両側に、細長い薄い羽が何対もふよふよとはためいている。

明珠が知る限り、宙に浮く以外に何ら特別な力があるわけではない蟲だが、性質が温和なのと、頑丈で力持ちのため、荷運びなどには便利な蟲だ。

明珠が召喚した板蟲は、戸板の半分はある大きさだ。

「《飛んで！》」

うまく召喚できたことにほっとしながら、飛び乗りざまに指示を出すと、板蟲がふわりと高度を上げた。

背後で男達が息を呑み、どよめく気配が伝わってくる。常人には《蟲》は見えないので、男達にはまるで明珠が宙に浮いたように見えるのだろう。

この世界には、『蟲招術』と呼ばれる術がある。常人の目には見えぬ《蟲》と呼ばれるモノを召喚し、使役して、空を飛んだり、何もないところに氷や火を出したり、傷を治したり、と常人には不可能なさまざまなことを為す術だ。

術師になるには生まれつきの才能が物を言い、なれるのは万人にひとり程度。まさか、明珠のような小娘が使えるとは、男達も予想だにしていなかったに違いない。

賊が驚愕にもたついている隙に、少しでも距離を稼がねば。

「《あの塀を乗り越えて》」

明珠の指示に従って、板蟲が羽をはためかせ、さらに高度を上げる。明珠は落ちないように板蟲の上にしゃがむと縁に手をかけた。ゆるゆると動く板蟲の速さがもどかしい。

板蟲に乗ったまま、明珠の背丈の二倍はありそうな高い塀を乗り越える。塀のすぐ向こうには、見たこともないほど大きな桑の木が青々とした葉を茂らせていた。

きっとこの木が、亡き母が昔、話してくれた蚕家の御神木だろう。

そんな場合ではないのに、ふと亡き母の思い出が甦る。明珠の蟲招術の師であった母の麗珠は、蚕家について話す時はいつも懐かしさにあふれた遠いまなざしをしていた。

蚕家の御神木をこの目で見る日がくるなんて。

胸に押し寄せる感慨に御神木を見つめながら脇を通り過ぎようとして、生い茂る枝葉が身体にふれた途端。

「きゃっ！」

ぐじゃりと泥団子を潰すような感覚とともに突然足元から板蟲がかき消え、身体から力が抜ける。

(なんで板蟲が消えたのっ!?)

考える間もなく、重力に捕らわれた身体が枝を折りながら落下する。

体勢を立て直したいのに、身体中の力が抜かれたように言うことを聞かない。

(落ち――っ！)

「ぐっ！」

固く目をつむり、衝撃に耐えようとした明珠は、すぐに違和感に気づく。

さっきの自分の声ではない呻きは……？

「――っ!?」

息を呑んだのは、自分か、それとも相手か。

目を開けた明珠は、尻もちをついた見知らぬ青年にのしかかっているのに気がついた。どうやら桑の木の下にいた青年の上に落ちてしまったらしい。

「ごっ、ごめんなさいっ！　その、賊が！」

あわてて青年の上からどこうとするが、身体に力が入らない。

それどころか、強制的に術を解呪された影響か、落ちた時に頭でもぶつけたのか、くらくらとめまいがする。気持ち悪くて吐きそうだ。

まさか、頭上から人が降ってくるとは予想だにしていなかったのだろう。呆気にとられた顔で明珠を見ていた青年は、「賊」という言葉に過敏に反応した。

「きゃっ！」

明珠を横抱きにし、素早く立ち上がる。激しい動きにめまいがさらにひどくなる。

明珠が突っ込んだせいで、枝を揺らす大樹や塀の向こうを、しばし険しい視線で見上げ――、

「賊は、侵入していないようだ」

耳に心地よく響く静かな声で断言する。

(私……。頭を打って、幻を見てるんじゃないわよね？)

明珠は気持ち悪さに回らない頭で青年を見上げる。

神仙が住まうという仙郷に若木の精がいたら、きっとこの青年のようだろう。

これから枝葉を伸ばしてゆく若木を連想させるしなやかな身体つき。凛々しく秀麗な顔立ちは、もう少し印象が柔らかければ、女性かと見まごうほど整っている。つややかな長い髪はうなじでひとつに束ねられていた。

青年の言葉に、ほっと息をついた明珠は、だがそれどころではないとあわてる。

「本当にすみませんでしたっ！　下ります！　下ろしてくださいっ！」

青年の腕から飛び降りようとして急に動いた途端、ぐらりと視界が回る。

「どこか怪我を!?　ひどい顔色だ。紙のようだぞ」

明珠としては、そのまま地面に放り出してほしかったのだが、青年はそうは考えなかったらしい。

ぐらりとかしいだ身体を、力強い腕に抱き直される。その拍子に頬が青年の胸板にふれ、明珠は出そうになった悲鳴を、かろうじて呑み込んだ。

（きゃ――っ！　素肌っ!?　なんで素肌っ!?）

いちおう明珠だって、十七歳の未婚子女だ。

（なんではだけてるの!?　あっ、私がのしかかったせい!?　私のせいなのっ!?　っていうか――）

初めてふれたから確証はない。だが、芳しい香を焚き染められ、明らかに絹とは違うなめらかな感触は――。

（絹っ!?　この人、絹の着物きてるのっ!?　いったいどこのお貴族様っ!?）

下りることも忘れ、気持ち悪さにかすむ目で青年を見た明珠は、今度こそ絶叫した。

「きゃ――――っ！」

「どうした!?」

青年が噛みつくように言う。

悲鳴の原因は、近づいた青年の顔がとんでもなく整っていたからではなく。

「ふっ、ふく！　わたっ、よご……っ」

衝撃のあまり、言葉が出てこない。

青年の着物の一部が、べっしょりと薄紅色に濡れていた。犯人は明珠が弁当として荷物に入れていた大根の梅酢漬けだろう。落ちた衝撃で使い古した竹筒が壊れたに違いない。

（絹の着物を汚しちゃった!?　これって弁償いくら……っ!?）

ざあっ、と全身から音を立てて血の気が引く。守り袋を握りしめたままの指先まで一気に冷えて、全身が凍りつく。

胃がむかむかする。

頭だけでなく、おなかでも濁流が暴れ回っているようだ。

（気持ち悪い。だめ、吐きそう……っ）

だが、青年の腕の中で吐いたら、被害の拡大は火を見るより明らかだ。

「震えているぞ。ひとまず屋敷へ――」

（いやーっ、揺らさないで――っ！）

明珠を横抱きにしたまま、青年が駆け出す。

死んでも吐くものか！　と身体に力を入れた瞬間、腹から恐ろしいほどの悪寒が全身を駆け抜けた。

まるで、底なし沼に捕らわれたように、全身から力が抜け――、

明珠は、気を失った。

異変を察して駆けつけた張宇（ちょうう）は、神木のそばに立つ青年に、息を呑んだ。

「い、いったい……」

呟(つぶや)いた声がかすれる。

目の前にいるのは、もう一度会いたいと願ってやまなかった凛々しい青年。

だが、決して会えなかった御方(おかた)だ。

「わたしも驚いている。いったい何が起こったのか、一切わからん」

告げられた声に、はっと我に返る。同時に、青年が抱き上げている少女に気づいた。

「その者は？」

見知らぬ者への警戒に、反射的に腰に佩(は)いた剣の柄に手をかける。

「突然、神木から降ってきた。この娘がふれた途端――」

青年が、しげしげと腕に抱いた娘を見つめる。張宇も娘を観察した。

みすぼらしい格好をしているが、愛らしい顔立ちの娘だ。年は十六か十七くらい。絹の衣を着て美しく髪を結えば、名家の令嬢と言っても通りそうな容姿だ。

だが、今は青白い顔をして苦しげに眉根が寄っている。両腕は縋(すが)るように布袋を抱きしめていた。

「とにかく、離邸に戻りましょう。季白(きはく)なら、何かわかるかもしれません。お身体のお調子は？」

「いや、特に悪くはない……と思う」

「その娘は、わたしが預かりましょう」

青年に近づいた張宇は、さわやかな梅酢の匂いに気がついた。見れば、青年のはだけた着物の合わせが、薄紅色に染まっている。

「聞いたことのない、すっとんきょうな悲鳴を上げていたぞ」

青年が楽しげに喉を鳴らす。

「すぐにお召し替えの用意をいたします。さあ、その娘をこちらに」

張宇が手を差し伸べると、なぜか青年はためらう様子を見せた。

「娘ひとりくらい、自分で運べる」

「そういう問題ではございません！」

この娘が何者なのか、まったくわからないのだ。万が一にでも青年を危険な目に遭わせるような事態は、決して見過ごせない。

張宇がまなざしに真摯な想いを乗せて見つめると、青年は、見慣れている張宇でさえ思わず見惚れてしまいそうな秀麗な面輪をわずかにしかめた。

「どうしてもか？」

「どうしてもです」

「しかしな」

お願いだから、そんな顔でこちらを見つめないでほしい。

敬愛する主の望みならば、何でも叶えたくなってしまう己の心を、張宇は叱咤した。

「いけません！　得体の知れない者をおそばに置くなど！」

張宇の声の厳しさに、己の望みは通りそうにないと悟ったのだろう。青年が不承不承、娘を差し出す。ぐったりと力の抜けた娘の身体を、張宇が受け取った途端。

青年の姿が、かき消えた。

「っ!?」

驚きに身構えた拍子に、娘の両手がだらりと下がり、落ちそうになった荷物をあわてて抱える。

「もう一度、その娘をよこせ」

子ども特有の、高い声。

しかめ面をした十歳ほどの『少年』が、ずいと両腕を出す。娘の腕を摑(つか)んで引っ張られ、張宇はあわててかぶりを振った。

「無理ですよ！　抱えきれずお倒れになってしまいます！」

「大丈夫だ」

「根拠なく断言されても譲れません！」

不機嫌極まりない顔をした少年が、やにわに張宇が抱えた娘に抱きつく。美少年が愛らしい年上の少女に抱きつくという、見ようによってはほのぼのした光景と言えなくもないが。

「……戻らんな」

少年がぼそりと呟く。

「なぜだ。さっきはいったい、何が起きた……？」

少年の疑問に、張宇は返す言葉を持たなかった。

明珠が蚕家に奉公することになったそもそもの発端は、三日前だった。
「順雪から手を放してっ！　さっき言ったでしょう！　いま父はいないし、払えるお金もないったら！」

明珠は弟の腕を摑んだ借金取りの手をはたき落とし、六つ年下の順雪を背中に庇(かば)って、男達を睨(にら)みつけた。

古くてぼろぼろの長屋が立ち並ぶ下町の一角。

人相の悪い四人の借金取りを相手に、明珠は一歩も引くまいと目を怒らせる。長屋の他の住人達は、関わり合いになるまいと、あわてて自分の部屋へと入っていった。

「払えないと言われて、はいそうですかと帰るわけにはいかないんだよ、お嬢ちゃん」

にやりと笑った借金取りのひとりが、無遠慮に明珠の顎を摑んで上を向かせる。

「あんたが代わりに返してくれたっていいんだぜ？　その器量なら、身売りすりゃあ、かなりの金になる」

明珠は男から目を逸(そ)らさぬまま、顎を摑んだ手を振り払う。

「私が身売りしたって、それじゃ借金の半分も返せないでしょう。その後は、私も借金漬けになって、さらに泥沼になるのよ。そんなの御免だわ！」

身売りしたらいったいどんな目に遭うのか、明珠はくわしいことはまったく知らない。ただ、綺(き)麗(れい)な衣を纏(まと)う見た目とは裏腹に、その衣さえ借金で贖(あがな)わなければならず、一度入れば出られない地獄なのだと聞いた覚えがある。

「なあに、金持ちの旦那を摑まえて、身請けしてもらえばいいだけじゃねえか。あんたなら、きっと売(う)れっ妓(こ)になれるぜ」

「そんな不確実な希望に縋る気なんてないわ！」

身請けとはなんだろうと思いつつ、つっけんどんに言い返す。

「じゃあ、どうやって『確実に』借金を返してくれるんだい？」

今まで黙っていた借金取りの頭（かしら）が口を開く。冷ややかな声音に、明珠は言葉に詰まった。渡せるお金があれば、とうに今日の分だと渡して追い払っている。

「こっちだって遊びじゃないんだ。せめて今月の利子だけでももらわなきゃあ、手ぶらで帰るわけにはいかねぇな」

四十近い脂ぎった顔が、下劣に歪む。

「あんたが俺達の相手をしてくれるんなら、今月分は利子ごとまけてやってもいいぜ」

周りの子分達が舐（な）め回すような視線で明珠を見てくる。

「相手？　将棋の相手でもすればいいの？」

わけがわからずきょとんと問い返すと、男達が呆（あき）れたように吹き出した。

「将棋だぁ!?　そんなわけがないだろう!?」

「相手って言やあ、もちろん――」

「や、やめろっ！　姉さんに手を出す気なら……っ」

震えながらも、姉を守ろうと勇気を振り絞って前に出ようとした順雪を止める。

「大丈夫よ。順雪、あんたは奥に行ってなさい」

「でも……」

心配そうな順雪を振り返り、安心させるように笑顔を浮かべる。

「姉さんは大丈夫だから。ね、ほら奥に」

「うん……」

不承不承、順雪が古びた長屋の奥へ引っ込む。

順雪には大丈夫と言ったものの、何も方策はない。最悪、すりこぎでも握りしめて借金取りを追い回すしかない、と決意した時。

「か、金ならある！　ほら、これだけあれば、今月分だけじゃない。来月分もあるだろう!?」

通りの向こうから息せき切って駆けてきたのは義理の父の寒節（かんせつ）だった。

寒節が手に握りしめていた布袋を男達に渡すと、じゃらりと重い音が鳴った。中を覗き込んだ借金取りが、「おお、こいつは……」と頬をゆるませる。

「そうそう、こうやってちゃあんと返してくれりゃあ、文句はねえんだよ。次からも頼むぜ」

子分達を引き連れて、借金取りが帰っていく。

呆然（ぼうぜん）とその後ろ姿を見ていた明珠は、はっと我に返ると、うっすらと額に汗を浮かべた痩せた父に摑みかかった。

「父さん！　何なのあのお金っ!?　あんな大金、いったいどこから借りてきたのっ!?」

この家からは逆立ちしたってあんな大金、出てこない。

(もしかして、また別のところから借金を……っ!?)

恐ろしい想像に血の気が引く。明珠から視線を逸らした寒節が、ぼそぼそと答えた。

「あれはお前の支度金だ。喜べ、奉公先が決まったぞ」

「し、支度金っ!?　ほ、奉公って……!?」

中身は見てないが、先ほどの袋はかなり重そうだった。中身が全部銅銭だったとしても、かなりの額だろう。そんな支度金をぽんと出すような奉公先なんて。

(私、ほんとに妓楼に売られたの……っ!?)

「ね、姉さん、父さん……」

叫びそうになった明珠は、後ろからおずおずとかけられた順雪の声に、かろうじて言葉を呑み込む。借金ばかり重ねるろくでもない父親だが、さすがに義理の娘を勝手に妓楼に売り飛ばす非道ではないと信じたい。

「とりあえず中に入って、説明してちょうだい。——してくれるわよねっ!?」

睨みつけてすごむと、寒節が剣幕に呑まれたように強張った顔で頷く。

さすがにこれ以上、人目がある長屋の前で騒ぐわけにはいかない。

ひとまず家の中に入り、居間兼寝室兼——つまり、一部屋しかない長屋の中で、明珠は義父を睨みつけた。

「でっ!? 私の奉公先が決まったってどういうことなのっ!?」

「と、とりあえず肉まんでもどうだ? 腹が空いているだろう? 少し落ち着いて……」

寒節が懐に入れていた紙袋から、がさごそと大きな肉まんを取り出して明珠に差し出す。明珠は受け取って、ごく自然に順雪に渡そうとした。

「ほら順雪、食べなさい。あなたは食べ盛りなんだから、しっかり食べてもう少し大きくならないと……」

「め、明珠、待て! 順雪には豚の角煮があるんだ。ほら順雪。お前、豚の角煮、好きだろう?」

寒節があわてて別の肉まんを袋から取り出して、押しつけるように順雪に渡す。

「ありがとう、父さん。僕、豚の角煮大好きだよ!」

にっこり嬉しそうに笑って肉まんを受け取り、素直に食べ始める順雪を見て、明珠はなんていい子だろうと感心する。

まだ十一歳の順雪を立派に成人させるためなら、多少の苦労も厭わない。五年前、亡くなった母の麗珠も、最期まで順雪と明珠の行く末を案じていた。

(母さん……。大丈夫、順雪は私がちゃんと立派に育てるから……っ!)

明珠は首から下げた母の形見の守り袋を服の上から握りしめ、亡き母へ何度も誓った言葉を心の中で繰り返す。

優れた術師だった母の麗珠。

一家の稼ぎ頭であり精神的支柱であった母が病で亡くなった途端、坂道を転がるようにあっという間に困窮してしまった。遺された三人がかろうじて離散していないのは、ひとえに明珠が最愛の弟である順雪と離れたくなかったからだ。

明珠はどんな苦労をしたっていい。けれど、母に託された順雪だけは立派に育て上げなければ、母に顔向けできない。

母が亡くなる寸前、誰にも見せぬようにと託された守り袋は、母の想いがこもっているのか握りしめるだけで力が湧いてくる気がする。

明珠にとっては血のつながらない父親である寒節は、当てにならない。順雪のためにも、姉の自分がしっかりしなくては。

気合を入れた途端、ぐうとおなかが鳴り、ぱくりと肉まんをかじる。まだ作ってからさほど経っていないのだろう。ほのかにあたたかくて皮はもっちりふんわりしている。中も具がたっぷりだ。

明珠がいつも食べているものより明らかに高級品だ。これも支度金で買ってきたのだろうか。

（おいしいけど……。余計なお金を使ってまで買ってこなくったって、家で作ったのに……）

ついついケチなことを考えてしまうが、隣で順雪が嬉しそうに食べているのを見て、まあいいかと思い直す。

（我ながら単純だけど……。順雪の笑顔は値千金だもんね）

明珠が肉まんを食べるのを、自分も食べながらじっと見つめていた寒節は、食べ終わった頃合いを見計らって口を開く。

「その、明珠……。お前の奉公先だが、町長を通じて募集があったんだ」

「町長さん？」

なら、少なくとも妓楼みたいな変な奉公先ではないだろうと安心する。だが、父の口調はどうにも歯切れが悪い。それに、町長に仲介を頼むような名家への奉公なら、立候補者が乱立して激戦になるはずだ。あまり評判のよろしくない義父が勝ち取ってこられるとは思えない。

絶対、何か裏がある。と明珠の勘が囁く。

「奉公先って、どこなの!?」

ずいっと身を乗り出し、問い詰める。

ふいっと目を逸らした寒節が、小さい声でぼそりと呟いた。

「その……。蚕家だ」

「蚕家っ!?」

すっとんきょうな叫びを上げた姉を、順雪がびくりと振り向く。が、今はかまっていられない。

「嫌よ！　絶対に、嫌っ！　蚕家になんて、絶対行かないからっ！」

術師であった母の血を受け継いだのか、麗珠の教えを受けた明珠は、いちおう蟲招術を使うことができる。だが、優れた術師であった母とは異なり、とてもではないが術師を名乗れるほどの腕前はない。そんな半端者の明珠ですら、蚕家の名前は知っている。

蚕家――代々、ここ龍華国(りゅうかこく)の筆頭宮廷術師を担う、術師の最高峰と呼ばれる名家。

というだけでなく。

「嫌っ！　私、蚕家になんて行かないから！　父さんだって知ってるでしょ⁉　絶対に蚕家には近づくなって母さんが――、っ！」

立ち上がり激情のまま叫んだ明珠は、父の顔が凍りついたのを見て、「しまった」と口をつぐむ。

父に母の話は禁句だ。もともと、優しくて真面目だった父の人柄が変わってしまったのは、五年前、最愛の妻を亡くしてからだ。

父は母を愛しすぎていた。母を亡くして以降、父は無茶な事業に手を出しては借金を作ったり、ろくに働かずやけ酒を飲んだり、まるで生きているのに死んでいるかのような日々を送っている。

「だが……」

ぼそりと呟いた寒節の言葉に昏(くら)い情念を感じ、明珠はびくりと肩を震わせる。

「借金はかさむばかりだ。娘がこんなに困窮しているんだ。実の親として、少しくらい援助してくれたって、罰は当たらないだろう？　なんてったってあの蚕家だ。金なんて腐るほどある」

（元はといえば、貧乏になったのは全部父さんの――っ！）

口まで出かかった言葉を、かろうじて呑み込む。

明珠と寒節は実の親子ではない。順雪は麗珠と寒節の子だが、明珠は母の連れ子だ。

昔、母から聞いた明珠の実の父は、当代の筆頭宮廷術師であり、蚕家の現当主である蚕遼淵。

――だが、明珠は嫡出子ではない。

もともと蚕家所属の術師だった麗珠は遼淵と道ならぬ恋に落ち、身籠ったことに気づいた麗珠は、己の子が蚕家の跡目争いの原因とならぬよう、蚕家を出奔したのだ。それゆえ、明珠は実の父親である遼淵のことは、名前は知っていても会ったことすらない。あちらも明珠のことは存在すら知らないだろう。

血のつながらない娘を見る寒節の目は、淀む淵のように昏い。

「なあ、いいだろう？　ちょっと父親に言うだけじゃないか。『娘を助けるために金を融通してください』って――」

「嫌よ！　絶対に嫌っ！　なんで会ったこともない人にそんなこと――っ！」

「だが、もう支度金は使ってしまった」

死刑宣告のように告げられた言葉に、明珠は力なく床に膝をつく。

そうだ。支度金はもう借金の支払いに消えてしまった。奉公に行かなければ、役人に訴え出られても文句は言えない。

「姉さん……。大丈夫？　僕のことなら気にしないで。もっと僕が働いて……」

気遣うように肩にふれた順雪の手を、ぎゅっと握る。

「だめよ、順雪。これ以上、無理しちゃだめ。あなたには、もっと勉強して立派な大人になってもらわなきゃ……っ！」

姉想いの優しい順雪。半分同じ血が流れる、大切なたいせつな弟。

順雪のためならば、どんな苦難だって乗り越えられる。

拳を握りしめ、自分自身に言い聞かせるように、強い声を出す。

「――わかった。私、蚕家に奉公に行くわ」

「そうか、明――」

「だけど！」

喜色を浮かべた義父の顔に、人差し指を突きつける。

「会ったこともない父親に『金を出せ』なんて言わないから！　実の父親に会ってみて……。援助を頼むかどうかは、それから決めるわ！」

（会ったこともない父親なんか、当てにするもんですか……。順雪。お姉ちゃん、頑張って働いて、借金完済を目指すからね……っ！）

「ん、う……」

「気がついたか？」

少年特有の高い声。額にふれる自分より小さな手に、明珠は無意識にその手を握り返し、慣れ親しんだ名を呟いた。

「順雪……」

「順雪？」

問い返された声に、急激に意識が覚醒する。この声は最愛の弟の声ではない。

「っ!?」

がばっと布団から起き上がろうとして、視界が揺れる。くらくらする頭を上げることができず、明珠はふたたび枕に頭を落とした。

「急に動くな。熱はなさそうだが、気を失っていたんだぞ」

呆れたまなざしで見下ろしているのは、初めて見る少年だ。年は、弟の順雪と同じ十か十一くらいだろう。利発そうな顔立ちは女の子と見まごうほど愛らしく、醸し出される品のよさと相まって、いかにも良家のお坊ちゃんという印象を受ける。

少年が纏う光沢のある生地の着物を見た途端、明珠は自分が気を失う前にしでかした大失態を思い出した。

「あ――っ！　あの、私っ、助け……」

まだめまいの残る重い身体を、何とか起こす。

「まずは名前！　身元！　そして、どうしてこんな事態になったのか、説明をするのが先でしょう！」

突然、ぴしりと物差しで線を引いたような厳しい声で叱られて、明珠は思わず背筋を伸ばした。

声のしたほうを見ると、しかつめらしい顔をした若い男が腕を組み、不審者を見るまなざしで明珠を睨みつけている。年は二十代半ばだろうか。怜悧な顔立ちは整っているものの、明珠を射貫かんばかりのまなざしの鋭さが尋常ではない。地味な色合いの綿の着物から察するに、少年の従者だろうか。

「季白……。気がついたばかりなんだ。少しくらい混乱していても、仕方なかろう」

少年が吐息混じりに若い男をたしなめる。

「しかし、英翔様。まずはこの娘の身元を確かめなくては、今後の対応が考えられません」

どこまでも冷徹な季白の声に、明珠は寝台の上にぴしりと正座した。

ここが蚕家なら、英翔と季白の服装から判断するに、明珠の主人か上司になるはずだ。第一印象は大切だ。お給金のためにも、職場の人間関係は大事にするに越したことはない。

「申し遅れました。わたくし、楊明珠と申します！　今日からこちらのお屋敷で下働きをさせていただきます。どうぞよろしくお願いいたします！」

母に仕込んでもらった所作で、丁寧に頭を下げる。

「ああ、新しい侍女を雇うという話は聞いています。が……、その新参者が、なぜ、御神木から落ちる羽目に？」

「そ、その……。落ちようと思って落ちたわけではなくて……っ」

季白のまなざしの鋭さに気圧されながら、あわてて口を開く。

ここへ来るまで、近くの村に住む親子に牛車に乗せてもらったこと。その時、裏門が近道だと教えてもらって、親子と別れた後、林の中の獣道を歩いてきたこと。

途中、賊と思われる怪しい男達に出くわして逃げたことなどを、明珠は順を追って説明する。

「追いかけられて、捕まったら何をされるかと、すごく怖くて……。そうしたら、塀が見えたので、中に逃げ込んだら追いかけてこないんじゃないかと……」

「それで、あの高い塀をよじ登ったんですか？」

季白の冷ややかな声は疑わしげだ。

だが、蟲招術を使ったのだとは、できれば言いたくない。明珠はこくこくと何度も頷いた。

「もう、ほんと無我夢中で……。木登りは得意なんです！　近くの木によじ登って、塀に飛び移って……。その時に、体勢を崩してしまって」

落下した際の大失態を思い出し、明珠は身を縮める。顔から血の気が引くのが自分でもわかった。

「あのぅ……。その、私を助けてくださった御方は……？」

「きみをここまで運んだのは俺だが」

部屋の隅に控えていた体格のいい若い男が片手を上げる。彼も英翔と呼ばれた少年の従者だろうか。年頃は季白と同じ二十代半ばだろう。だが、怜悧な印象の季白と異なり、腰に剣は佩いているものの、穏やかな声と顔立ちは見る者の心を和ませるような空気を纏っている。

「ありがとうございます。ご迷惑をおかけして申し訳ありませんでした。いえ、でもその……」

丁寧に頭を下げた明珠は、部屋の中を見渡した。さほど大きくない部屋だ。家具が必要最小限しか置かれていない。よく言えば掃除しやすい、悪く言えば殺風景な部屋だ。

部屋の中にいるのは、明珠の他には、英翔と呼ばれた少年と、季白と呼ばれた厳しそうな若い男、そして片手を上げた武人らしい男の三人しかいない。

だが、剣を腰に佩いた武人は、先ほど明珠が上に落ちた青年とは明らかに別人だ。青年は二十歳過ぎくらいだったが、男は二十代半ばくらいだし、顔立ちも身なりも、まったく違う。

明珠を助けてくれた青年が煌めく宝石ならば、武人の青年は大地にしっかり落ち着いた岩といったところ。鍛えられた身体とは対照的な、人好きのする穏やかな表情が印象的だ。

「私が言いたいのは、運んでくださった方ではなくて……」

口にした途端、季白の目が鋭くなる。もし視線が本物の刃(やいば)だったら、いまごろ明珠は真っ二つになっているだろう。

(やっぱり私が迷惑をかけたのは偉い方だったんだっ！　私クビ!?　一日も働かないうちにクビになったら、やっぱり支度金は返さないとだめなのかしらっ!?)

「なぜ、その方について尋ねるのです？」

季白の声は万年雪のように冷たい。

「そ、その……」

正直に言っていいものかどうか迷い、明珠は言葉を濁した。

「ご、ご迷惑をおかけしたので、お詫(わ)び申し上げたいと……」

話しているうちに、どんどん不安がふくらんでくる。

もし、服を汚したことを許してもらえなかったらどうしよう。絹の服の弁償には、いったいいくらかかるのだろう。こんな粗忽者(そこつもの)は雇えないと言われたら……。

仕事をクビになった上に借金まで増えたら、いったいどうすればいいのか。

不安のあまり、身体が震え涙がにじみそうになる。明珠は縋るように首から下げた守り袋を服の上から握りしめた。

「……季白。初対面の娘を怯(おび)えさせるものではない。お前の物言いはいつも厳しすぎる」

英翔のたしなめる声に、明珠はあわててにじみかけていた涙を手の甲でごしごしぬぐう。

「すみません！　違うんです、これはっ。その、安心してちょっと気がゆるんだだけでっ」

これ以上、減点を食らうのは御免だ。明珠は無理やり笑顔を浮かべると、英翔達を順に見る。

額を押さえて深い溜息をついたのは季白だ。

「英翔様。わたしはいじめているつもりはありません。ごく一般的な確認を行っただけです。誤解を招くような物言いはおやめください」

季白はてきぱきと告げる。

「わかりました。新しく雇われた侍女というのなら、ひとまず本邸に連れていきましょう。張宇、本邸へはわたしが案内しますから、あなたは離邸周辺の安全確認を。……賊がいつまでものんびりうろついているとは思えませんが、念のためです」

張宇と呼ばれた若い男が、「了解」と頷く。

「というわけで、あなたは支度ができたら声をかけなさい。わたし達は、いったん部屋の外に出ますから」

髪も服も乱れに乱れた明珠への気遣いを見せてくれた季白は、他の二人を促して部屋を出ようとする。その背に明珠は問いかけた。

「あの、本邸というのは……？」

振り返った季白が答えてくれる。

「ここは蚕家の離邸です。使用人の管理などは本邸で行っていますから」

「はあ」とあいまいに頷いた明珠に、季白は「ああ、それと」と寝台のそばの卓を指し示す。

「あなたの荷物ですが、汚れがひどいので勝手に開けさせてもらいましたよ。女人の荷物を開くのは本意ではなかったのですが……。染みが広がってもいけないと思いまして」

「あああっ、すみませんっ、ありがとうございます！」

明珠は寝台から下りて卓に寄る。荷物を開けられたことに文句はない。もともと、ろくにない荷物だ。それより、染みになるのを防いでくれたのがありがたい。

「では、支度したら声をかけなさい。言っておきますが、手早くするように」

「は、はいっ」

荷物の確認は後にして、明珠は身だしなみを整えるのに専念した。ふだんから束ねている髪は乱れ、服も土や草の汁でところどころ汚れている。

着替えている暇はなさそうなので、明珠は服の土を払って髪を束ね直し、手早く身支度を整える。

部屋を出ると、なぜか季白が険しい顔で英翔に相対していた。周辺の安全確認に行ったらしい張宇の姿はすでにない。

「なぜ、英翔様まで一緒に行く必要があるのです!?　本邸までなら、道を説明すれば子どもだってひとりで行けます！」

「だが、来たばかりの、しかもついさっきまで気絶していた娘をひとりで放っておくわけにはいくまい？」

「詭弁（きべん）です！　英翔様が――」

明珠が出てきたのに気づいた季白が口をつぐむ。その隙に、英翔がててて、と小走りに明珠のもとへやってくる。

「気分は大丈夫か？」

「は、はいっ」

少年とは思えない可愛らしい面輪に見上げられ、あわてて頷く。

「そうか、よかった」

と微笑んだ英翔が、明珠の手を取る。

「わたしが決めたことだ。行くぞ」

明珠の手を握った英翔が有無を言わさぬ口調で季白に言い、さっさと歩き出す。

「えっ、あの……」

「英翔様！」

季白が焦った声を出す。

「なんだ季白。うるさいぞ」

不機嫌そうに季白に言った英翔が、明珠を見上げて微笑む。

「さあ、行こう」

（か、可愛い……っ）

英翔の笑顔に、明珠は一瞬でめろめろになる。

家に残してきた順雪のことを思い出す。順雪が小さい頃、よく手を引いて買い物に行ったものだ。

今までの言動から、年の割に大人びた少年だと思っていたが、意外と人懐っこいのかもしれない。

明珠は微笑み返して、つないだ手に力を込める。英翔の手は明珠より小さくすべすべで、絹のような手ざわりだ。明珠とは身分が違うのだと、はっきりわかる手。

背後で季白が諦めの吐息をつく音が聞こえた。

「本邸に着く前に放してください。人目については困ります」

「そ、その、やっぱり手をつなぐなんて非常識なら……」

あわてて手を放そうとしたが、逆に英翔に力を込められる。

「明珠は、嫌か？」

上目遣いに見上げられ、心の中で「ぐはあっ」と叫ぶ。

「嫌じゃないです全然！　っていうか、そんなに可愛くおねだりされたら断れませんよ！」

途端、英翔の眉が不機嫌そうに寄る。

「わたしは男だぞ。可愛いなど、褒め言葉ではない」

（いや、その背伸びしている感じが可愛いんですけど……っ！）

抱きしめて「いい子いい子」となでなでしたい衝動を必死でこらえる。そんなことをしたら、不敬罪で即刻、季白に叩き出されかねない。

（だめだわ。ほんの数日、順雪と離れただけで、弟成分が足りなくなってるみたい……）

と、英翔が明珠を見上げ、悪戯っぽい笑みを浮かべる。

「しかし、そうか。明珠はおねだりされると弱いのだな」

「英翔様！」

明珠が答えるより早く、季白の叱責が飛ぶ。

「何を企んでいらっしゃるんですか！　新参者の侍女と不用意に接触するなど、わたしが許すはずがないでしょう！　明珠も、英翔様がわがままを言ってきたら、すぐに報告するんですよ！　いいですね！」

「は、はいっ！」

厳しい目つきで睨まれ、明珠は思わず背筋を伸ばす。

（私の採用、不採用は、たぶん季白さんが握っている……っ！）

庶民の勘が、そう告げている。

明珠が運ばれた部屋は二階だったらしい。階段を下り人気のない廊下を進み、離邸の扉をくぐる。

離邸は、鬱蒼とした木々に囲まれていた。木々の中でひときわ大きく枝を広げているのは、先ほど明珠が落ちた蚕家の御神木だ。

木々の間に、本邸に続いているらしい一本の小道がある。三月の今なら、午後の光の中、にぎやかに小鳥達がさえずっていそうなものだが、さすが術師の最高峰の蚕家。人だけではなく動物も恐れをなしているのか、しんとしている。

明珠は、機嫌よく手をつないで隣を歩く英翔を盗み見た。

英翔が着ているのは絹の衣服だ。つややかな黒髪を、高そうな飾り紐でうなじの辺りでひとつに束ねている。髪の陰に、衣の背に刺繍された家紋が見える。桑の葉と蚕の繭が組み合わさった意匠は蚕家の紋だ。

蚕家の紋が入った高価な身なりに、気品のある顔立ち。人を使うのに慣れた物言い。間違いなく、英翔は蚕家の子息のひとりだろう。ということは。

（この子は、腹違いだけど、私のもうひとりの弟なんだ……）

会って間もないというのに、こんな風に懐いてくれるのは、もしかしたら半分同じ血が流れているのを無意識のうちに感じ取っているからだろうか。

そうだったらいい。と明珠は泣きたいような気持ちで思う。

決して姉だと名乗りを上げられないけれど、それでも。

「明珠は、どうしてこの屋敷で働こうと思ったんだ？」

無言で歩いていると不意に英翔に問われて、明珠は面食らった。とっさに答えが思い浮かばないうちに、英翔が言を継ぐ。

「蚕家は恐れられているだろう？　好んで来る者など、おらぬ」

英翔の言うとおりだ。

ふつうに暮らす人々にとって、術師はいざという時に頼りになる存在でありながら、得体の知れない蟲を使役する「恐ろしいモノ」。

そんな術師の親玉ともいえる蚕家で働きたいという者など、いくらお給金がよくても、よほどの事情がない限り、滅多にいない。

「そ、それはやっぱり、お給金のよさに引かれてですけど……」

言った途端、季白のまなざしが、ぎんっ！　と鋭くなった気がして、ひぃぃっ、と息を呑む。

が、胸をよぎったのは別の感情だった。

自分の家のことを「恐れられている」と淡々と口にする英翔。まるで他人事のように告げているのが哀しくて。

明珠はつないだ手にぎゅっと力を込めた。

「そ、そりゃあ、最初から望んで来たわけじゃありませんけど……。でも、働けるとなったら、誠心誠意お仕えしますから！　大丈夫です！　私、術師なんて怖くありませんからっ！　もっと怖いものを知っているので！」

「威勢がいいな」

大人びた顔で、くつくつと喉を鳴らした英翔が、「で？」と明珠を見上げる。

「お前が言う、術師よりも怖いものとは何だ？　すこぶる気になる」

「借金、ですっ！」

きっぱり断言すると、英翔が吹き出した。

「借金か！　それは想定外の答えだ」

「笑いごとじゃないんですよっ!?　借金はほんっとに恐ろしいんですから！　何もしていないのに、どんどん利子がかさんでいくあの恐怖……っ！」

わなわなと空いている左の拳を握りしめた明珠は、ふと気づく。

「すみません。英翔様には経験のない話でしたね……」

絹の衣を着た少年は、借金など、生まれてこのかた縁がないに違いない。

「いや、なかなか興味深い話だったぞ。そうか、借金か……」

まずい、話しすぎただろうかと、明珠は冷や汗をかく。後ろを歩く季白のまなざしが刺すように鋭くなった気がして、怖くて振り向けない。

「だ、大丈夫ですっ！　こちらへ来る前に、ある程度のお金を返してますから、このお屋敷まで借金取りが取り立てに来るような事態には、決してなりませんから！」

季白の視線が痛い。借金持ちだなんて、雇われる前に不利なことを言ってしまったかと焦った明珠は、あわてて続ける。

「万が一、借金取りが来たとしても、即刻、追い返しますから！　大丈夫ですっ！」

ぐ、と拳を握りしめた明珠は、英翔のきょとんとした顔を見た途端、しまった！　と後悔する。職場にまで借金取りが押しかけてくるような厄介者など、誰が好き好んで雇うだろう。

「あ、あのっ、今のは、もののたとえでして……っ」

ごまかそうとした言葉が上滑りする。

（さようなら、私の奉公……。支度金、どうしよう……っ！）

心の中で涙を流しながら己の愚かさを呪っていると、不意に英翔が吹き出した。喉を鳴らし、すこぶる楽しげにくつくつと笑う。

「え、英翔様？」

「借金取りを追い返すのか！　それは面白そうだ、見てみたい！」

「いえだからあの、たとえですからねっ!?　そんな事態、起きませんから！」

反射的に返した明珠は、おずおずと英翔を見る。

「そのぅ……。英翔様は、私を不採用にしないんですか？」

ちらりと後ろの季白を振り向くと、「わたしはこんな娘、断固反対です！」と墨痕もあざやかにでかでかと顔に書かれていて、あわてて前を向く。

英翔が不思議そうに明珠を見上げた。

「不採用にしてほしいのか？」

「とんでもないっ！」

ぶんぶんとかぶりを振ると、英翔がきゅ、とつないだ手に力を込める。

「こんなに興味深い侍女は初めてだからな。不採用にしたら、もったいないだろう？」

（それって私、珍品扱いでは……？）

明珠は心の中で呻いたが、季白の視線が恐ろしくて、口には出せない。そのままもくもくと歩を進め。

（そこそこ歩いたはずだけど……。蚕家のお屋敷ってどれだけ広いんだろう……？）

これは初めてなら案内がいると明珠が納得しかけた頃、ようやく小道の向こうに本邸が見えてきた。明珠は本邸の偉容に息を呑む。

（大きい……。まるで皇帝陛下が住む王城みたい……。って、王城なんて見たことなんてないけど）

だが、蚕家の本邸は明珠が思い描く王城の印象どおりだった。

染みひとつない白壁。朱で塗られた幾つもの欄干。精緻な彫刻が施された飾り窓の数は、数えるのが馬鹿らしくなるほどだ。

（……これが、実の父さんが住んでいるお屋敷……）

少しだけ、義父の言葉の意味を理解する。確かに、こんな立派な屋敷に住んでいれば、明珠の借金などたいした金額ではないだろう。

（いや、だめだめだめっ！　会ったこともない父親なんか頼れないわ！　急に娘だなんて言って、信じてもらえるわけがないもの。厄介者扱いされるのが落ちよ。下手したら、詐欺師と間違われて投獄されるかも……っ！）

それは困る。非常に困る。

（せめて、直接会って人柄を確かめてからでないと……）

「どうした？　急に頭を振って」

「あっ、いえ、何でもありません！　急に立派なお屋敷が出てきたので、夢でも見てるんじゃないかと思ってしまって……」

あわててごまかすと、英翔が口元をゆるめる。

「面白い奴だな。これは幻ではないぞ。お前は――」

「明珠」

「は、はいっ！」

突然、背後から季白に声をかけられ、反射的に背筋が伸びる。

「離邸でしなければならない用事が残っていたのを思い出しました。ここまで来たら、迷うこともないでしょう。家令の蚕秀洞殿のところへは、ひとりで行ってきなさい。帰りも一本道ですから迷うことはありませんね？」

「はい、大丈夫です！」

ぴしり、と背筋を伸ばしたまま答える。出会ってまだ半刻も経っていないのに、季白の声には反射的に背筋を伸ばしてしまう。

「これを秀洞殿に渡すように」

季白が懐から一通の書状を取り出し、秀洞の部屋への道順を教えてくれる。

（これ、私が身支度を整えている短時間で書いたのかしら……？　季白さんって仕事が早い）

感心するが、そんなことを言ったところで季白はちっとも喜んでなどくれないだろう。むしろ、また叱られそうな気がして、明珠は口をつぐんでおく。

「なんだ。明珠を待ってやらんのか？」

英翔がつまらなそうに言う。

「待ちません。英翔様、戻りますよ」

季白が冷たく、断固とした声で英翔を促す。

「では明珠、また後でな」

どことなく残念そうに、英翔が明珠の手を放す。

「寄り道はするなよ。迷子になるからな？」

自分より五つは年下の英翔に子ども扱いされるが、あわよくば実父の姿を見られないものかと考えていた明珠は、考えを読まれた気がして思わず言葉に詰まる。

「……は、はい。わかりました。ここまでご案内いただいてありがとうございます」

英翔と季白に丁寧におじぎをし、明珠はいそいそと本邸へと向かった。

「いったい何を考えてらっしゃるんですか!?」

明珠の姿が見えなくなって離邸へ踵を返すなり、季白は今まで我慢していた鬱憤を吐き出した。

「得体の知れない小娘に自ら不用意に近づいていかれるなど……。危険極まりません！」

一度言葉にすると、ますます怒りが深くなる。

季白の敬愛する主は、一度こうと決めたら、とんでもなく大胆になる。側仕えの身としては、はらはらさせられどおしで、頭も胃も、痛いことこの上ない。

今も英翔が季白の諫言を聞き入れる気がまったくないのは、顔を見れば一目瞭然だ。

「危険、か。しかし、この十日間、何ひとつとして手がかりがなかったところに、文字どおり降って湧いた娘だぞ？　探らずにはいられまい？」

「英翔様が自ら調べられる必要はございません！　……しかし、本当に幻ではなかったのですか？」

季白は、英翔と張宇から聞いた話が、どうしても信じられない。どう好意的に解釈しても、都合のいい夢としか思えないのだ。

季白の疑念に気づいたのだろう。英翔が苛立たしげに鼻を鳴らす。

「わたしひとりなら幻の可能性も考えたが、張宇も見ている。何より」

す、と英翔の目が険しい光をたたえ、慣れている季白ですら背中に冷や汗がにじむ。

「お前が、わたしの言葉を信じられぬと？」

「滅相もございませんっ！　わたしが英翔様のお言葉を信じぬなど、決してありえません！」

かぶりを振った季白は、しかしなおも抗弁した。

「しかし、何かの罠という可能性もございます」

「罠か」

はんっ、と英翔が冷ややかに吐き捨てる。小さな拳が怒りを込めて握り込まれた。

「術も使えぬ童子をわざわざ罠にかける必要がどこにある？　殺そうと思えば、すぐに殺せるではないか」

「冗談でもそのようなお言葉をおっしゃらないでください！」

季白は言霊など信じていないが、大切な主人の身に危害が及ぶ可能性を考えただけで、背筋が凍る心地がする。

「敵が何を考えているかは、わたしにもわかりかねます。しかし、ここは蚕家。侵入者に対してさまざまな対策が取られていることでしょう。蚕家に滞在を決めたのは、その点も考慮してのことなのですから。ですが、警戒が高いゆえにいったん内に入り込み、その上で暗殺を狙っているやもしれません」

「剣だこもないあんな柔らかな手でか？　動きを見ても、どう考えても武芸を身につけている者の体さばきではないぞ。体さばきはごまかせても、手はごまかせません」

英翔が明珠の手を取った時は、この方は何を考えてらっしゃるのかと思ったが、英翔なりに意図があったらしい。

どうせなら、意図を最初から教えてくれれば、余計な心配をせずともすむのだが……。英翔が季白にそんな気遣いをしないことは、長年の経験で身に染みて知っている。

「しかし、暗殺は剣だけに限りません。女であるなら、むしろ内に入って警戒を解いてから、毒を使うことも考えられます」

「腹芸ができそうな性格には見えなかったがな」

どのやりとりを思い出しているのか知らないが、英翔が楽しげに喉を鳴らす。

明珠を気に入ったらしい主人の様子に、季白は顔をしかめた。これはよくない兆候だ。

「それが敵の策かもしれません。くれぐれもお気を許されませんように！」

この十日間で、かつてなく機嫌のいい主人に釘(くぎ)を刺す。

浮かれて本分を忘れるような性格では決してないが、念を押すに越したことはない。

そういえば、この方は季白にとっては歩く災害としか思えないような張宇の双子の妹達が繰り出す数々の騒ぎを、いつも楽しんでらっしゃったな……。と、懐かしい記憶を思い出す。

季白には理解できない。いや、できても理解したくない精神構造だ。

「とにかく！　まだ正体の知れぬ怪しい娘なのです！　決して警戒を解かれませんように！」

「……さて。どうするかな」

何やら企んでいる悪戯っ子そのままの表情に、これは聞く気をお持ちでない、と長年の経験から瞬時に悟る。が、それでも季白は敬愛する主に忠言せずにはいられなかった。

今年、齢五十二を迎える蚕秀洞は、明珠と名乗る少女から渡された町長直筆の紹介状と、季白からの書状に目を通し、心中で（ふむ……）と思案した。

季白からの書状には、新人の侍女の身元をしっかり確かめた上で離邸付きにしてほしいこと、また、どこか怪しい点があれば、どんなささいな点も洩らさず教えてほしいと書かれている。

（本邸で新しい侍女を何人か雇うという話は、あちらにも通していましたが、さて……）

秀洞は、卓の向こうで緊張した面持ちで座る少女を書状の陰から観察する。ちらちらとあちらこちらに視線を向けているのは、部屋の調度の立派さに好奇心が抑えきれないためだろう。

顔立ちは鄙にもまれな愛らしさだが、みすぼらしい服といい、立派な調度類に気圧されている様子といい、どこからどう見てもその辺にいる田舎娘だ。

いったい、この娘のどこを見て離邸付きにしようと決めたのか、さっぱりわからない。

（新人のほうが都合がいいからか？　いや、それならば、わたしに身元確認など頼むまい。本邸から、身元の確かな侍女を遣わしたほうが安全だ……）

そもそも、今まで侍女など不要と断っていたのに、どういう風の吹き回しか。

（この娘に何かあるとは思えないが……）

だが、秀洞に、季白の言に逆らう権限はない。

離邸に滞在する客人達は、十日前、蚕家の当主である遼淵が直々に、かつ密かに招いた人物だ。秀洞が顔を合わせたのは挨拶に来た季白のみのため、客人の正体は不明だが、おそらく主人は少年だろう。遼淵が嫡男である清陣のお古の『護り絹』をわざわざ何着も離邸に届けさせたという報告を侍女から受けている。

蚕家の御神木である桑の葉を食べた蚕からは、解呪の力を宿す特別な絹糸が採れる。その絹糸を織って作られた絹地は『護り絹』と呼ばれ、悪しき術師から身を護るために後宮の妃嬪や、王城の高官達が先を争って買い求めるのだ。

客人の正体は秀洞もまだ摑めていない。気にはなるものの、余計な探りを入れて遼淵の不興を買う気はない。季白の要求には応じておくのが無難だろう。

「すみません。お待たせしましたね」

優しく声をかけると、娘が椅子の上で背筋を伸ばした。

「とんでもありません。お忙しいところ恐縮です」

少女が来た町は小さな田舎町だが、所作は意外と洗練されている。もしかしたら、以前にも他の屋敷で働いた経験があるのかもしれない。

「調度品が珍しいですか？」

水を向けると、自分の態度を思い出したのか、娘の頬がうっすら染まった。

「す、すみません。こんな立派なお屋敷に入るのは初めてで……」

「他の屋敷で侍女として働いた経験は？」

「ありません。飯店で、厨房(ちゅうぼう)の手伝いと給仕ならしたことがありますが……」

あのう、と娘が不安そうなまなざしを向けてくる。

「私、こちらで雇っていただけるんでしょうか……？」

まるで捨てられた犬のような目に、演技ではなく苦笑がこぼれる。

「もちろんですよ。恥ずかしながら当家は働き手が少なくてね。やる気のある者は大歓迎です」

「あ、ありがとうございます……っ！」

両手を胸の前で握りしめた娘が、嬉しさのあまり、今にも泣き出しそうな顔で頭を下げる。

よほど、この屋敷で働きたかったのか。勤め先が蚕家だというのに、変わった娘だ。まあ、他家に比べて破格の給金なので、貧乏そうなこの娘が喜ぶ気持ちはわからぬでもないが。

「ああ、そういえば」

季白へ返事の書状を書きながら、さりげなく鎌をかける。

「久しく顔を見ていないが、町長殿には最近、祝いごとがあったそうだね。たしか、跡取り息子が結婚したとか……」

「それは一年前です。最新の祝いごとは、孫が生まれたことですよ！　しかも男の子だったから、もう町長さんったら喜んで喜んで……っ。けちな町長さんが、祝いのお酒をふるまったほどなんですから！」

娘は鎌かけを笑顔であっさりかわす。

「ああ、そうだったか……。では、蚕家からも祝いを贈らねば。教えてくれて、ありがとう」

祝いはすでに贈り済みだが、うそぶくと、なぜか娘は感動したような顔をした。

「何か？」

「い、いえ。秀洞様みたいな偉い方が、私のような侍女なんかにお礼を言ってくださるなんて……。嬉しいです」

咲いた花のようにはにかむ娘は、人を疑うことなど知らぬようだ。

（他愛のない娘だ……）

この娘をどう扱うのかは知らないが、害などあるまい、と秀洞は判断する。

（離邸の従者達の気まぐれか？　蚕家に若い侍女は少ない。山出しとはいえ、顔は可憐で愛らしい娘だからな……）

蚕家に若い侍女がいない原因のひとつを連想し、苦々しさを噛み潰す。だが、あくまでも表面上は穏やかに、秀洞は微笑む。

「慣れないうちは困ることも多いでしょう。何かあれば、わたしを頼ってきなさい」

「ありがとうございます！」

感極まった様子で娘が深々と頭を下げる。本当に、御しやすい娘だ。季白はこんな娘の何を警戒しているのか。

「あの……。ひとつだけ、うかがいたいのですが」

おずおずと娘が口を開く。

「ご当主様には、ご挨拶できないのでしょうか……？」

「ああ……」

冷笑がばれぬよう、苦笑に隠す。

この娘は、本当に大きな屋敷で働いたことのない山出し娘なのだ。

「蚕家のご当主様ともなれば、常にお忙しい方です。一介の侍女を目通りさせるためだけに、時間は取れませんよ」

「そう、ですか……」

しゅん、とうちしおれた花のようにうつむいた顔が、記憶の奥底を震わせた。

だが、泡沫(うたかた)は形を成す前に闇へと儚(はかな)く消え去る。

「さあ、この書状を持って離邸へ戻りなさい。後の説明は、季白殿から聞くといいでしょう」

秀洞は書いたばかりの書状を差し出した。

下町の酒楼の片隅の卓で、明珠の義父の寒節は、名前すら知らぬ黒衣の男と酒を飲んでいた。
寒節の向かいに座る黒衣の男は、先ほどからちびりちびりと酒杯を傾けてはいるが、酔っている様子はまったくない。

深くかぶった頭巾の奥からそそがれる冷ややかなまなざしは抜身の剣のようで、目が合うだけでひやりと背筋が寒くなる。

「そろそろ、蚕家に着いている頃合いだな」

男の言葉に、寒節はこくりと頷いた。

「そうですね。順当に行けば、今日中には着くかと……」

男は、寒節の返事など気にせず続ける。

「娘には、術師の才能があるそうだな？」

「はい……。といっても、きちんと教育を受けたわけでもなく、一人前の術師にもなれぬ半端者ですが。あれの母親が優れた術師でしたので……」

明珠の母、麗珠。彼女のことを思い出すだけで、寒節の胸にほのかな火が灯（とも）る。同時に、身を切るような切なさも。

愛に溺れる、とは、こういうことを言うのだろう。

麗珠だけが寒節のすべてだった。麗珠が喜ぶから、明珠も可愛がった。麗珠亡き今、彼女の血と、わずかな才を受け継いだ娘は――麗珠に似て麗珠ではない何者かに過ぎない。

「娘は、確実にアレを食べたか？」

確認の問いを発されて、寒節は我に返った。肉食獣の眼光が己に向けられている。

「もちろんです。肉まんをわたしの目の前で食べるのを、しっかと確認しました」

こくこくと何度も頷く。男の視線から逃れようと酒杯を傾けたが、酒の味はまったくしなかった。

「そうか。ならばよい」

寒節から手元の杯に視線を落とした男の口角が、わずかに上がる。

「……術の才を持つ娘か……。親孝行なことだ」

口の形は笑みを刻んでいるのに、そこには一片の熱もない。これほど冷ややかな笑みを、寒節は初めて見た。手の震えが伝わった杯の中で酒がちゃぷんと揺れ、あわてて卓に置く。

「約束の金だ」

男がかたわらの荷物から取り出した布袋を差し出す。

「あ、ありがとうございます……」

じゃらりと鳴る重い袋をおしいただき、そっと袋の口を開ける。銅銭の鈍いきらめきに、心が安堵に少しだけゆるむ。

麗珠亡き今、自分は生ける屍だ。だが、屍にも銭は要る。我が子、順雪のためにも。

「用は済んだ。もう会うこともあるまい」

杯を干した男が席を立つ。きびきびと男が去るのを、寒節は黙って見送った。

男の姿が酒楼の扉をくぐり見えなくなったところで、寒節は詰めていた息をようやく吐き出した。

同時に、懐に入れた銅銭が罪の意識にずしりと重くなった気がして――。

寒節は罪悪感を振り払うように、乱暴に酒を飲み干した。

❀　❀　❀

明珠が離邸に戻ると、玄関のところで季白と張宇が立ち話をしていた。おそらく、張宇が安全確認をした報告をしているのだろう。二人が明珠の気配に気づいて振り返る。

「こちらが秀洞様からお預かりした書状です、季白さ――様」

明珠は秀洞から渡された書状を恭しく季白に差し出した。

「『さん』付けでいいですよ」

書状を受け取った季白が、にこりともせず告げる。

「え、ですが……」

一瞬、(季白さんって、もしかして意外といい人?)と思うが、蚕家で雇われると決まった今は、季白は上司だ。礼を尽くすに越したことはないだろう。

明珠を見もせず告げられた言葉を真に受けていいか悩んでいると、書状に目を落としたまま、季白があっさりと言う。

「さん付けでかまいません。敬意を抱かれていない相手に様付けされて喜ぶほど、浅い人間ではありませんので」

(前言撤回……っ! やっぱり季白さんは厳しくて冷たい人だ……っ! 油断したら減給とか言い渡されそう……っ!)

一瞬でもいい人と思った自分が悔しい。

書状に目を通した季白が、「ふうむ……」と難しい顔で唸る。

いったい何が書かれているのか気になるが、聞くのが恐ろしくもある。びくびくしながら季白を見つめていると、

「……まあ、いいでしょう」

読み終えた季白が書状を畳みながら、深い溜息をつく。

「ひとまず身元は確かなようですね。では、さっそく働いてもらいましょうか。まずは二階の部屋の掃除からですね」

「じゃあ、俺が案内しよう。お前は英翔様と調べ物があるだろう？」

季白の言葉に応じたのは穏やかな声音の張宇だ。

「助かります。明珠のことはあなたに任せましょう。明珠、しっかり張宇の指示に従うのですよ」

「はいっ！」

ぴしりと背筋を伸ばして応じ、いくつもの扉が並ぶ離邸の奥へと去っていく季白を、張宇と見送る。季白の後ろ姿が見えなくなったところで。

「さっきはばたばたしていて挨拶ができなかったが、俺は張宇という。英翔様にお仕えする者として、これからよろしくな、明珠」

張宇が精悍な顔に穏やかな笑みを浮かべて明珠に右手を差し出した。

「こちらこそ、ご挨拶が遅れて申し訳ありません！　明珠と申します！　どうぞよろしくお願いいたします！」

季白とは対照的な物腰の柔らかさに驚きながら、明珠は深々と一礼すると、差し出された張宇の手に指先を伸ばす。

明珠の手を握り返した張宇の大きな手のひらは、加減してくれているのがわかっていても力強く頼もしい。固い手のひらは日常的に剣の鍛錬をしているからだろう。

長身の季白よりさらに拳ひとつ分高い体軀は、ともすれば威圧的になりかねないが、穏やかな笑みと物腰の柔らかさで、むしろ季白よりよほど親しみやすそうだ。

「季白の物言いが厳しくてすまないな。あいつは英翔様に関係する事柄には、過敏になるところがあって……」

凛々しい眉を下げ、困ったように張宇が告げる。

「もし季白に無茶なことを言われたら、いつでも俺に相談してくれ。できる限り力になるから」

「ありがとうございます……っ！」

頼もしい声音で告げた張宇に、感動とともに頭を下げる。

よかった。さっきまで季白が上司だなんて、この先やっていけるだろうかと不安だったが、張宇の穏やかな笑顔を見ていると、不安がほどけていく心地がする。

「部屋に案内する前に、まずは掃除道具を置いている場所や井戸を案内しよう。こちらだ」

明珠の歩調に合わせて歩いてくれる張宇の後に素直についていく。

井戸は裏口を出てすぐのところにあった。張宇が言うには離邸専用の井戸だという。掘るのが大変なのに、ひとつの屋敷の中に二つも井戸があるなんて、蚕家のすごさに改めて圧倒されてしまう。

掃除道具だの雑多な道具だのを入れた物置も裏口のすぐ横にあった。箒(ほうき)や雑巾やらと一緒に、持ち手つきの桶(おけ)を手にした張宇が、明珠が止める間もなく井戸から難なく水を汲(く)み上(あ)げ、桶に移す。

せめて明珠が桶を持とうと申し出たが、

「重いものを娘さんに持たせるわけにはいかないよ。その代わり、明珠はこちらを頼む」

と明珠に雑巾や箒を渡した張宇が、桶を持ってさっさと歩き出す。きびきびとした動作は、なみなみと水が入っている桶を持っているとは思えないほど身軽だ。きっと、ふだんからしっかりと鍛錬をしているに違いない。

張宇の案内で明珠が連れていかれたのは二階だった。先ほど休ませてもらった部屋の隣の扉を、張宇が開け放つ。

「部屋の掃除を頼めるかな。夕方までに終わらせてくれればいいから」

「はい！」

五年前に母を亡くしてからずっと家事を切り盛りしているので、掃除は慣れている。

「俺はちょっと本邸に取りに行くものがあるんだが……。手伝ったほうがいいかい？」

気遣わしげに問うた張宇に、ふるふるとかぶりを振る。

「ひとりで大丈夫です！　そんなに家具の多い部屋でもありませんし、家事全般は得意ですから！　張宇さんはどうぞ張宇さんのお仕事をなさってください！　いろいろ助けてくださってありがとうございます！」

「そうかい？　じゃあ、また後で覗きに来るよ」

穏やかに告げて去る張宇の背中を見送って、明珠は部屋を振り返った。

長く使われていなかったのだろう。床の隅にはうっすらと埃(ほこり)が積もっており、空気も淀んでいる。

「よーし、頑張ろう！」

帯の間から紐を取り出して邪魔な袖をたすきがけにし、明珠は気合を入れて掃除に取りかかった。

「明珠。どうだ、調子は？　――どうした、その足？」

「へ？」

掃除を始めて半刻ほど経った頃。ひざまずいて床の拭き掃除をしていた明珠は、英翔に声をかけられて、きょとんと振り返った。

戸口のところに立った英翔が、愛らしい面輪をしかめて明珠を見ている。

「足、ですか？」

「すり傷だらけではないか」

ひざまずいているため、着物の裾からふくらはぎが見えてしまっている。そこにいくつも走るすり傷に、明珠は「ああ」と頷いた。

「さっき、賊から逃げた時についた傷です。裾をからげて獣道を走ったので……。大丈夫ですよ、こんな傷。放っておいてもすぐに治ります」

少しひりひりとするが、血が出ているわけでもないし、たいした傷ではない。

軽く答えると、英翔が眉を寄せてさらに渋面になった。

「年頃の娘の肌に傷が残ったらどうする？　季白、薬があっただろう？」

英翔が戸口に現れた季白を振り返る。

「く、薬なんていりませんよ！　こんなかすり傷に、もったいない！」

明珠はあわてて裾を摑んで足を隠した。

一般的に、女性が肌を見せるのは、はしたないとされている。子どもの英翔はともかく、礼儀作法にうるさそうな季白に、みっともない姿は見せられない。間違いなく叱責されるだろう。

「本人がいらないと言っているのですから、いいのではありませんか？」

冷たく告げる季白に、明珠は「そうですよ！」と大きく頷いて同意する。

「こんなのかすり傷です！」

しかし英翔は納得しない。

「わたしが心配なんだ。季白。いいから薬を取ってこい」

「……かしこまりました」

戸口から姿を消した季白が、すぐに小さな壺を手に戻ってくる。てっきり素焼きの壺でも出てくるかと思っていた明珠は、釉薬を塗ったいかにも高価そうな壺を渡されて固まった。

「こんな高そうな薬、使えません！」

返そうとするが、季白は受け取らない。それどころか、

「せっかく英翔様がご厚情を示してくださったのです。海よりも深く感謝して使いなさい！」

と、さっきとは真逆のことを言う。

困り果てて英翔を見ると、形良い唇が、悪戯っぽく吊り上がった。

「そんなに使いにくいのなら、わたしが無理やり塗ってやろうか？」

「英翔様にそんなことさせられませんっ！」

（塗ったふりをして返そう。うん、そうしよう）

心の中でひそかに決意すると、不意に手を伸ばした英翔が、壺の蓋を持ち上げて中を覗き込んだ。

「言っておくが、使ったふりをして返しても、中身が減っていなかったら、すぐにわかるからな」

「な、なんで考えてることがわかったんですか!?」

驚きのあまり墓穴を掘ってしまうが、もう遅い。

「顔に書いてあるぞ。お前が考えそうなことくらい、すぐわかる」

「えぇぇ……」

左手で頬をさわってみるが、自分ではわからない。

英翔がここまで言ってくれているのだ。明珠はありがたく厚意に甘えることにした。かすり傷だが、痛みがないわけではないのだ。

「お気遣いありがとうございます。ありがたく使わせていただきます」

壺をおしいただき丁寧に頭を下げたところで、本邸に用事があると言っていた張宇が、ひょっこりと顔を出した。

「何かあったのか？　季白、すまんが戸口を大きく開けてくれ。これを運び入れたいんだ」

季白が大きく開けた扉から入ってきた張宇が、両手に抱えている物は。

「布団……？」

明珠はきょとんと首をかしげる。

「どなたか、離邸にお泊まりになられるんですか？」

「何を言っているんですか」

季白が冷たい声を出す。

「あなたの布団ですよ。蚕家に勤めている間、ここがあなたの部屋になります」

「わ、私のっ⁉」

明珠は今まで掃除していた部屋を見回した。

窓がひとつあるだけの、さほど大きくない部屋だ。しかし、備えつけられた戸棚も寝台も卓も、単なる使用人である明珠が使うには、破格に質のいいものだ。何より、一人部屋を与えられるなんて。

「私、一人部屋なんて、生まれて初めてです……っ！」

実家のあばら家には、一人部屋なんて贅沢をできる空間が、そもそも存在しなかった。こんなに好待遇でいいのだろうか。

「張宇さん、ありがとうございますっ！」

薬の壺を卓に置き、明珠は布団を運び入れる張宇を手伝う。

「わたしや季白、張宇の部屋は隣や向かいだ」

寝台に運んでくれた布団を整えながら、英翔の声を背後に聞く。

「独り寝が寂しかったら、一緒に寝てやってもいいぞ？」

「英翔様っ!?」

季白があわてふためいた声を出す。「よいしょ」と布団を広げながら、明珠は苦笑した。

「英翔様ったら。もう独り寝で泣くようなお年じゃありませんでしょう？」

「ぶはっ！」

なぜか張宇が突然吹き出す。

「？　どうしたんですか、張宇さん」

「い、いや、何でも……っ！　だめだ、おかしすぎる……っ」

張宇は腹を抱えて苦しそうだ。対して、季白がやけに嬉しそうな声を出す。

「明珠の言うとおりです。もうちゃんとひとりで寝られますよね、英翔様？」

「黙れ。椎茸を口いっぱいに詰め込むぞ」

英翔が眉根を寄せて不機嫌に告げる。

「……どうして椎茸なんですか？」

不思議に思って尋ねると、英翔が悪戯っぽい表情を閃かせた。

「もちろん、こいつが苦手だからに決まっているだろう」

明珠の脳裏に皿に山盛りの椎茸を前にして渋面を作っている季白の姿が浮かび、思わず吹き出す。

(椎茸が食べられない季白さんなんて、ちょっと可愛いかも……。そういえば、順雪も小さい頃はきのこ類が苦手って言ってたなあ。やっぱり食感が嫌なのかしら？)

くすくす笑っていると、季白に刃のような視線で睨まれた。

「英翔様がお望みでしたら、皿に山盛りの椎茸だって食してみせますよ！　苦手というだけで、食べられないわけではない……のですからね」

若干、苦い口調で告げた季白が、ぱんっ、と手を打って場の空気を引き締める。

「さあ、張宇も戻ってまいりましたし、英翔様はご自分のなさるべきことに戻ってください。わたしはこの後、明珠にいろいろと説明せねばなりませんので。明珠、もう部屋の掃除はいいですね」

「はいっ」

何か心に引っかかる。が、それが形になるより早く、季白に急かされた。布団を整え終えた明珠は、きびきびと歩く季白に続いて、部屋を出る。連れていかれたのは離邸の一室だ。

なぜか明珠達についてきた英翔は、

「邪魔ですから張宇と別の部屋に行っていてください」

とすげなく季白に追い出される。

いったいどちらが主人なのかわからない季白の言動に、英翔は愛らしい顔をしかめたが、張宇になだめられて仕方なく部屋を出て行った。

季白の説明が始まった途端、明珠は何が心に引っかかっていたのかすぐに知らされた。

「えっ!? 私、本邸で働くんじゃないんですかっ!?」

思わずすっとんきょうな叫びが口からほとばしる。

季白の説明によると、この離邸は書庫として使われており、蟲招術に関する貴重な書物が多数収められているのだという。時には、蚕家以外の術師が研究目的で訪れることもあるらしい。

今は、英翔、季白、張宇の三人だけが離邸を使っているそうだ。

「何ですか、その不満そうな顔は。離邸で働くことに、何か不都合でも？」

季白が切れ長の目を不審そうに細める。明珠はあわててかぶりを振った。

実父に会える可能性が高まるから本邸勤めがいいとは、口が裂けても言えない。

「いえ、その……。やっぱり本邸勤めのほうが、お給金がいいのかなあって……」

代わりに、もうひとつの懸念事項を口にする。明珠には、一銭でも多く稼いで借金を減らすという重大な使命があるのだ。

「は？　本邸のほうが給金がいいなんて話をどこで聞いたんですか？　むしろ、離邸のほうが給金はいいですよ」

「本当ですかっ!?」

勢いよく身を乗り出すと季白が重々しく頷いた。

「本当です。ですが、離邸のほうが人数が少ない分、仕事はきついですよ」

「大丈夫です！　私、精いっぱい頑張りますっ！」

明珠は両手をぐっ、と握りしめて宣言する。

「その心意気はよいですね。ちなみに、離邸では働きに応じて、特別手当がつくこともありますから」

「特・別・手・当……っ！」

なんと甘美な響きだろう。

拳を握りしめたまま、明珠は感激に打ち震えた。思わず息が荒くなる。

「季白さんっ！」

「何です？」

さらに身を乗り出した明珠に、季白が冷たく応じる。

「私っ、何でも頑張ります！　どんな仕事でもお申しつけください！　特別手当のためなら、どんな仕事でもこなしてみせますっ！」

「……それは、楽しみですね」

思いがけない幸運に、喜びに打ち震える明珠は気づかなかった。季白の薄い唇が、人の悪い笑みを浮かべたことを。

日中着ていた着物のまま夜更けに起き出した明珠は、荷物を抱えて、割り当てられた部屋の戸をそっと押し開けた。

離邸はしんと静まり返っている。廊下の柱に等間隔に掛けられた蠟燭立てで、炎が揺らめいているだけだ。

(みんな寝てる……。よし、今しかない)

足音を忍ばせて、そっと廊下に出る。

うろ覚えの廊下を進み、井戸がある裏口の扉の閂を外す。そっと扉を開けようとして――、

「何を、しているんですか?」

「ひゃあぁっ!」

突然、後ろからかけられた冷たい声に、悲鳴とともに飛び上がる。

ぎぎぎ、と錆びついた絡繰り人形のように振り返った先に、幽鬼のように立っていたのは。

「き、季白さん……」

季白が、刃のように鋭い視線で明珠を睨みつけていた。

「こんな夜更けにこそこそと部屋を抜け出して、どこへ行くつもりです?」

尋ねる声は、氷よりも冷ややかだ。

季白の隣には張宇も並んでいる。明珠を見るまなざしは、昼間とは打って変わって険しい。腰に

佩いた剣の柄に手をかけている姿に、背筋がひやりと粟立つ。

「あ、あの……っ」

驚きと緊張のあまり、とっさに言葉が出てこない。

「言えないような理由でも？」

季白のまなざしがさらに鋭くなる。もし視線が実体を持っていたら串刺しになっているところだ。

「その……」

言葉を探しながら、無意識に胸元の荷物を抱え直すと、季白の表情が不審に染まった。

「何を隠してるんですか⁉　見せなさい！」

つかつかと歩み寄った季白の手が、明珠の抱える荷物に伸びてくる。

「やっ、だめ……」

明珠は荷物を胸に抱え込んで守ろうとする。季白の切れ長の目がますます吊り上がった。

「見せられない物っ⁉　ますます怪しい……っ！」

「ち、違うんですっ、これは……っ」

「いいから見せなさい！」

季白の手がむんずと荷物を摑み、力ずくで奪おうとする。

その手から身をよじって逃げながら、明珠は思わず叫んでいた。

「嫌ですっ！　季白さんの破廉恥っ！」

「は……っ、破廉恥っ⁉」

「ぶはっ！」

季白が絶句し、張宇が吹き出す。季白の手がゆるんだ隙に、明珠はしっかと荷物を抱え直した。

そこへ。

「こんな夜更けに、何を騒いでいる？」

割って入った高く涼やかな声に、全員が目を見開く。

「英翔様っ!?」

一番早く反応したのは季白だ。

「いけません！　このような夜更けにひとりで出歩かれては……！」

「出歩くも何も、こう騒がれていては、眠れるものも眠れん。何があった？」

不機嫌に発された問いに、季白と張宇の視線が明珠に集中する。口を開いたのは季白だった。

「明珠が夜更けにひとりでこっそり外へ出ようとしていたので、問いただしておりました」

「明珠が？」

咎（とが）めるような英翔の視線を感じ、明珠はあわてて説明した。

「すみません！　皆さんを起こすつもりはなかったんです！　ただ、その……っ。どうしても、洗濯がしたくて……っ」

「洗濯？　こんな夜更けに何を洗う気だ？」

「その……」

呆気にとられた英翔の声に、肩身の狭い思いを感じながら、明珠は手に抱えた服の一枚をそっと広げる。

「昼間、こぼした大根の梅酢漬けが染み込んだ服を、どうしても洗いたくて……。これを洗わないと、着替える服がないんです」

「ああ……」

張宇が溜息をつき、季白が、

「服ならどうして素直に見せないんですか！」

と怒る。

「だ、だって、腰巻もあるんですよ!? 見せられるわけないじゃないですか！」

恥ずかしさのあまり、涙声になる。明珠だって、いちおう年頃の娘だ。いくら暗いとはいえ、男二人の前で腰巻を晒（さら）すなんてできない。

昼間、荷物を開けられた際に季白に見られたかもしれない可能性については、この際、頭の隅へ追いやる。季白が染みが広がらぬよう、荷物を開けてくれていたものの、夜になって仕事を終えた後で見直すと、思っていた以上に汚れていたのだ。たった三枚しかない大切な服なのに、染みが落ちなかったらどうしようと思うと、泣きたい気持ちになる。

「昼間はばたばたしていて洗う暇がありませんでしたし、明日は明日の仕事があるので、夜のうちにと思って……」

明珠の言葉に、英翔が頭痛を覚えたように額に手を当て、吐息をこぼす。

「……これは季白。お前が悪い」

「ですね」

「なっ……!?」

張宇にまで頷かれた季白が、目を怒らせる。それを無視して、英翔は明珠に向き直った。

「だが、明珠も明珠だ。来た当日に夜中にごそごそ起き出していたら、季白達が気にするのも当然だろう」

「お騒がせして申し訳ありません」

肩を落とした明珠に、英翔が気遣わしげな声で問う。

「というか、そんなに着替えが少ないのか？」

「もともと、あまり持っていなくて……」

母が生きていた頃は家族に着物を仕立ててくれたものだが、父が借金をこしらえるようになってからは、ほとんどを質屋に入れてしまった。母が手ずから仕立ててくれた服を質に入れるのは、涙が出るほどつらかった。

今着ている服はどうしても手放せなかったお気に入りだ。つぎはぎして、だましだまし着続けている。

「季白。明日、明珠にお仕着せを用意してやれ」

「えっ!?」

小さな吐息とともに命じた英翔の言葉に、目を丸くする。

「いいんですかっ!?」

「染みがついた服の侍女を働かせるわけにはいかんだろう。主人のわたしまで軽んじられる。よいな、季白」

「かしこまりました」

季白が打って変わって丁寧に頭を下げる。

「それと明珠。洗濯なら本邸に任せればよい。染み抜きもしてくれるだろう。皆、今夜はもう寝ろ。わたしも寝る」

小さくあくびをし、踵を返しかけた英翔が、ふと立ち止まる。

「英翔様？」

振り返って歩み寄ると、明珠の手をとった英翔が悪戯っ子の笑みを閃かせた。

「常ならぬ時間に起き出すと、寝つけるかどうかわからんな。……明珠、わたしのそばで子守唄を歌ってくれるか？」

甘えるようなまなざし。蠟燭の炎が刻む陰影のせいだろうか。整った英翔の面輪がやけに大人びて見えて、思わずぱくりと心臓が跳ねる。

「英翔様！」

大声を上げて、明珠から英翔の手を引きはがしたのは季白だ。

「何をおっしゃっているんですか!?　仮にも年頃の娘をこんな夜更けに部屋へ呼ぶなど、非常識極まりありません！」

「……腰巻を見ようとしたお前に言われる筋合いはない」

「っ！　あれは不幸な事故です！　子守唄が必要でしたら、わたしが歌ってさしあげます！　ええ、一晩中でも歌いますとも！」

「ぶはっ」

朗々と歌い上げる季白の姿を想像したのか、張宇が吹き出す。英翔が心底嫌そうに眉をひそめた。

「男の子守唄など聞いて、何が楽しい。それに、どうせお前の子守唄は、すぐに説教に変わるだろうが」

「お小さい頃はわたしの背に負われて、健やかに眠られていたのに、何をおっしゃいます」

「うるさい、黙れ。お前の子守唄を聞くくらいなら、朝まで起きていたほうがましだ」

季白の手を振り払った英翔が、ずんずんと自室へ歩いていく。不機嫌そうな足取りながらも、夜着に包まれた身のこなしは、はっとするほど品がよい。

「……明珠も、今夜はもう寝よう。な？」

「はい……」

疲れたように、張宇が明珠の肩を軽く叩く。

すっかり眼が冴えてしまった。眠れるだろうかと思いつつ、明珠は素直に頷いた。

特別手当の内容が こんなコトなんて聞いてません！

「わっ！」

「きゃあっ!?」

翌日のお昼前。離邸の周りの掃き掃除をしていた明珠は、急に背後から抱きつかれて、思わず悲鳴を上げた。箒を持ったまま振り返り、唇を尖らせる。

「英翔様っ！　悪戯はおやめください！　悪漢かと思って、あやうく箒で殴りそうになったじゃないですか！」

「殴りかかって腕試しをしてもいいぞ？　そうそう後れを取るつもりはない」

ひょっこりと後ろから顔を覗かせた英翔が、挑むように、つんと顎を上げる。

「そういう問題ではありませんっ！　英翔様に殴りかかったと季白さんに知られたら、お説教の上、即刻クビにされますよ！　せっかくこちらで働けるようになったのに、たった一日でクビなんて御免です！」

季白の説教を想像するだけで背筋が寒くなる。

「そんな心配は不要だ。わたしが辞めさせたりなどせん」

さも当然のように断言する英翔は、自分の希望が叶えられないことはないと言わんばかりで、いかにも良家の坊ちゃんという風情だ。

と、英翔が明珠を見上げる。

「明珠は、それほどこの家で働きたかったのか？」

「は、はい。お給金もすごくいいですし……」

ふむ、と英翔が思案顔になる。

「昨日、借金があると言っていたな……。明珠、年はいくつだ？」

「え？　十七ですけど……？」

「その若さで借金持ちとは……」

明らかに明珠よりずっと年下の英翔に「その若さで」と言われると変な気分だ。

「ふつう、そんな年で借金など背負わぬだろう？」

英翔が意外そうな面持ちで明珠をまじまじと見つめる。

「……だが、お前は人が好くて、すぐ騙されそうだからな……。もしかして、悪い男にたぶらかされて貢いでいるのか？　昨日、呟いていた順雪というのは、もしかして恋人の名前か？」

「ふぇっ!?　何をおっしゃってるんですか!?　恋人なんているわけがありませんっ！　借金は父が作ったものですし、順雪は弟です！」

あまりに予想外のことを言われ、一瞬、頭が真っ白になる。というか、どこをどう考えたらそんな発想が出てくるのだろう。

「英翔様。少しおませすぎじゃないですか？　その……、十歳の子どもが、お、男にみ、み、貢ぐだなんて言葉……」

「顔が赤いぞ。それに噛みまくりだ。お前のほうが子どもみたいだ」

英翔が大人びた顔でくすくすと笑う。

「言い慣れない言葉に噛んだだけです！」

「それと、わたしは十歳ではない」

「あっ、すみません。十一か十二でしたか？」

不機嫌そうな顔の英翔は、答えないまま、別の質問を投げてくる。

「……弟の順雪は、いくつなんだ？」

「順雪は十一歳ですっ！」

大好きな弟について尋ねられて、思わず声がはずむ。

「もーっ、順雪は、ほんとにいい子で可愛いんですよ！」

蚕家で奉公することが決まった時に、「姉さん。無理はしないでね。身体を大事にしてね。家のことは心配しなくていいから。僕、頑張るよ」と手を握って言ってくれた順雪の様子を思い出し、心がぽかぽかとあたたかくなる。本当に、もったいないくらいいい弟だ。

「その様子だと、姉弟仲はよさそうだな」

急に声がはずんだ明珠に英翔が笑みを覗かせる。明珠はぐっ、と拳を握りしめて力説した。

「もちろんです！　だって、順雪ってば、ほんとに姉想いで性格のいい可愛い子なんですよ！　昔はお姉ちゃんお姉ちゃんって甘えん坊だったんですけど、最近はすごくしっかりしてきて。まだ十一歳なのに、頑張っている姿がいじらしくて、けなげさに胸が打たれるっていうか……！　ああっ、元気にしてるかなあ……。ちゃんとごはん食べてるかしら……っ！」

最後は遠い目をして、離れている弟にしみじみと想いを馳せてしまう。

「兄弟というのは、ふつう、そんなに仲がよいものなのか？」

英翔が不思議そうに小首をかしげ、明珠は物思いから引き戻される。

「うちだけが特別に仲がいいってわけじゃないと思いますけれど……。英翔様は、ご兄弟はいらっしゃるんですか？」

確か、明珠より年上の兄が、少なくともひとりはいるはずだ。

昔、母の麗珠（れいじゅ）から、蚕家の後継ぎ争いに巻き込まれるのを避けるために、明珠を身籠った時に実父のもとを去ったのだと聞いた記憶がある。

（というか、英翔様のお兄様って……）

昨日、出逢った青年のことを思い出すだけで、胸がきゅうっと痛くなり、鼓動が速くなる。

（汚した着物、まだ弁償を請求されていないけど、いくらなんだろう……っ!?　洗濯で染みは落ちたのかしら……？）

いくらになるか、いつ請求されるかわからない借金を待つなんて、心臓に悪すぎる。

いっそのこと「弁償として銅銭二千枚。返済期限は半年後！」と、はっきりきっぱり言い渡されたほうがすっきりする。するべきことが見えていない状態というのは、どうにも居心地が悪い。

物思いに沈んでいた明珠は、英翔の「はんっ」と吐き捨てる声に我に返った。

「腹違いの兄弟なら、いちおういるぞ。血のつながりが兄弟の定義だというのならな」

「腹違い、ですか……」

呟いた明珠の脳裏にふと疑問が湧く。

「離邸に住まわれているのは、英翔様だけなんですよね？　他のご兄弟は、本邸にいらっしゃるんですか？」

午前中、張宇（ちょうう）に離邸の間取りを教えてもらいつつ掃除をしたから知っている。

離邸はほとんどが図書室や書庫、資料室で、居室は少ししかない。現在、離邸で過ごしているのは、英翔、季白、張宇、明珠の四人だけだ。

「英翔様はどうして離邸に住まわれているんですか？」

明珠はよく吟味せぬまま疑問を口にする。

「そりゃ、離邸だって広くて立派ですけれど。でも本邸は比べ物にならない豪華さっていうか、まるで王城みたいな……。って、私、王城なんて見たことありませんけど！」

ああ、と英翔が軽く頷く。

「早急に調べなければならないことがあってな。書庫がある離邸のほうが都合がよいのだ。それに」

英翔が、気負った様子もなく淡々と告げる。

「敵が、多いからな」

「っ!?」

英翔の愛らしい面輪は、どこまでも冷静だ。

術師の最高峰たる蚕家ならば、敵も多いだろう。だが。

「宮廷術師である蚕家に敵が多いというのは、聞いたことがあります。でも……。それなら、なおさら家族で協力し合うんじゃ……？」

言いかけ、明珠は気づきたくなかった点に気づく。

背筋が震え、血の気が引くのが自分でもわかった。

「……ご兄弟とも離れていらっしゃるということは、英翔様の敵は、内部にもいるってことですか？そんな、どうして……っ!?」

貧乏人の明珠は実感としては知らないが、ある程度大きな家ならば、兄弟間で家督争いが起きる場合もあると、知識としては知っている。だが、納得がいかない。

「私がお会いした方は、英翔様を疎まれるような方にはとても見えませんでした！　何か誤解がおありでは……っ!?」

明珠が出逢った青年は、突然上に落ちてきた明珠を叱るどころか、顔色が悪いと心配してくれた。そんな青年が、可愛い弟を邪険にするとは、とても思えない。

明珠の言葉に、英翔は吐息をこぼしてかぶりを振る。

「お前が会った奴ではない。わたしが言いたいのは、別の腹違いの奴だ」

「……腹違いとはいえ、お兄さんを『奴』と呼ぶなんて……」

明珠は思わず眉をひそめる。もし順雪に「奴」呼ばわりなんてされたら、哀しくて泣いてしまうだろう。

非難されたと思ったのか、英翔が不快げに顔をしかめる。

「お互い、一片の情愛も抱いていない相手なんだ。奴で十分だろう」

英翔の声は万年雪のように冷ややかだ。まだ幼いというのに達観した様子に、哀しくなる。

明珠も順雪とは父親違いの姉弟だが、明珠は心から順雪を大事に思っているし、順雪も姉として明珠を慕ってくれていると信じたい。

決して打ち明けるつもりはないが、もし明珠が英翔の腹違いの姉だと打ち明けても、同じように冷ややかな反応が返ってくるのだろうか。想像するだけで涙がこぼれそうになる。

明珠の表情に気づいた英翔が、困ったように眉を寄せる。

「お前は弟を大切にしているのだな。それはとてもよいことだが……。世の中には、不仲な兄弟もいるのだ」

英翔のほうが年下なのに、子どもに対するように慰められて、ますます哀しくなる。

「もし私が英翔様のお姉ちゃんだったら、こんなに可愛い弟、猫可愛がりに可愛がって、いっぱい大事にしますよ！」

本心から告げた言葉に、なぜか英翔は自嘲の笑みを浮かべる。

「可愛い、か。『このまま』なら、もしかしたら、そう思われたかもしれんな。敵にはなりえぬと」

「英翔様？」

昏い――飢えた獣のような目で謎の言葉を呟く英翔が、急に遠くなった気がして、明珠は思わず箒を放り出し、両手で英翔の手を取る。

「英翔様。ご無理なさっていませんか？」

「無理？　わたしがか？」

いつもの様子に戻った英翔が、きょとんと目を丸くする。

明珠から見ると、英翔は明らかに実際の年に不釣り合いな言動や考え方をして、無理に大人ぶっているのだが、本人は自覚すらしていないらしい。

大人びた振る舞いがすでに身体に染みついているのだと思うと、そうせざるを得ない境遇が気の毒になる。

人は嫌でもいつか大人にならなければいけないと、十二歳で母の麗珠を亡くした明珠は、身に染みて知っている。

きっと、英翔にも深い事情があるのだろう。だが、だからといって子どもが無理をしていいとは明珠は思わない。英翔の年なら、もっと子どもらしく無邪気に振る舞っていいはずだ。

「無理に大人ぶってらっしゃいませんか？　私の前でくらい、年相応に振る舞ってくださっていいんですよ？　私じゃ何の役にも立ちませんけど、私は英翔様の味方ですから！」

真摯な気持ちを込めて告げた言葉に、英翔は小さく「はっ」と鼻を鳴らした。口元に皮肉げな笑みが刻まれる。

「口なら何とでも言える」

「じゃあ証明させてください！」

間髪入れずに言い返すと、英翔が目を丸くした。

「証明？」

「口だけじゃ信用できないとおっしゃるお気持ちはわかります。借金だって、証文がなかったら信用されませんもんね！　それなら、英翔様が納得いくまで、私を試してください！」

口だけで終わらせるつもりはない。英翔だって明珠の弟なのだ。可愛い弟の笑顔のためなら、多少の苦労は厭（いと）わない。

「何だって受けて立ちますよ！　どんとこいです！」

むんっ、と腕まくりしている両腕を上げ、力こぶを作ってみせると、目を丸くして明珠を見ていた英翔が、こらえきれないとばかりに吹き出す。

「ふっ、……ははははっ！　なんだその格好は！」

「え？　気合を表明しただけですけど……」

英翔に笑われるほど、変な格好をしただろうか。

何にせよ、英翔の明るい笑顔に明珠の心もはずむ。

「証明か……」

笑いをおさめた英翔が、腕を組んで明珠を見上げる。悪戯を考えているかのような表情は、やけに大人びて見えた。

「お前のほうからそう言ってくれるのなら……」

「英翔様！」

明珠に伸ばしかけた英翔の手が、背後からの声に、ぴくりと止まる。

振り返らずとも声の主はすぐにわかった。

「探しましたよ！　無断で席をお外しにならないでください！　しかも、わたしに隠れて勝手に明珠と二人で会うとは……！　無防備にもほどがあります!!」

血相を変えて駆けてきた季白が英翔の手を掴み、小さな身体を背後に庇う。まるで、悪漢から可愛い我が子を守る母親のようだ。

「明珠！　昨日言ったことを理解していないようですね!?　英翔様と――」

「やめろ、季白。わたしから明珠に話しかけたのだ。明珠の咎ではない」

季白の手を振り払って背後から出た英翔が、目を怒らせて説教しかけた季白を止める。

「英翔様から!?　昨日、あれほど――」

「聞かぬ、と言っただろう。忘れたとは言わせん」

季白の激怒など、どこ吹く風で英翔が答える。

びきっ、と季白の額に青筋が浮かんだ音を、明珠は確かに聞いた気がした。

「ええ、忘れておりませんとも……っ！　英翔様がその気でしたら、わたしにも考えがございます！　今後は、いっときも目を離すわけにはまいりませんね……っ！」

「遠慮する。四六時中お前に張りつかれるなど、気が滅入（めい）る」

英翔が心底うんざりした顔を見せるが、季白の笑みは深くなるばかりだ。

「いぃえぇ、遠慮なさらなくてよろしいんですよ。たとえ厠（かわや）へ行かれるとおっしゃっても、ついていかせていただきます！」

　にこやかなのにこんなに恐ろしい笑顔を、明珠は初めて見た。止めたいのに、季白が怖すぎて口を挟めない。

「厠はやめろ。気持ち悪すぎるぞ」

　本気で嫌そうに英翔が吐き捨てる。

「そうおっしゃるのでしたら、もう少しご自分のお立場をご理解いただき、ひとりでふらふらとなさらないでください！　まったく、張宇はいったい……」

「あ、あの、張宇さんは本邸に……」

　ようやく隙を見つけた明珠が口を挟む。英翔が来るほんの少し前まで、張宇と一緒に仕事をしていたのだが、張宇は本邸に昼ごはんを取りに行ったのだ。

　なるほど、と頷いた季白の目が冷ややかに細められる。

「英翔様。張宇がいないということまでわかった上で、明珠のもとへ来ましたね？」

　英翔は答えない。だが、季白を見上げる不敵なまなざしが答えを物語っていた。

「？」

　なぜ、英翔が張宇のいない隙を見計らって来る理由があったのか、明珠には理解できない。

が、無言で睨み合う二人の威圧感に呑まれて、尋ねるどころではない。

「さ、英翔様。お戻りいただきます」

季白が丁寧に、しかし有無を言わせぬ様子で英翔の腕を摑んで歩き出す。

「あっ、待っ――」

反射的に止めかけた明珠は、季白の刺すような視線に射貫かれて、言葉を呑み込んだ。

「これはあなたの職分に関係ありません。余計な口出しはやめなさい」

にこりともせずに、季白の目が、形だけの笑みを描く。

「せっかく得た職を、すぐに失いたくはないでしょう？」

「っ！」

柔らかな口調で、だが明白な脅しを込めて告げられた言葉に、反射的に身体が凍りつく。

その隙に、季白は英翔の小さな体を引きずるようにして離邸へと連れていく。

ちらりと振り返った英翔と、一瞬だけ目が合う。

黒曜石の瞳が明珠を気遣うように、申し訳なさそうに伏せられ――。

明珠は幼い英翔に気遣わせてしまった自分の無力さが情けなくて、唇を噛みしめた。

「すごい勢いだな、明珠。離邸の周りに塵ひとつも残さないつもりか？」

昼食の櫃を抱えた張宇が戻ってきたのは英翔達が去ってすぐだった。

憤然と箒を動かしていた明珠は、張宇の穏やかな笑みに、詰めていた息をようやく吐き出す。

「張宇さん……」

「そんなに一生懸命働いていたら腹が減っただろう。昼飯にしよう」

張宇が両手に抱えた大きな櫃を軽く上げて微笑(ほほえ)む。

武骨で背の高い張宇は、ともすれば三人の中で一番威圧感がありそうなのに、人当たりのいい物腰と笑顔のおかげで、一番気安く感じられる。

穏やかな笑顔を見ているだけで、心の中のもやもやが薄れていくようだ。

「張宇さん、私も何か持ちます！」

櫃を持った張宇の両腕には、他にも荷物がかかっている。あわてて申し出ると、張宇は笑ってかぶりを振った。

「大丈夫だよ、重い荷物じゃない。けど、掃除が終わったのなら箒をしまって、昼飯を並べるのを手伝ってもらえるかい？　俺は先に中へ入っているから」

「はいっ」

明珠は急いで箒をしまいに物置へ走る。

昨日、季白に受けた説明では、洗濯や食事はすべて本邸の世話になっており、張宇が離邸と本邸の間の運搬を担当しているらしい。食事は、昼と夜の二回運ばれ、夕食の時に、翌朝の朝食分も一緒に持ってきているとのことだ。離邸にも台所があるが、茶を淹(い)れたり、汁物をあたため直す時くらいしか使っていない。

明珠が手を洗って台所の横の食堂に行くと、すでに張宇が大きな卓の上に櫃から出した大皿を並べ始めていた。

英翔と季白も席についているが、離邸に戻る道すがらやりあったのか、二人とも険しい顔つきをしている。

自分から話しかける勇気が出ず、明珠は急いで台所に箸や小皿、取り分けるための匙(さじ)などを取りに行った。

持ち運ぶ時にこぼさないようにという気遣いからか、本邸から運ばれてくる料理は、すべて大皿に盛られている。意外なほど器用な手つきで、張宇が小皿に料理を取り分けて並べた席は。

「あ、あの……、張宇さん……？」

なぜ、英翔の前ではなく、明珠の席の前なのだろう。

「さ、明珠。お食べなさい」

「ふぇっ!?」

季白ににこやかに勧められて、さらに混乱する。

「しゅ、主人より先に使用人が食べるなんて、とんでもありませんっ！　どうしたんですか、季白さんっ!?　怒りすぎて変になったんですかっ!?」

「ぶふっ」

張宇が吹き出し、手に持っていた皿が卓に当たってかしゃんと鳴る。

「違います。あなたが先でいいんですよ。ほら、おなかが空(す)いているでしょう？」

季白の優しい声音が、逆に恐ろしい。切れ長の目の奥はやはり笑っていない。

(な、何？　もしかして何かの罠(わな)なのかしら……？　ここで真に受けて先に食べたら、不敬罪でクビとかそういう……っ!?）

まだほのかに湯気が立っている料理の数々を前に固まっていると、全員分の小皿に盛りつけが終わった張宇が、困ったように頭をかいた。

「あー、いや……。いつもは俺が先に食べるんだが。その、毒見も兼ねてな」

「へっ!?　毒見っ!?」

予想だにしなかった言葉に息を呑んだところで、にこやかな笑顔の季白がさらに促す。

「さあ、特別手当のためですよ」

「と、特別手当ってこういう内容だったんですかっ!?」

まさか、毒見が必要な食事が出る職場とは思っていなかった。とんでもない屋敷に足を踏み入れてしまったのかもしれない。

と、英翔が苦笑する。

「あくまで念のための用心だ。安心しろ。毒が入っていたことなど、一度もない」

「そ、そうなんですか？」

英翔の言葉に、少し緊張がゆるむ。

椅子に座り、箸を持って料理を睨みつける。一目で手が込んでいるとわかる料理は、余計なことを知らなければ、よだれが出そうなほどおいしそうだ。

（毒なんて入っていたことがないと英翔様だって言ってるし……。大丈夫、よね？）

「……嫌になったか？」

箸を持ったまま逡巡(しゅんじゅん)していると、心配そうに眉を寄せた英翔に顔を覗き込まれる。

先ほどと同じ、気遣うような、申し訳なさそうなまなざしにぶつかって、明珠は反射的にかぶりを振った。

「大丈夫です！　一度引き受けた仕事を放り出したりなんてしませんっ！」

えいやっ、と勢いをつけて、いくつもの皿の中で一番質素な料理――青菜と油揚げの煮物を口に放り込む。

「あ、おいしい……っ！」

午前中、あれこれと身体を動かして空腹だった分、おいしいのは当たり前だが、それを抜きにしても、やはりおいしい。

他の皿にも次々と箸を伸ばし、ひととおり口をつける。

「美味いか？」

明珠が食べるのを黙って見守っていた英翔に、こくこく頷く。

「どれもこれもおいしいです！　この小海老の天ぷらなんて、もう絶品ですよ！　冷めないうちに食べないともったいないですっ！」

「ぶっ！　ははっ、大物だな、明珠は。ふつう毒見なんて言われたら、緊張のあまり、食べているものの味なんてわからなくなるものなんだが」

張宇が肩を震わせる。夕べも思ったが、張宇は武骨な見かけによらず、かなりの笑い上戸らしい。

「明珠の様子を見るに、何ともないようですね。わたし達も食べましょう」

じっ、と明珠を観察していた季白も箸を取る。

昨日は季白と遅れて夕食を取ったし、朝は昨日の残り物で済ませたので、本邸から運ばれる食事に毒見が必要とは思わなかった。あまり緊張感のない季白達の様子を見るに、あくまで念のための用心のようだが。

おいしい料理に舌鼓を打っていた明珠は、ふと疑問に思う。

「あのぅ、毒見をするくらいなら、自分達で作らないんですか？」

「「……」」

英翔と季白がまったく同時に、ふい、と視線を逸らす。

「あ、お料理ができないんですね」

というか、英翔のような身分なら、料理などできなくて当たり前だ。

「いや、俺はできるよ？　できるんだけ、ど……」

次いで明珠と視線が合った張宇が、口の中のものを嚥下して、あわてて弁明する。が。

「わたしはアレを料理とは認めんぞ」

「英翔様のおっしゃるとおりです！　あれは食事ではありません。『おやつ』です！」

妙に息のあった英翔と季白の抗議に、張宇が「な？」と困ったように肩をすくめる。

英翔と季白にこれほど嫌がられる張宇の料理とは、いったいどんなものだろうか。逆に気になる。

明珠と目が合った英翔が、うんざりした表情で首を横に振った。

「張宇は、食材を切ったり煮たり焼いたりはまともにできるんだが……。とにかく味オンチでな。何を作らせても、すべて、ことごとく、例外なく、甘いんだ」

「はあ……」

庶民にとって、甘味はなかなか食べられない夢の味だ。むぐむぐと魚の蒸し物を飲み下してからあいまいに頷いた明珠に、季白が「その顔はわかっていませんね！」と目を険しくする。

「想像してごらんなさい。飯も甘い、煮物も甘い、酢の物さえ甘い！　ひとつ残らずですよ！　しかもこの男、見た目だけはまともに作るんですから……っ。餃子だと思って食べたら、蜜漬け野菜が入っていた衝撃、考えてごらんなさい！」

「そ、それはなかなか……。厳しいものがありますね……」

明珠も昔、母に料理を習い始めた頃、一度だけ酒と酢を間違えて入れてしまったことがある。煮物が酸っぱかった時のあの衝撃は、なかなか忘れられない。

「おやつとしてひとつ摘むくらいならいいんだがな？　毎食、甘味しかない食事は、ある種の拷問だぞ……」

品のよい箸使いで料理を食べていた英翔が、げっそりした顔で呟く。張宇が哀しげに吐息した。

「俺は美味いと思うんだけどなあ……」

「だまらっしゃいっ、この味オンチ！　そういう台詞は、自分以外の誰かに手料理を完食させてから言いなさい！」

ものすごい剣幕で季白に言い返された張宇が、不満そうに唇を尖らせるが、何も言い返さずに食事に戻る。自分の味覚が一般的ではないという自覚はあるらしい。

「そう言う明珠は、料理ができるのか？」

英翔に問われて、明珠は胸を張って頷いた。

「もちろんできますよ！　これでも、実家では母が亡くなってから五年の間、家を切り盛りしてたんですから。飯店の厨房で雇ってもらったこともありますし」

「では、今日から食事担当は明珠に決まりだな」

「えっ!?　……けほっ、がほっ！」

口の中にあった煮物が変なところに入って咳き込む。すかさず水を渡してくれた張宇が、そっと背中を撫でてくれた。

明珠が咳をおさめている間に、真っ先に抗議したのは季白だ。

「明珠を食事係になど……っ！　何を考えてらっしゃるんですか!?」

「では季白。お前は張宇の飯が食いたいのか？」

「そういう問題ではございません！　食事なら、今までどおり本邸から運ばせれば……」

「そうですよ！　季白さんの言うとおりです！　私が作れるのなんて、庶民料理だけですよ！　英翔様のお口に合う料理なんて、とても作れません！」

料理ができるということと、貴人の口に合う料理を作ることは、まったくの別問題だ。

明珠はほとんど空になった皿を見る。食材の高価さはともかく、切り方といい、繊細な味付けといい、さすが天下の蚕家と納得させられる料理人の腕前だ。

この料理人に代わって、英翔達の食事を作れというのは、

(酒がないから水を飲めと言っているのと一緒よーっ！　口には入れられるけど、絶対、満足してもらえないに決まってるもの！)

やる前から不興を買うとわかっていることに飛び込む気はない。季白が反対している理由は知らないが、明珠は遠慮なく尻馬に乗る。

「英翔様は誤解してらっしゃいます！　英翔様が召し上がっている料理は、誰でも作れるわけでは

ないんですよ!? 私の料理なんて、きっとまずいと——」

「家では、毎日、順雪に作ってやっていたのだろう？」

「へっ？ ええ、まあ……」

不意に問われて、思わず素直に頷く。

「順雪が好きな料理は、何だったんだ？」

「え？ 順雪はお肉やお魚が好きなので、揚げた魚に野菜あんかけをかけたのとか、大根と一緒に煮たのとか……。あと、豚の角煮とか」

魚もお肉も高いので、食卓に上がる機会は滅多(めった)にないのだが。

「あんかけか。それは美味そうだ。今夜の夕食はそれで頼む」

「英翔様っ!? ですから、お口に合わないとわかっているものを作るなんて——」

「食べたこともないのに、お前の料理がわたしの口に合わないと、どうしてわかる？」

「それ、は……っ」

真っ直ぐ(まっす)見つめる英翔に、至極当たり前の指摘をされて、言葉に詰まる。

淡々と問う英翔は、年よりかなり大人びて見える。静かな威圧感に、言葉がうまく出てこない。

と、英翔が不意に口元をゆるめた。

「正直、張宇の飯よりまともな味ならば、多少まずくともよいのだ」

す、と細めた黒曜石の瞳に、冷ややかな光が宿る。

「毒入りやもしれん飯を食わされるより、何百倍もマシだからな」

「っ！」

明珠は料理の話になったそもそもの原因を思い出す。

そうだ。英翔が、毎日食事するたびに、毒殺の可能性に怯えなければならないなんて――。

そんなこと、許せるわけがない。

「わかりました！　お口に合うかどうかわかりませんが、精いっぱい、心を込めて作らせていただきます！」

「明珠!?　あなた、先ほど言っていたことと真逆ではありませんかっ!?　英翔様、わたしは反対です！」

ぐ、と拳を握りしめた明珠に、季白が目を剝く。が、英翔は取り合わない。

「それほど明珠の腕が心配ならば、お前も一緒に見張ればいいだろう。張宇はもちろん手伝ってやるのだろう？」

「はい。慣れない台所でひとりで作るのは大変でしょうし、食材を切るくらいなら手伝えますから」

張宇が穏やかに笑って頷く。

「俺も、料理は久々なので楽しみです」

明珠が食事を作る流れは変えられないと悟ったらしい季白が諦めたように吐息し、張宇に険しい視線を向ける。

「いいですか!?　味付けにだけは手を出してはいけませんよ!?」

「明珠の料理をだめにしたら、一日中季白に説教させるからな？」

「わかってますよ……」

真顔で念押しした季白と英翔に、張宇はしょぼんと肩を落としてうなだれる。大きな犬みたいな姿が妙に可愛くて、明珠を吹き出すのをこらえるのに苦労した。

(どうしてこんなことになったんだろう……?)

先ほど、自ら綺麗(きれい)に掃除した台所。

本邸から運んできた大きな籠から、張宇があれこれと食材を取り出して大きな卓に並べるのを手伝いながら、明珠は頭痛を覚えていた。

手伝ってくれるという張宇は、とりあえずいい。年上の男性、しかも上司を手伝いとして使うのはどうなんだという気もするが、それはひとまず置いておく。問題は。

「英翔様っ!　どうして英翔様まで台所にいらっしゃるんですか!?」

台所の中央にある作業用の大きめの卓。

明珠と張宇が食材を並べている向かい側に座り、頰杖(ほおづえ)をついた英翔が、好奇心に目を輝かせて明珠を見ている。正直、場違いなこと甚だしいが、本人はまったく気にしてないようだ。

「わたしだけではないぞ。すぐに季白も来る」

「そういうことをうかがいたいのではありません!　英翔様と季白さんは、調べ物がおありなんでしょう?　台所にいらっしゃる必要はないじゃないですか!」

「いや、あるぞ」

きりっ、と英翔が大人びた生真面目な表情を作る。

「張宇が隙を見て蜂蜜を料理にぶち込まないか、見張っておく必要がある」

「……張宇さんって、そこまで信用がないんですか？」

　思わず、じとっ、と見つめると、張宇があわてた様子で首を横に振った。

「まさか！　明珠の料理に余計な手を出したりなんてしないぞ」

　うろたえる張宇を楽しそうに見ていた英翔が、あっさり告げる。

「冗談だ」

「英翔様。ひどいです。俺の人格を貶めるのはやめてください」

　張宇ががくりと肩を落とし、英翔が明るい笑い声を上げる。明珠は微笑ましい気持ちで二人のやりとりを眺めた。

　季白に対するのと、張宇に対するのでは、英翔の様子がずいぶん違う。

　張宇が相手の時のほうが、年相応に無邪気だ。季白と張宇では人柄が大きく違うからだろうか。それとも、季白が特別に英翔に厳しいからか。

　ともあれ、明珠は英翔が年相応に振る舞える相手が身近にいることに安堵を覚える。

　まだ短いつきあいだが、確かに張宇には人の心の強張りを融かすような穏やかさがある。一緒に作業する時間が長いからだろうが、明珠としても、三人の中で一番気負わずに話しやすい。

「英翔様に信じていただけないなんて心外です。こうなったら、俺も誠意を見せましょう。俺の大切なこれを、明珠に預けます」

　表情を引き締めた張宇がおもむろに、脇に置いてあったひと抱えもある包みを開く。

　中から出てきたのは、人の頭ほどもある大きな壺だ。蓋には封のための紙が貼られている。そこに書かれた文字を見た途端、明珠は驚きに息を呑んだ。

「張宇さん！　そ、それは……っ。数ある蜂蜜の中でも最高級品と名高い霊花山産の蜂蜜……っ！　私、初めて見ました！」

「おっ、明珠、知ってるのか？」

嬉しそうに張宇が応じる。明珠はこくこくと頷いた。

「話に聞いたことがあるだけで、実物を見るのは初めてですけど……。何でも、上品でくせがない甘みで、まるで黄金を溶かしたような綺麗な色だとか！」

「そうそう！　美味いんだよ、この蜂蜜っ！」

「……お前の作る物がことごとく甘いのは、こいつのせいだったのか……。こんな大きい壺はないだろう、おい」

英翔は、ひとりうんざりした顔だ。

「えっ!?　これ張宇さんの私物なんですかっ!?」

「ん？　そうだが」

明珠は両手で口を押さえ、尊敬のまなざしで背の高い張宇を見上げる。

「すごい……っ！　こんな高級蜂蜜を持ってるなんて、張宇さんってお金持ちなんですね……っ！」

「……感心するところはそこなのか？」

英翔に冷静に突っ込まれても、興奮は冷めない。

「だって霊花山の蜂蜜ですよ!?　普通の蜂蜜の十倍の値段はするっていう……！　ふわぁ……っ！」

しかも、それがこんな大きな壺いっぱい。

感動して壺を見つめていると、にこにこと嬉しそうに笑いながら、張宇が封をはがす。

「いやー、英翔様も季白も、甘味には興味を示してくれないんだよなあ。明珠は甘い物、好きなのか？」

「大好きですっ！　……あまり、食べられる機会はありませんけど……」

「おい張宇。わたしは甘味が嫌いなわけではないぞ？　お前みたいに、大量に甘い物ばかり食えんだけだ」

英翔がふてくされたように呟くが、張宇は意に介さない。

「明珠は初めて見つけた同志だな！　よかったら味見してみないか？」

蓋を開けた張宇が、手近にあった匙を無造作に壺に突っ込み、「ほら」と差し出す。

「ちょっ！　張宇さん、こぼれますよ！　もったいないっ！」

匙からしたたる蜂蜜を手で受け、右手で受け取った匙を急いで口に運ぶ。

口に入れた途端、ふわりと広がる上品な甘み。かすかに花の香気も感じられる。

「おいしい……っ！」

うっとりと心がほぐれていく。

甘露とは、まさにこういう味を言うのだろう。こんなにおいしい物なら、大量に料理に入れたくなる気持ちも――明珠には金銭的に不可能だが――わからなくはない、気もする。

「そんなに美味いのか？」

感動に打ち震えているると、英翔がいぶかしげに尋ねてくる。

「あっ、英翔様も味見しますか？」

反射的に右手に持った匙を差し出しかけて、思いとどまる。

一度、口をつけた匙を英翔に使わせるわけにはいかないし、壺の中に突っ込むわけにもいかない。

「ちょっと待ってください。今、新しい匙を……」

「いや、わたしはこれでいい」

なぜか楽しげに笑って、英翔が明珠の左手をとる。かと思うと。

「っ、きゃ――っ！」

柔らかく、湿ったものが手のひらの上をすべる。手のひらについていた蜂蜜を舐めとられ、明珠は悲鳴を上げた。

「なななななになさるんですかっ!?」

英翔の手を振り払い、胸の前で両手を握りしめる。心臓がばくばくと脈打ち、口から飛び出しそうだ。一瞬で顔中が燃えるように熱くなったのがわかる。

恥ずかしさのあまり涙目で睨みつけるが、「ふむ。なかなか美味いな」と呟く英翔は平然としたものだ。

「明珠が言ったんだろう？　こぼしたらもったいない、と」

「言いましたけど！　でも、英翔様がな……なめっ、なめ……っ！」

動揺のあまり口がうまく動かない。明珠とは打って変わった冷静さで、英翔が楽しげに喉を鳴らす。

「顔が真っ赤だぞ。熟れたすもももみたいだ」

「どなたのせいだと思ってるんですか！　英翔様の……、は、は、破廉恥っ！」

「ぶはっ！」

呆気にとられた様子で二人を見ていた張宇が吹き出す。

「季白に続き、わたしまでもか。……季白はともかく、わたしが破廉恥と評されるのは不本意だ」

「季白はいいんですか？」

張宇のつっこみを無視して、英翔が不機嫌に顔をしかめる。

「破廉恥とまでは言わんが……。そういう明珠こそ、無防備に腕を出しているではないか」

「へっ？　腕ですか？」

掃除の時と同じく今も動きやすいように、腕まくりをして、たすきをかけている。女性が肌を露出させるのが、はしたないとされるのは、明珠も知っている。が。

（……たすきがけと手を舐めるのは、絶対に同列じゃないと思う……）

「英翔様はご存じないかもしれませんが、庶民なら家事の時、腕を出すのはふつうです、ふつう！動きやすいですし、何より袖を汚さなくてすみますから！　家事をしていると、袖って意外と汚れるんですよ？」

「今着ているのはお仕着せだろう？　洗濯だって本邸がする。それほど気にせずともよい」

「気にしますよ！　お借りしている服なら、汚したら余計に申し訳ないじゃないですか！　……と、すみません。お仕着せを用意していただいてありがとうございました。お礼を申し上げるのが遅くなってすみません」

深々と頭を下げる。朝一番に張宇がお仕着せを持ってきてくれた時に、張宇には礼を言ったのだが、英翔にはまだ言えていなかった。

「いや、その程度のことなど気にするな。だが……」

英翔はまだ渋面だ。

「いくら動きやすいとはいえ、年頃の娘がそんな無防備に腕を出すべきではないだろう。張宇もそう思わんか？」

急に話を振られた張宇が、びくりと反応する。

「えっ、ここで俺に振るんですか？　その話題を？」

肘の上まで袖をめくり上げている明珠に視線を向けた張宇が、うっすらと頬を赤らめて、気まずそうに視線を逸らす。

「でもまあ、英翔様のおっしゃりたいこともわかりますが……」

ぼそぼそと張宇が呟いた途端、英翔の目が剣呑（けんのん）な光を宿す。

「張宇。お前は今後、明珠の手伝いは禁止だ」

「えっ、困りますよ！　高いところの掃除とか、張宇さんにいっぱい助けてもらってるんですから！」

張宇より早く、明珠が反論する。

さっきまでの英翔も不機嫌だったが、今はさらに輪をかけて不機嫌になっている。いったい急にどうしたのだろう。

疑問に思う明珠をよそに、当の張宇があわてふためいた様子で弁明する。

「あの、英翔様。今は指摘されたので思わず意識しただけですからね？　別にふだんは意識しているとかそういうわけでは……」

「明珠。張宇が何かよからぬことをしたら、すぐにわたしに言えよ？」

「英翔様！　真顔で冗談はやめてください！　その冗談はたちが悪いですよ!?　明珠が本気にしたらどうするんですか！」

張宇がふだんは穏やかな目を険しくする。英翔は真顔で突拍子もないことを言うので、本気か冗談か判断がつかない。

「冗談ではないぞ？　明珠は無防備すぎるからな。少し警戒するくらいでちょうどいい」

「そんなことないですよ！　これでも、実家では近所の人にしっかり者と評されていたんですよ!?」

心外だと抗議すると、英翔に「はっ」と小馬鹿にしたように鼻を鳴らされた。

「それはずいぶんと買いかぶった評価だな。現に、さっきだって、簡単にわたしに後ろをとられていたではないか」

「……何をしてらっしゃるんですか、英翔様」

張宇が呆れ声を出す。年下の英翔から小馬鹿にされて、明珠はむきになって反論した。

「あれは英翔様が急に後ろから抱きつくからです！　あんなの反応できませんよ！　そもそも、張宇さんは貴公子ですから、英翔様みたいな真似はなさいません！」

ぴくり、と英翔の眉が動く。

「ちょっと待て。その言い方だと、わたしは貴公子ではないみたいではないか」

「そうですよ！　貴公子は急に抱きついてきたり、手を舐めたりなんてしませんっ！」

至極当たり前のことを言ったのに、英翔は納得がいかないと言わんばかりの表情だ。

「では、わたしは何なのだ？」

黒曜石の瞳で真っ直ぐに見つめ返されて、明珠は言葉に詰まった。

失礼かな、と思いつつも、一番初めに心に浮かんだ言葉を、視線を逸らして口にする。

「英翔様はその……。悪戯小僧、って感じでしょうか……？」

「ぶはっ！」

告げた途端、張宇が腹を抱えて吹き出した。

「明珠の言うとおりだ……っ、本質を突いている……っ！　ぶくくっ」

おずおずと英翔を見た明珠は、とろけるような笑顔を目の当たりにして息を呑んだ。

心から楽しんでいるような、これから何かしでかしそうな、悪戯っ子そのものの微笑み。

（お、怒らせちゃったかな……？）

「そうかそうか。では、明珠がそう思っているのなら、期待に応えなくてはな」

「えっ！　期待なんてしてませんよっ!?」

嫌な予感に一歩退こうとするより早く。

手を伸ばした英翔が、むき出しの手首を掴む。

「遠慮はいらんぞ。存分に――」

「何を、なさる気でいらっしゃるんですか!?」

突然、割って入った激昂（げっこう）を孕（はら）んだ声に、明珠は台所の入り口を振り向いた。

「季白さん！」

両手に書物を抱えた季白が、無言でつかつかと歩み寄ってきたかと思うと、どさりと卓に書物を下ろし、英翔の手をべりっと明珠から引きはがす。

季白の登場がこれほどありがたいと思ったのは初めてだ。が、怒りを抑えつけているような無表情が怖い。怖すぎる。

「まったく！　英翔様のわがままで、わざわざ台所で調べ物をする羽目になったというのに……っ。調理の邪魔をするのでしたら、すぐに図書室に戻ってもいいんですよ!?　張宇！　馬鹿笑いをしてないで、しゃんとなさい！　英翔様をお止めするのはあなたの役目でしょう！　明珠も明珠です！　英翔様に甘い顔を見せないようにと言ったはずです！　まったく、すぐに英翔様につけ込まれるんですから……っ」

苛々と叱る季白の舌鋒の鋭さは、とどまるところを知らない。

はからずも、季白にまで「隙だらけ」と評されて、明珠は情けなさに肩を落とした。

（ううう……。自分ではしっかりしてるつもりなのに……。しょせん、田舎の小さな町での評価だもの。季白さんみたいな、貴族に仕える大人から見たら、頼りないのかもしれない……）

英翔に無防備だと言われたのは、どうしても納得いかないのだが。

（無防備だっていうなら、英翔様のほうがそうじゃないの。人懐っこく手をつないできたり、抱きついてきたりして……。甘えてくれるのは嬉しいし、可愛いからいいんだけど……。それに季白さんだって、英翔様が甘えるのを許さないなんて、横暴すぎる）

蚕家の子息としては、他人に甘いところを見せてはいけないのかもしれないが、ふだんの英翔は、明珠が心配になるほど大人びている。気安く接せる侍女の前でくらい、子どもっぽく振る舞ってもいいではないか。

「さあ！　全員、するべきことをさっさとしますよ！　離邸で夕食を作るなんて、今日はただでさえ予定外のことが起こっているんですから！」

ぱんぱん！　と手を打った季白に促されて、明珠はあわてて作業に戻る。

張宇が本邸から持ってきてくれた食材を確認し、頭の中でざっと献立を組み立て、調理に取りかかる。今夜の献立は、英翔に頼まれた揚げ魚の野菜あんかけと鶏肉（とりにく）と大根の甘辛煮と、小松菜のおひたしと、蛸（たこ）と胡瓜（きゅうり）の酢の物と、具だくさんの卵の汁物だ。

明珠と張宇が下ごしらえをしているそばの卓で、英翔と季白は黙々と書物を読んでいる。

（英翔様達は何を調べているんだろう……？）

大根の皮をむき、いちょう切りにしながら、明珠は季白が積んだ本に視線を走らせる。

さすが蚕家というべきか、書物の表紙に書かれているのはすべて『蟲語（むしご）』だ。

（す、すごく難しそうな本ばっかり……）

特殊な言語である『蟲語』は、話すのはさほど難しくないものの、読み書きはかなり難しい。師匠について何年も学ばなければ、ふつうの人々は、まず読めない。術師でも、話すことはできても読めない者がいるほどだ。明珠は術師であった母に習ったために、いちおう読むことができるが。

（英翔様も季白さんもすごい……。苦もなくすらすら読んでらっしゃる……）

さすが蚕家の子息といったところか。明珠には真似のできない芸当だ。

よほど大事なことを調べているのか、英翔も季白も真剣そのものの顔だ。先ほど明珠をからかっていた時の気配はみじんもない。

（真剣に本を読んでいる英翔様を見ると、勉強している時の順雪を思い出すなぁ……）

順雪もよく、明珠が料理をしているそばで私塾の宿題をしていたものだ。

よく考えると、今夜の献立は順雪の好物ばかりだ。順雪を思う気持ちが無意識に影響したのかもしれない。

（順雪、いまごろは何をしてるかな……？）

実家の弟に思いを馳せながら、明珠はせっせと手を動かした。

貧しい実家とは異なり、ふんだんにある材料を使って料理をするのは楽しかったが……。

明珠は台所の隣にある食堂で、緊張に身体を強張らせて席についていた。

目の前の卓には作ったばかりでほかほかと湯気を立てている夕食が並んでいる。英翔が食べたいと言った揚げ魚の野菜あんかけに、鶏肉と大根の甘辛煮。小松菜のおひたしと、蛸と胡瓜の酢の物、具だくさんの卵の汁物。

料理なんて何百回としているが、飯店で働いていた時でもここまで緊張したことはない。

「あの、お口に合うかわかりませんが、どうぞお召し上がりください……。というか、ほんと、おいしくなかったらすみませんっ！」

食べてがっかりされるよりは先に言っておいたほうがましなのではないかと、卓に額を打ちつけそうな勢いで頭を下げると、隣に座る張宇がぶはっと吹き出した。

「そんなに心配しなくても大丈夫だよ。手伝いながら見ていたけど、手際もよかったし、きっとおいしくできているに決まってるよ」

柔らかな笑顔で張宇が保証してくれる。悪戯っぽく笑って口を開いたのは、卓の向かい側に季白と並んで座る英翔だ。

「もし、何か失敗していたら張宇に責任を押しつけたらいいぞ」

「ちょっ、英翔様っ!?　ひどいです！　俺は今回は蜂蜜を提供して下ごしらえを手伝っただけで、余計な手出しはしてませんからね!?」

憤然と抗議する張宇に、英翔は笑って答えない。

「せっかくの明珠の心づくしのあたたかい食事なんだ。冷めてしまってはもったいない。食べようではないか」

「お待ちください、英翔様。念のため、まずわたしが食します」

箸を持った英翔を季白が押しとどめる。英翔が不機嫌そうに眉を寄せた。

「明珠と張宇が作った料理に何か仕込まれているはずがないだろう」

季白の制止も聞かず、さっさと箸を伸ばした英翔が、野菜のあんがかかった揚げた魚を口に入れる。

と、愛らしい面輪が動きを止めた。

「英翔様っ!?　何か仕込まれて……っ!?」

身を乗り出し、細い両肩に摑みかかろうとした季白を、英翔が左手で制する。そのまま、もぐもぐと口の中のものを嚥下(えんげ)し。

「うむ、美味い」

愛らしい面輪が花が開くようにほころぶ。

「本当ですかっ!?」

なおも疑わしげな季白に、英翔が冷ややかなまなざしを向けた。

「落ち着け、季白。予想以上の美味さに驚いただけだ」

「ほんとですかっ!?」

思いがけない言葉に、明珠も卓に身を乗り出す。

隣から前から、身を乗り出す季白と明珠を楽しげに見やった英翔が、ゆったりと頷いた。

「嘘など言う必要がどこにある？　世辞ではなく美味いぞ。たまにはこうした庶民的な料理もよいものだ。何より、やはり出来たては格別だな。揚げたばかりの魚にあつあつのあんかけ……。口の中が火傷しそうな料理は、なかなか味わえぬ」

「火傷なさったんですか!?」

「英翔様！　お口の中を見せてください！」

血相を変えた明珠と季白が同時に叫ぶ。英翔が愛らしい面輪を呆れたようにしかめた。

「二人ともよく聞け。しそうな、と言っただろう。それより、お前達も食べるといい。せっかくの料理が冷めては作った明珠に悪いだろう？」

「英翔様……っ！」

明珠への気遣いがにじむ言葉に、じんと胸の奥があたたかくなる。やっぱり、順雪と同じく英翔もとってもいい子だ。

英翔の言葉に、季白も難しい表情のまま箸を持つ。英翔はおいしいと言ってくれたが、口うるさそうな季白はどうだろうか。

はらはらしながら季白と張宇が食べるのを見守っていると。

「まあ……。食べられないことはありませんね」

「おい季白。もっと言いようがあるだろう！　大丈夫だぞ、明珠。とっても美味いよ」

しかめ面で告げた季白を注意した張宇が、明珠を振り返って安心させるように微笑みかける。

「い、いえ。私なんかが蚕家の料理人の腕前に及ばないのは重々承知しておりますので……。とりあえず、食べられるものが作れてよかったです」

ほっとして、明珠もようやく箸を取る。

「明珠。張宇が言っていることは世辞ではないぞ。季白の言など聞き流せばよい。お前が作ってくれた心づくしの料理は、本当に美味だ」

見惚（みほ）れるほど優雅な所作で料理を口に運んでいた英翔が、箸を止めて微笑む。

『お姉ちゃん！　とってもおいしいよ！』

と、満面の笑みで喜んでくれる順雪とは違う、品のよい笑顔。けれども、順雪と同じく痩せぎすな英翔が喜んでぱくぱくと食べてくれているのは同じで。

胸の奥にじんわりと喜びが広がっていくのを感じながら、明珠も料理へ箸を伸ばした。

蚕家にほど近い林の中を通る獣道のそば。
文字どおり、狸（たぬき）や兎（うさぎ）などしか通らぬ獣道から少し離れたところに立てられた簡素な天幕の中。
折り畳み式の卓と椅子、いくつもの寝袋でいっぱいの天幕で、ただ一人、椅子に座る黒衣の術師・

冥骸は、近辺の調査に出していた部下の報告に眉をひそめた。

「娘をひとり逃がしただと？」

「誠に申し訳ございません。追いつめたのですが、まさか『蟲招術』を使って逃げられるとは、予想しておらず……」

冥骸の叱責がよほど恐ろしいのか、額に冷や汗を浮かべながら部下が告げる。

部下といっても、ほんの半月ほど前に雇い入れた者達だ。忠誠心など欠片もなく、金で結ばれた間柄にすぎない。

それなりの手練ればかりだが、雇い主である冥骸に怯えているのは、やはり冥骸が常人にとっては摩訶不思議極まりない『蟲招術』の使い手だからだろう。

実のところ、正面切って渡り合えば、純粋な剣技も腕力も、武術の訓練をしたわけではない冥骸は、部下の誰であろうと敵わない。だが十人程度の賊など、冥骸にかかれば瞬きほどの間に血祭りにあげられる。

無論、金だけで結ばれている部下達に信を置いているわけではない。彼等には見えぬが、《盾蟲》と呼ばれる刃すら弾く甲虫に似た蟲を常に十数匹、己の周りに飛ばしている。

姿を見ることはできないが、羽音は聞こえるのだろう。部下がときおり、空恐ろしそうな顔で周囲を見回している。

だが、かしこまる部下の様子などどうでもよい。冥骸は報告の内容に思わず身を乗り出す。

「何？　術を使っただと？」

「左様です。空中に浮いて、蚕家の塀を乗り越えられてしまいまして……。そのため、残念ながら捕らえて口封じをすることが叶いませんでした」

冥骸がここまで反応するとは予想していなかったのだろう。若干身を引きながら、部下が頷く。

「その娘は、どんな娘であった？」

「どんな娘かと言われましても……。顔立ちは愛らしいように思われましたが、みすぼらしい服装をしたどこにでもいそうな十六、七ほどのふつうの娘でして……。それゆえ、まさか術師とは気づかなかったのです」

「なるほど……。ならば問題ない。むしろ、取り逃がしてよかったほどだ」

冥骸の言葉に、部下がいぶかしげに眉を寄せる。くわしい事情まで明かしてやる気はないが……。

「当の本人は気づいておらぬが、あの娘にはすでに《蟲》の卵を仕込んで、わたしの手駒としているのだ。無事に入り込めたのなら、重畳（ちょうじょう）。蚕家のどこに配属されたのか、調べておけ。無論、手は出すなよ？」

「か、かしこまりました……」

恭しく部下が頷く。顔色が悪いのは、もしかしたら自分にも知らぬ間に《蟲》が仕込まれているのではないかと疑っているためだろう。

部下の様子になど頓着せず、冥骸はくつりと喉を鳴らす。

「着々と準備は整いつつある……。奴の命は風前の灯火（ともしび）だ」

暗殺の依頼を受けた時、冥骸は己の幸運が信じられぬほどだった。

長年、研鑽（けんさん）を積んできた己の禁呪を、ついに試せる機会が来たのだと。

そして実際に――。冥骸の禁呪は、確かに効いた。多少、想定外の事態は起こったが……。

確かに、封じることができたのだ。

「術も使えぬ童子を屠るなど、赤子の手をひねるようなもの。奴を殺せば、次は……」

ゆらり、と胸の奥で昏く淀む炎が揺れる。

報告を終えた部下が下がっても、冥骸はひとり、低い嗤い声をこぼし続けた。

とっぷりと陽も暮れた夜。残り湯で最後に風呂に入った明珠は、薄暗い廊下を歩きながら、ほう、と満足の吐息をついた。

（さすが蚕家。離邸にまでお風呂が備えつけられてるなんて……。今日もばたばたしたけど、一日の最後に湯船につかれるなんて、疲れも吹き飛ぶわ……）

実家では、基本的に濡れた布で身を清めるか行水くらいで、あたたかい風呂につかる贅沢なんて、半月に一度の銭湯でしか味わえなかった。

ちなみに湯を沸かしてくれたのは張宇だ。湯殿の掃除は明珠がしたし、「重いから」と遠慮する張宇を説き伏せて水汲みや薪運びも手伝ったが、焚きつけや火の番は張宇に任せてしまった。

英翔の護衛である張宇にそんな仕事をさせるわけにはいかないと反対したが、

「その……。年頃の娘さんに男が入っている風呂の火の番をさせるわけにはいかないだろう？」

と、逆に説得されてしまった。

（張宇さんってほんとにいい人だなぁ……）

「俺は『蟲語』を読めないからな。調べ物を手伝えない分、身の回りの雑事を引き受けているんだよ。こういう作業も嫌いじゃないしな」

屈託のない張宇の笑顔を思い出しながら廊下を歩いていた明珠は、いくつも並んでいる書庫の扉のひとつが少し開いているのに気がついた。

中から、蠟燭のほのかな明かりが廊下へ洩れている。

(消し忘れかな……)

贅沢なことに、離邸では床につく時間になっても廊下の蠟燭をすべては消さない。本数は減らすものの歩くのに不自由しない程度の明るさは、一晩中、確保している。

が、使っていない書庫の蠟燭は、毎晩きちんと消しているはずだ。書庫には蟲招術の貴重な資料が数多くしまわれている。消し忘れた蠟燭で、万が一にでも火事が起こったら大変だ。

薄く開いた扉の隙間から書庫を覗き込んだ明珠は、すでに寝たと思っていた英翔の姿を見つけて驚いた。

こんな夜更けなのにまだ調べ物をする気なのか、一番風呂に入って夜着に着替えた英翔が、本棚の前で背伸びをしている。最上段の本を取りたいようだが、あと少しというところで指が届かないらしい。

一生懸命背伸びをしている姿が可愛くて、思わず笑みをこぼした明珠は、そっと扉を押し開けた。弾かれたように反応した英翔が険しいまなざしで扉を振り向く。が、明珠の姿を見とめると、ほっと息を吐き出した。

「どうした明珠。こんな遅くまで」

「お風呂をいただいて、髪を洗っていたら遅くなったんです」

説明しながら本棚に近づき、英翔が手を伸ばしていた辺りを見上げる。

「何色の表紙ですか？」

「薄緑だ。紺と朱色に挟まれている本だ」

「あ、これですね」

英翔より頭半分ほど高いので、苦もなく手が届く。

「どうぞ」

差し出すと、英翔は無言で本を受け取った。形良い唇が不機嫌に引き結ばれている。

「あれ？　この本じゃありませんでしたか？」

「いや、あっている。助かった」

英翔の声はぶっきらぼうだ。と、本を持ったまま、急に英翔が距離を詰める。腹立たしそうなまなざしで、明珠の頭の天辺（てっぺん）を睨みつけ。

「明珠、背はいくらだ？」

「え？　五尺と少しくらいだと思いますけど……」

間近に迫った英翔の面輪を真正面から見て、本当に綺麗な顔立ちだなと感心する。

女の自分より愛らしい。もう数年も経（た）てば、町中の娘の視線を一身に集めることだろう。季白や張宇も男前だが、英翔は格が違う。

思わず見惚れずにはいられない整った顔立ちは、まじまじと見つめていると鼓動がぱくぱくと速くなってしまいそうになる。

（腹違いの姉弟とはいえ、雲泥の差だわ……。私は母親似だって言われているけど、英翔様は父親と母親、どちら似なのかしら……？）

しかし今は、秀麗な顔に不満そうな表情をたたえているのが、年相応でなんとも可愛らしい。拗ねた時の順雪を連想させて、明珠はごく自然に英翔の頭を撫でた。

「心配しなくても大丈夫ですよ。英翔様は男の子ですもん。数年もしないうちに、私の背なんて軽く追い越して大きくなられますよ」

「知っている」

考えを読まれたのがしゃくだと言わんばかりに、英翔が眉根を寄せる。「知っている」とはずいぶん自信にあふれた物言いだが、すこぶる英翔らしい。

明珠は笑みを深くして絹のようにすべらかな髪を撫でた。と、不意に撫でていた右手を掴まれる。

「髪が乱れる」

「あ、すみませ――」

謝ろうとした瞬間、英翔の手が伸び、洗った後、下ろしたままにしていた髪を一房手にとる。

「髪を下ろしていると、雰囲気が変わるな」

「そうですか？　私は束ねているほうが動きやすくて好きですけど」

「お前らしいな」

笑みをこぼした英翔が、指先で優しく髪を梳く。

「綺麗な髪だ。わたしは下ろしているのも好きだぞ？」

いつの間にか、英翔の顔から拗ねた表情が消えている。代わりに浮かんでいるのは、いつもの悪戯っぽい笑みだ。

「というか、いくら三月で暖かくなった上に風呂上がりとはいえ、その薄着はどうなんだ？　風邪をひくぞ。それとも――」

英翔がもう一歩、明珠との距離を詰める。実家にいた時から愛用している――というか、冬用以外では一枚しか持っていない使い古した夜着に、居心地の悪さを感じた時。

「英翔様！　夜更けに勝手にお部屋を抜け出されては――、明珠!?」

「ひゃっ！」

突然、戸口に現れた季白の鋭い声に、身を縮める。

「騒ぐな、季白」

英翔が前に出て、季白と明珠の間に立ちふさがる。

「いったい、こんな夜更けに何をなさってらしたんですか!?」

「気になった点があったゆえ、早いうちにと調べに来ただけだ。明珠は風呂を使った帰りで、会ったのは偶然だ」

理路整然と説明する英翔の後ろで、明珠はこくこくと同意の頷きを返す。今回に限っては、季白に怒られるようなことはしていない……はずだ。

と、英翔がそばの卓に本を置いたかと思うと、夜着の上に羽織っていた蚕家の紋が刺繍（ししゅう）された上着を脱ぎ、振り返りもせず明珠に差し出す。

「まだ夜は冷える。羽織っておけ」

「大丈夫ですよ？　寒くなんてありません」

なぜ急にそんなことを言い出したのだろう。きょとんと返すと、英翔は不機嫌そうに眉を寄せて振り返り、ぐいと上着を押しつけてきた。

「夕食は美味かった。お前が熱を出したら誰が食事を作る？　わたしは張宇の飯など御免だ」

「お気遣いありがとうございます。でも、英翔様の上着なんてお借りできませんよ！　絹じゃないですか、これ！」

梅酢で汚した着物が頭をよぎり、明珠はぶんぶんと首を横に振って、必死で上着を押し返す。気遣いは嬉しいが、万が一これまで汚したらと思うと、とてもではないが借りる気になれない。

「私は大丈夫です！　英翔様が着ていてください！」

明珠の抵抗が激しいと見て取った英翔が、季白に視線を向ける。

「では季白。お前が上着を脱げ」

「なぜわたしがっ!?」

「お前のは綿だろう？」

「あのっ、本当に大丈夫ですから！」

明珠はあわてて割って入る。季白の上着というのも、後が恐ろしくて借りたくない。

「もう部屋に戻りますから！　お気遣いは結構です！　失礼しますっ！」

季白に借りを作るなんて恐ろしい目は御免だと、明珠はひと息に言うと二人の前から逃げ出した。

英翔は長い髪を揺らして逃げていった明珠の足音が消えてから、ようやく上着を羽織り直した。我知らず、溜息とともに愚痴がこぼれる。

「まったく……。無防備すぎるだろう。年頃の娘が、薄い夜着一枚で男の前にふらふらと……」

「それも、何かの罠かもしれません。……色仕掛けをするには、絶望的に色気が皆無ですが」

淡々と述べた季白が、英翔に疑わしげな視線を向ける。

「まさか、あんな小娘に色気など感じてらっしゃらないでしょう？」

「からかいがいはある娘だぞ。すぐに動揺して紅くなるところが面白い」

明珠とのやりとりを思い出すと、自然と口元がゆるむ。何事にも一生懸命で、ささいなことに一喜一憂して。

風に舞う蝶のようにくるくると表情を変えるさまは、ずっと見ていても飽きない。

……英翔を子ども扱いする点に思うところがないわけでもないが、現状では仕方があるまい。

英翔の言葉に、季白が信じられないとばかりに目を見開いた。

「英翔様っ!?　望めば、どんな美姫でも手に入れられるあなた様が、あんなちっぽけでつまらない小娘に興味を持たれるとは……っ!?　やはり、どこかお加減が悪いのでは!?」

「黙れ。張宇の蜂蜜を壺ごと口に突っ込むぞ」

英翔に対しても明珠に対しても、この上なく失礼なことをのたまう季白に冷たく告げる。

確かに、明珠はこれまで会った中で一番の美女というわけではない。そもそも、美女など見飽きるほど見てきているので、美醜など英翔の興味を引く要素にならない。だが。

「出会いが『あれ』だったんだ。興味を覚えない理由がどこにある？　お前も明珠のことを気にしているではないか」

「当たり前です！　刺客の疑いがある者を英翔様に近づけるわけにはまいりません！　ついでに申し上げると、わたしが小娘に持っているのは、『興味』ではなく、『猜疑』と『警戒』です！」

「詭弁だな。それも一種の興味だろう？」

「いいえ！　わたしは疋の感情は持っておりませんので」

頑なな口調で告げる季白は、とりつくしまもない。

英翔も、ふだんなら季白の言を受け入れていただろう。素性の知れない侍女をそばに置き、しかも自分から接するなど、刺客に狙われている身ですることではない。だが。

自分の手をじっと見る。

明珠にふれるたびに流れ込む甘やかな感覚は、いったい何なのだろう。まるで身体の芯が切なく疼くような、どこか懐かしさを覚える感覚に、もっとずっと明珠にふれていたくなる。

まるで、寒さに凍える子どもがあたたかな毛布を求めるように。喉が渇いた旅人が清らかな泉を求めるように。

甘い快感に、流されそうになる。

人に対してこんな飢えを覚えたことは、これまで一度もない。自分で自分に驚くほどだ。

季白や張宇に相談しても、気の迷いと断じられるのが落ちだろう。明かす気もない。

昼間、明珠の手についた蜂蜜を舐めた時――、一瞬で酔いそうになったあの甘やかさが、蜂蜜のものかそれとも明珠にふれたからか、自分でも判断がつかないなどと、誰に話せるだろう。

「どうかされましたか？」

「いや、なんでもない」

自分の手を握りしめる。

柔らかで小さい、頼りない子どもの手。

元の姿を取り戻すためなら、どんなことだろうとする。この渇きは、明珠がその鍵を握る者だと、本能的に感じているからなのか。

「探していた本は見つかった。部屋へ戻る」

一方的に言い捨て、卓の上の本を取って背を向ける。

材料の欠片は見つかったが、具体的な方法はまだ闇の中だ。

(『昇龍(しょうりゅう)の儀(ぎ)』まで、あと三日か……。間に合いそうには、ないな)

胸中に湧きあがる苛立ちや焦りを、決して季白に気取られぬよう意志の力で押し込め、英翔は書庫を出た。

第三章

『昇龍(しょうりゅう)の祭り』と願いごと

norowareta
ryu ni
kuchizuke wo

明珠の朝は早い。実家にいた頃から、夜明けとともに起き出して家事を始めるのが日課だ。その分、用がない限り日暮れとともに寝る。そうすれば、余分な灯火代もかからない。

蚕家に来てからは、夜は燭台があるので片づけをしていて多少遅くなることはあるものの、早起きの習慣は変わらない。

目覚めた明珠は、寝台に身を起こすと、夢の残滓を振り払うようにかぶりを振った。下ろしたままの長い髪がはらはらと肩に散る。

「……今日も、一日しっかり頑張らなくっちゃ」

自分に言い聞かせるように呟いて手の甲で目元をこすり、履き古した靴を履く。手早く着替え、髪を動きやすいように束ねて身支度を整えた明珠は、高価な硝子がはめられた窓を押し開けた。ひやりと冷たく澄んだ朝の空気が流れ込む。

いつもなら、気持ちのよい朝の空気を胸いっぱいに吸い込み、今日も一日頑張ろうと気合を入れるのだが――。

『昇龍の祭り』の一日前である今日だけは特別だ。

死者が向かうという西の方角に向けて、手を合わせて瞑目する。

ひとしきり祈ってから、明珠は部屋を出た。廊下はまだしんとしている。英翔達が起き出すのはもう少し後だ。それまでに朝食の準備に取りかかりたい。

台所で昨日の残り水で顔を洗い、新しい水を汲んでこようと空の桶を持って外の井戸へ行こうとした明珠は、裏口の閂が外れているのに気がついた。季白が閉め忘れるなんてことはありえない。

ということは、誰かがもう起き出しているのだろうか。

桶を手に外へ出た明珠は、辺りを見回した。あざやかな青色の衣を纏う小柄な人影が、御神木の下にすぐ見つかる。

（英翔様、早起きだな……）

昨日、英翔とは接触しすぎないようにと、季白にさんざん説教されたばかりだ。

このまま静かに水を汲んで中に戻れば、気づかれない可能性は高い。が――、

（うーっ、朝から思いつめた顔で立ってらしたら、気になって無視できないじゃないのーっ！）

明珠は井戸のそばに桶を置くと、御神木に近づく。数歩も行かないうちに気配に気づいたらしい英翔がぱっと振り向いた。

夕べもそうだった。英翔は人の気配に敏感だ。抱きつかれるまで、後ろから忍び寄る気配に気づかなかった明珠とは大違いだ。これでは『無防備だ』と言われても仕方がないのかもしれない。

「どうした、明珠。こんな朝早くに」

「私はいつも、このくらいの時間には起きて家事を始めていますよ。昨日は遅かったようですのに、英翔様こそ、どうなさったんですか？」

問い返すと、英翔は小さくかぶりを振る。

「眠りが浅くてな。今朝は少し早く目が覚めた。それだけだ」

「ですが……」

先ほどの英翔の表情は、かなり思いつめているように見えた。ただ早起きしただけとは思えない。

問いかける言葉を探している間に、英翔が目の前に歩み寄る。

「どうした？　今朝は目が赤いぞ。お前こそ、よく眠れなかったのか？」

英翔の手が頬（ほお）に伸びてきて、思わず一歩下がる。

同時に、目敏（めざと）い方だな、と英翔の観察眼の鋭さに感心する。しっかり顔を洗って、かなりごまかせたはずなのに。

「何でもないんです。ちょっと、哀（かな）しい夢を見てしまって」

薄く笑ってごまかそうとしたが、だめだった。

「哀しい？」

黒曜石のような深い色の目で問うようにじっと見つめられ、観念する。

「今日は、五年前に亡くなった母の命日なんです。そのせいか、朝方、母が亡くなった時の夢を見てしまって……」

話している間に声が湿り気を帯びてきて、あわててかぶりを振る。

「大丈夫ですよっ！　もう五年も前のことですし。少し感傷的になっただけです！」

母を亡くした時のことを思うと、今でも胸が締めつけられるように哀しいが、英翔に余計な心配はかけたくない。強いて笑顔を浮かべると、いたわるようなまなざしが返ってきた。

「無理せずともよい。わたしも五歳の時に母を亡くした。哀しい気持ちは、理解できる」

淡々と告げられた言葉に、衝撃を受ける。

「そんな……っ！　まだお小さいうちにお母様を……っ。さぞ、おつらかったでしょうね」

英翔は淡々としているが、たった五歳で母を亡くしたのだ。哀しくなかったはずがない。

明珠が母を亡くした時、弟の順雪（じゅんせつ）はまだ六歳だったが、母恋しさに毎日のように泣いていたものだ。明珠だって、一緒に哀しみを分かち合える順雪がいたからこそ、母の死から立ち直ることができた。

幼い英翔は、頼りとする存在を喪って、どれほど心細かっただろう。不仲だという腹違いの兄とは、哀しみを共有することもできなかったに違いない。

英翔が明珠を見て、困ったように微笑する。

「つらくなかったと言えば嘘になる。だが、お前がそこまで哀しむ必要はない」

手を伸ばした英翔にまなじりをぬぐわれ、自分が涙を浮かべていたことに気づく。

「だって、私が母親だったら、小さい子どもを残して逝かなきゃいけないなんて、つらくて心が引き裂かれそうに哀しいですよ！　五年前、私の母が死んだ時も、自分が病に侵されてつらかったにもかかわらず、母は最期まで私と順雪の身を案じてくれていました。きっと英翔様のお母様だって……」

英翔が驚いたように目を見開く。

「……母の立場で哀しんだ者は、今までいなかったな」

あくまで哀しみを表に出そうとしない英翔の手を、明珠は両手で握りしめる。

「英翔様が難しいお立場なのは、おぼろげにしかわかっておりませんけど……。でも、前にも言いましたが、私の前では年相応に振る舞ってくださっていいんですよ？　母親代わりは無理でしょうけど、姉と思って甘えてくださっていいんですからねっ!?」

言った瞬間、しまったと思う。「姉」なんて言葉は、出すつもりはなかったのに。

だが、英翔の楽しげな笑みを見た途端、後悔は霧散する。

「……姉ができるのは、初めてだな」

「遠慮なさらなくていいんですよ。たとえば、一緒においしいものを食べたり、散歩をしたり、他愛のない話をしたりとか。愚痴も聞きますし、もちろん他言したりなんて決してしませんっ！寝つけない夜は一緒に寝る……のは季白さんに怒られるから無理でしょうけど、隣で子守唄を歌ってさしあげますし、寂しい日は、ぎゅっと抱きしめてあげますからねっ！」

力説した途端、英翔の頭が、こつんともたれてくる。

もたれてきた身体を、両手を広げて優しく受け止める。明珠に回された英翔の腕は、思っていたよりも力強い。

「……やはり、戻らんか」

「？　どうしたんです？」

英翔がぼそりと謎の言葉を呟く。

問い返した明珠に答えず、英翔は身を離して一歩後ろへ下がると、両手を広げた。

「ん」

期待するような悪戯っぽい微笑みを浮かべ、英翔が促す。その可愛らしさに思わず明珠は吹き出した。

「甘えん坊ですね」

抱きしめると、衣に焚き染められた香の薫りが鼻腔をくすぐる。覚えのある高貴な薫りに、自然と口元がほころんだ。

「英翔様とお兄様の衣に焚き染められた香は同じなんですね。ふふっ、腹違いとはいえ、やっぱりご兄弟だと好みが似るんでしょうか」

急に英翔の腕に力がこもる。胸元に顔を近づけた英翔が、鼻をすんと鳴らし、

「明珠はさわやかな匂いがするな。梅酢か？」

「ふぇっ⁉」

にやりと笑って言われた言葉に、瞬時に顔が火照る。

「ちゃんと洗ってもらったはずなんですけど、まだ匂いますっ⁉」

今日着ているのは、お仕着せではなく、実家から持ってきた着物だ。みっともないと呆れられただろうか。身を離そうとするが、英翔の腕は意外に力強くてほどけない。

英翔が楽しげに喉を鳴らす。

「冗談だ」

「もうっ、英翔様ったら！　ひどいですっ！」

頬をふくらませて抗議すると、英翔の笑みがさらに明るくなる。

「すまん。お前があまりに素直に応じるものだから、ついからかいたくなった。……怒ったか？」

可愛らしく小首をかしげられ、ずるいと思いつつかぶりを振る。

「怒ってませんけど……。でも、梅酢と言われると心臓に悪いです」

呟いた明珠は、聞くのなら今がいい機会だと思いつく。英翔と二人で話せる機会を逃してはいけない。

「あの、英翔様。ひとつうかがいたいことがあるんですが……」

「ん？　何だ。明珠からわたしに質問するのは初めてだな」

明珠に抱きついたままの英翔が、嬉しそうに見上げる。

「その……。英翔様のお兄様には、どうやったらお会いできるのでしょうか？」

尋ねた瞬間、英翔の目がすっと険しくなる。

冷ややかなまなざしに、何か粗相をしでかしてしまったのかと、鼓動が早くなり背筋が凍る。

明珠から一歩離れた英翔が、厳しい声で問う。

「なぜ、その者に会いたいのだ？」

詰問口調に、失敗を悟る。

明珠の恩人である青年とは、あまり仲が悪くなさそうだと思ったのだが、違ったのだろうか。

「答えられないのか？」

責めるような声音に、とっさに答えられず言葉に詰まる。英翔を不快にさせるつもりなど、まったくなかったのに。

「どうしても、お礼とお詫び(わ)びを申し上げたいんです！　助けていただいたのに、私、気を失ってお礼ひとつお伝えできていなくて……。そのことが、ずっと気にかかっているんです！」

なぜ、英翔が急に険しい顔になったのかわからぬまま、必死に説明する。本当は、着物を汚した弁償額がいくらになるかを一番知りたいのだが、英翔に聞くのは憚(はばか)られる。

「礼を言う？　……本当にそれだけか？」

英翔が疑わしげな硬い声で問う。

「いえ、大変ご迷惑をかけたので、お詫びも……。というか、そちらが本命といいますか……」

「なんだ、そんなことか。そのようなこと、気にする必要はない」

「気にしますよ！　それに、気にするかどうかは英翔様が決めることではありませんでしょう!?」

反論すると、英翔が「ふむ」と腕を組む。

「残念ながら会えんな。あいつは……。うむ、本邸の奥住まいだからな。離邸にいるお前が会う機会はないだろう」

「そんな……っ！」

がくりと肩を落とすと、「そんなに会いたいのか？」と英翔が首をかしげる。

「会いたいですっ！」

こくこくと頷くと、なぜか突然、英翔が破顔した。

さっきとは打って変わった晴れやかな笑顔に、ぱくりと心臓が跳ねる。

「そうか、会いたいか。ならば……。明珠次第かもしれんな」

「えっ!?　それってどういう……？」

尋ね返した明珠の視界が捉えたのは、すこぶる楽しそうな悪戯っぽい笑みだ。

「秘密だ」

「そんなっ！　教えてくださいよ！」

「だめだな」

英翔が突然、身を翻す。

「あっ、待っ――」

御神木の太い幹の向こうへ回り込んだ英翔を追いかけようとして、はたと気づく。

このまま追いかけても、きっと追いつけない。

そう判断して英翔と逆回りに走り出した途端、どんっ！　と真正面からぶつかった。

「わっ！」

「きゃっ！」

英翔のほうが勢いがよかったのか、尻もちをついた明珠の上に英翔がのしかかる。

「すまん、ふざけすぎた」

あわてて英翔が身を起こそうとする。

初めて見るうろたえぶりがおかしくて、明珠は思わず吹き出した。

「大丈夫ですよ。痛くありませんでしたから。英翔様こそ、すりむいたりしていませんか？」

のしかかった英翔の背に片手を伸ばし、あやすように撫でると痩せた身体から強張りがほどけた。

「ああ、大丈夫だ」

頷いた英翔が、明珠の頰に手を伸ばす。

「ようやく、いつもの明珠らしい顔になったな。お前は、笑っている顔のほうがいい」

頰をすべる優しい指先がくすぐったい。人に頰をふれられたのなんて、何年ぶりだろう。

真っ直ぐ見つめてくる黒曜石の瞳に居心地の悪さを感じて、視線を逸らす。

「そ、そういえば、この御神木って、桑なんですよね？　私、こんなに立派な桑は初めて見ました」

明珠の視線を追った英翔が、「ああ」と頷いて身を起こす。差し出された手に摑まって、明珠も立ち上がる。着物についた土や草を払おうとしたが、英翔は明珠の手を握ったままだ。そんなところは順雪を思い出させて、可愛らしい。

「蚕家の神木といえば、有名だからな。わたしも、これほど特異な神木は他に知らん」

「そんなに特別な木なんですか？」

問うと、英翔が驚いたように振り返る。

「知らないのか？」

「すみません、物知らずで……」

申し訳なさに肩を落とす。昔、亡き母から蚕家には大きな御神木が生えていると聞いた記憶があるが、くわしいことまでは知らない。蚕家のことについて話す時の母はいつも、もう二度と手に入らない宝物を思い出すかのように、遠く切なげなまなざしをしていて……。

幼心にあまり立ち入ってはいけないのだと感じて、深くは聞けなかったのだ。

英翔がごわごわした木の幹に左手でふれる。

「この桑は、解呪の力を宿しているんだ。並みの術師の術なら、この木にふれただけで、強制的に術が解呪されてしまうほどだ」

「そんなすごい木なんですか……っ！　解呪の力を持つ木があるなんて、初めて知りました！」

感心すると同時に、御神木にふれた瞬間、なぜ板蟲(ばんちゅう)が消えてしまったのか理解する。

「神木の解呪の力は強力でな。神木の葉を食べた蚕が吐く糸にも解呪の力が宿るため、『護り絹(まもぎぬ)』と呼ばれる特殊な絹になる。蚕家が養蚕でも有名なのは『護り絹』のおかげだな。神木の葉を食わせた蚕からとった絹で作った衣は、仇(あだ)なす術(じゅつ)から身を守る鎧(よろい)となるんだ」

とうとうと話す英翔の説明を聞くうちに、嫌な予感がむくむくと胸の奥に湧き起こる。

「あ、あの、英翔様……っ。蚕家の紋入りのその絹のお召し物って、もしかして……？」

明珠の心中も知らず、英翔が軽く頷く。

「ああ、『護り絹』で織られた衣だ」

「も、もしかして、蚕家の方って、たいてい『護り絹』を着てらっしゃるとか……？」

「どうだろうな。術を使う際に支障が出ることもあるから、時と場合によるだろうが……。たいていは着ているのではないか？」

「ち、ちなみに、『護り絹』って、いったいおいくらくらいなんでしょうか……？」

胃がきゅうきゅうと軋む音が聞こえるようだ。だが、聞かないわけにはいかない。

英翔があっさりと告げる。

「糸の状態で、同じ重さの金より少し高いくらいだな」

「ひぃぃっ！」

「どうした!?」

悲痛な叫びを上げた明珠を、英翔が驚いて振り返る。

「顔が真っ青だぞ!? 手もこんなに冷たくなって……っ!?」

つないだままの手を英翔がぐいと引き寄せる。

「具合が悪いのか？ ならすぐに季白に……」

「い、いえ、違うんです！ 用事を忘れてたのを思い出して……っ！ すみません、失礼しますっ！」

英翔の手を振り払い、脱兎のごとく駆け出す。

先ほどから、おなかの辺りでぐるぐると不穏な気配が渦巻いていたが、もう限界だ。これ以上聞いていたら、気を失ってしまうだろう。

おなかが痛い。恐ろしさに冷や汗がにじみ出る。

（どうしようどうしようっ!? 私、とんでもないものを汚しちゃった……っ!?）

英翔から逃げても、何ひとつ事態が快方に向かうわけではない。だが、今は英翔の絹の衣を見ていられない。

明珠は震える手を握りしめ、離邸へ駆け戻った。

結局、喉を通る気がしなくて、明珠は朝食の用意はしたものの、自分自身は食事を抜いた。

いつもなら、少しくらい調子が悪くても食欲が落ちないのが自慢なのだが、今朝ばかりは不安で胸がいっぱいで、ごはんが入る余地がない。

実家なら食費が浮いたと喜ぶところだが、無料のまかないが出る蚕家では、そうした喜びにひたることすらできない。

三人が使った食器を洗い終わったところで、季白が台所に姿を現した。

「今日は、掃除ではなく別の仕事をしてもらいます」

「別の仕事、ですか？」

首をかしげて問うと、季白が頷く。

「本邸へ行って――」

「本邸ですかっ!?」

噛(か)みつくように聞き返すと、じろりと冷たく睨(にら)まれる。

「ちゃんと最後まで話を聞きなさい。本邸から、『昇龍の祭り』の準備を手伝ってほしいと要望がありました。具体的な作業は、離邸の軒下や周りの木々に灯籠を吊るすという内容です」

一度言葉を切った季白は、ふう、と吐息して低く呟く。

「わたしとしては、離邸の周りに灯籠を飾りたくはないのですが……。宮廷術師を輩出する蚕家としては、手抜かりはできないのでしょう。ともかく、あなたの今日の仕事は、本邸へ行って灯籠を受け取って、張宇と一緒に離邸周辺の飾りつけをすることです。あ、張宇は今、英翔様のお相手をしているので、少し遅れます。張宇の足ならば、途中であなたに追いつくでしょうから、あなたは先に出発しなさい。いいですね？」

「はい！」

物差しでぴしりと線を引いたような季白の声に、思わず背筋が伸びる。

『昇龍の祭り』とは、毎年、春に行われる国中で一番盛大な祭りだ。

建国神話によると、ここ龍華国の祖は、異界に棲まう《龍》と、《龍》に愛された人間の娘との間に生まれた皇子だと言われている。その証拠に、皇族には代々《龍》の力が顕現するのだという。

龍華国の建国の日を祝って行われる祭りが、『昇龍の祭り』だ。

二日間かけて行われる祭りの最終日の宵には、城下を見渡す王城の露台に皇帝と皇子達が姿を現し、その身に宿る《龍》の力の一端を、民衆に示すそうだ。

町中に飾られた灯籠が宵闇に瞬く星よりもまばゆく灯る中、皇帝と皇子達が天へと放った《龍》が、光り輝きながら天空へと高く昇っていくさまは、この世のものとは思えないほど美しい光景らしい。

もちろん、明珠は話に聞いたことがあるだけで、実際に見た経験はないのだが。

『昇龍の祭り』が始まる少し前には、国中の町や村で灯籠が飾られる。

建国神話にちなんで、灯籠を飾りつけるのは、若い女性の役目とされている。離邸にいる女性は明珠ひとりなので、お鉢が回ってきたのだろう。実家にいた頃も、何度か灯籠吊るしの日雇いで働いたことがある。

自分の家に二つ三つ飾るくらいなら風情があっていいのだが、町中のあちこちに吊るすとなると、かなりの重労働なのだ。

「わかりました！　すぐに本邸に向かいます！」

「ちょっと待ちなさい」

歩き出そうとした明珠は、季白に肩を摑まれた。文官らしい風貌に似合わぬ意外としっかりした大きな手のひらが、額に押し当てられる。

「ひゃっ!?　あ、あの、季白さん……？」

明珠の驚きを無視して、季白の手が額から首筋へとすべる。冷徹な性格とは裏腹のあたたかな手がくすぐったい。

「……熱はないようですね。吐き気や腹痛などは？」

「ありません、けど……？」

なぜ季白が急に身体の心配をしてくれたのだろう、と考えていると、じろりと睨まれた。

「英翔様があなたの体調を心配してらっしゃいました。顔色も悪くはないようですが……。どこか具合が悪いところは？」

「だ、大丈夫ですっ！　慣れない環境なので、少し疲れが出てしまっただけで！　英翔様には、大丈夫だとお伝えくださいっ！」

朝、悲鳴を上げて英翔の前から逃げ出してしまったのを気にしてくれたのだろう。英翔の気遣いが嬉しいと同時に、『護り絹』を汚してしまったことを改めて思い出し、しくしくと胃が痛くなる。

明珠の返事を聞いても、季白は渋面のままだ。

「なら、いいのですが……。わたしは医術の心得があります。調子が悪いと思ったら言いなさい。心配せずとも、ただで診てあげますから。いいですか、くれぐれも無理はしないように！　倒れられたりしたら、そちらのほうが迷惑ですからね！」

「季白さん……」

ぶっきらぼうな声の裏に、心配する気配を感じ取って、感動に声が潤む。

厳しく接され、説教されてばかりだったが、ただで診てくれるなんて、いい人だ。

額を押さえた季白が、苛々と続ける。

「まったく……。小娘の顔色が悪いくらいで、英翔様は心配しすぎなんですよ。どうせ、寝つきが悪かったとか、月のものだとか、そんなたいしたことのない理由でしょう？　英翔様がわざわざ心配する価値もない……。どうしました？　顔が赤いですよ」

ふるふると拳を握りしめて、明珠は背の高い季白を睨みつける。

「英翔様がおっしゃるとおりです！　やっぱり季白さんは破廉恥ですっ！」

「はっ!?　いったい、英翔様から何を吹き込まれたんですかあなたは!?」

あわてる季白を無視し、背を向ける。

一瞬でも、いい人だと思った自分が浅はかだった。それに。

（つ、月のものとか、本人の目の前で言うなんて……っ）

恥ずかしさに顔が熱い。

離邸を出た明珠は、怒りに任せて本邸への小道をずんずんと突き進んだ。

（よし、ここまでは誰にも見つからずに忍び込めたけど……。家人のお部屋って、奥のどの辺りにあるのかしら……？）

本邸の奥。人気(ひとけ)のない廊下の隅で、明珠はきょろきょろと辺りを見回した。

二日前、家令の秀洞(しゅうどう)に蚕家は常に人手不足だと言われたが、本当にびっくりするほど人気がない。明珠があっさり奥まで忍び込めたほどだ。

ひとりで本邸に来られたこの機会を逃すわけにはいかない。できれば、父の姿を遠目にでも確認して、何より。

（何としても、英翔様のお兄様にお会いしてお詫び申し上げて、弁償のお金を払える範囲に収めていただかなくっちゃ……っ！）

青年が着ていたのが『護り絹』かどうかはわからない。だが、

（もし、『護り絹』だったら……）

ぞっ、と足がすくんでくずおれそうになり、自分を叱咤(しった)する。

（まだ聞いていないんだもの。最悪の事態の覚悟はしておくに越したことはないけど、むやみに怯(おび)

えてちゃ、心がもたないわ……。もしかしたら、洗濯で綺麗に染みが落ちてる可能性だってあるんだし……っ！）

とにかく、一刻も早く青年に会って確認したい。

この精神的重圧がずっと続けば、そのうち身体にも悪影響が出るだろう。

（それにしても、ほんっと蚕家って広い……っ！　かなり奥まで来たはずだけど、いったいどこに行ったら会えるのかしら……？）

先日、秀洞に会った時に通った廊下より、さらに装飾が豪華になっている。かなり奥まで来ているはずだ。

（いっそのこと、誰かが通りかかってくれれば聞けるのに……）

玄関で正直に聞いてくれればよかっただろうか。いや、それだと奥に行くのを止められていたかもしれない……。と悶々としていると、不意に、廊下の先の扉のひとつが開いた。

「薄揺！　酒を取りに行くだけのくせに、どこで油を売っている!?　さっさと――」

乱暴な足取りで廊下に出てきたのは、二十歳すぎの青年だ。

英翔と同じく絹の衣を纏っているが、明珠を助けてくれた青年とは、似ても似つかない。

ふつうにしていれば整っているだろう顔立ちは、怒りに歪んでいるせいで、損なわれてしまっている。

「……？」

明珠と視線が合った青年が、目を丸くした。不思議そうに目を瞬いた様子に、妙に愛嬌がある。

この青年が、英翔が「奴」と呼んでいた腹違いの兄だろうか？

だが、今はそんなことにこだわっていられない。明珠は青年に駆け寄った。

「突然、失礼いたします！　わたくし、離邸で勤めさせていただいております、楊明珠と申します。蚕家の御子息にお会いしたいのですが……」

「蚕家の子息は、おれだが」

明珠の勢いに呑まれた様子で答えた青年に、言葉足らずだったと気づく。

「いえ。あなた様ではなく、同じ年頃の、もうお一方の……」

「蚕家の子息はおれだと言っているだろう。お前は蚕家の子息を探して、ここまで入り込んだのか？」

青年の顔立ちや口調には、良家の子息特有の傲慢さが垣間見えるが、それほど悪い人物には見えない。

「はい、そうなんです。どうしてもお会いしたくて……っ！」

こくこくと頷くと、青年が笑みを浮かべた。

「言を弄さずともよい。嘘をついておれの興味を引かずとも、素直に言えばいいのだ。蚕清陣様に会いに来ました、と。照れて小細工を弄する姿も、それはそれで愛らしいが……。お前ほどの容姿ならば、そんなことをせずとも、可愛がってやるぞ？」

「あ、あの……？」

なぜだろう。清陣と名乗った青年と、まったく話が噛み合わない。

明珠を頭から爪先まで見た清陣が、嘲るような笑みをこぼす。

「ずいぶん質素な格好だな。だが、鄙にはまれな美貌だ。近くの村の娘か？　たまには可憐な野の花を摘むのも悪くない」

「?」

清陣が明珠の右手を取ったかと思うと、ずいっと身を寄せ、明珠を壁に押しつける。

「あの、清陣様? 私……」

逃げ場を探して左右に振った顎を清陣に捕らえられる。

「ああ、心配せずともよい。おれを楽しませてくれれば、後でちゃんと褒美をとらそう」

「な、何を――?」

ゆっくりと近づいてきた清陣の身体を、押し返そうとする。酒臭い息が顔にかかって、明珠は反射的に目を閉じた。

「あのっ、何か誤解なさって……っ!」

必死で押し返そうとするが、清陣の身体はびくとも動かない。が。

「明珠!」

不意に、目の前に迫っていた圧力が消える。

目を開けた明珠が見たのは。

「張宇、さん……!?」

清陣の腕を後ろに捻(ひね)りあげている張宇の姿だった。

「い、痛い! 何をする!? 無礼者っ!」

清陣の声に張宇がぱっと手を放す。たたらを踏んで離れた清陣が振り返って文句を言うより早く。

「失礼いたしました。この者は不慣れな新人。誤ってこのような奥まで入ってしまったのでしょう。わたしが持ち場に連れていきますので、これにて失礼」

さっ、と見事な一礼をした張宇が、呆気にとられている明珠の手を引いて背を向ける。清陣が口を挟む隙すら与えない。

当然、手を摑まれた明珠は、ついていくほかない。

「あ、あの張宇さんっ⁉　待って……っ！」

大股で歩く張宇を、小走りに追いかける。

明珠を摑む張宇の手は、にかわで貼りつけたようにゆるまない。顔を見なくても、張り詰めた背中を見ただけで、張宇がとんでもなく怒っているのがわかる。

廊下の角を何度曲がったことだろう。

明珠にはどこかわからぬ無人の廊下の片隅で、張宇が足を止める。

「張宇さ――、っ⁉」

話しかけようとした途端、摑んだままの手を強く握られる。

呻いた時には、背中が壁にぶつかっていた。

どんっ！　と顔の横に張宇が手をつく。明珠は反射的にびくりと身体を震わせ、ぎゅっと目を閉じる。

おずおずとまぶたを開けた時には、間近に迫った張宇の顔が大写しになっていた。いつも穏やかな張宇からは想像もつかない険しいまなざしに、息を吞む。

ふだんの温厚さと初めて見る武人としての姿との落差に、思わず身体が震えてしまう。まるで抜身の剣を喉元に押し当てられたような威圧感に、膝が笑う。

「明珠。きみは何者だ？」

刺すようなまなざしに息が詰まる。

「何を企んでいる？」

重ねて問われて、明珠は唇を嚙んだ。

これほど厳しい表情をしている張宇は、初めて見る。ごまかしたら、即座に腰の剣で叩き斬られそうだ。

季白に言いつけられたことを破って、余計なことをしでかしたのは確かだ。だが――。

「わあっ！　め、明珠っ!?」

張宇のうろたえた声に、自分が泣いているのだと初めて気づく。

にじんだ視界の向こうに、いつもの張宇に戻った顔が見える。

「すまんっ、怖かったか？　怯えさせてしまったよな？　怖がらせるつもりは……」

あわあわとなだめようとする張宇に、ぶんぶんとかぶりを振る。

「ちが、違うんです。張宇さんのせいじゃ……。私……っ」

説明したいのに、うまく言葉が出てこない。代わりにぽろぽろと涙が頰を伝う。

と、明珠を見つめていた張宇が、静かな声で問う。

「本邸の奥へ入り込んでいたのには、何か訳があるのか？」

こくこくと何度も頷く。

「それは、英翔様に害を為すような――？」

もしそうであれば許さぬ、と言わんばかりに張宇の声が低くなる。明珠は必死でかぶりを振った。

「違います！　英翔様は関係ありません！　わた、私が……っ」

「わかったわかった。問い詰めたりしないから、泣かないでくれ。女人の涙は、どうにも苦手だ。落ち着かない気持ちになる」

張宇が、子どもをあやすようにぽんぽんと頭にふれる。その優しい手つきに新しい涙がこぼれそうになって、明珠はあわてて手の甲で目元をこすった。

「だが、英翔様に仕える者として、このまま放っておくわけにはいかない。いったいどんな事情があるのか、ちゃんと説明してくれるな？」

強い声で諭すように言われ、こっくりと頷く。

ここまで来たら、隠し立てはできない。クビを言い渡されるかもしれないが、貴重な『護り絹』の服を汚したことを、正直に話すしかないだろう。

覚悟を決めた明珠の強張った顔に気づいたのか、張宇がもう一度、優しく頭を撫でてくれる。

張宇の手は大きくて優しい。もし、張宇みたいな兄がいたら、さぞ自慢できるだろう。

「事情はわからないが、大丈夫だ。英翔様に危害が及ぶ話でなければ、俺は明珠の力になるよ。縁あって一緒に働けるようになった仲間なんだ。ひとりで抱え込まずに、相談してくれていいんだぞ？」

「張宇さん……っ」

だめだ。張宇の優しさに涙が止まらない。しゃくりあげながら、明珠は深く頭を下げる。

「さあ、落ち着いたら、とりあえず灯籠を受け取りにいこう。離邸に戻ってから、話はゆっくり聞くから……」

なだめようと背中を優しく撫でてくれる張宇に、明珠は何度も頷いた。

「遅い！　この愚図(ぐず)が！」

罵声とともに顔目がけて飛んできた小さな盃(さかずき)を、薄揺は盆を持ったまま、避(よ)けずに受け止めた。

避けるのは簡単だが、避ければ主人である清陣の機嫌がさらに悪くなるのは、これまでの苦い経験で嫌というほど思い知らされている。

がっ、と額に当たった盃の痛みを、唇を噛んでこらえる。

硬い音を立てて床に落ちた盃が割れなかったことに安堵(あんど)を覚える。

割れていたら、また罵声が飛んでいたに違いない。かといって、落ちる前に受け止めても叱責されるのだから困ったものだ。

薄揺は諦めの吐息を胸中に隠す。

貧しい農家に生まれた薄揺に蟲招術(ちゅうしょうじゅつ)の才能があるとわかったのが五歳の時。名門・蚕家に引き取られた時は、天にも昇る気持ちだったが。

実際は、薄揺の才能はそれほどたいしたものではなく、同い年の蚕家の嫡男、清陣の側用人(そばようにん)としてこき使われる日々だ。

薄揺の人生は、このまま、清陣の傲慢さにすり潰されていく日々なのだろう。

「遅くなって申し訳ございませんでした」

感情を消した声で詫び、型どおりの所作で頭を下げる。

厨房から運んできた盆を卓に置く。盆の上にのっているのは、酒が入った瓶と盃だ。

金で装飾された高価な盃に銘酒をそそぎ、差し出すと、清陣は乱暴な手つきで一気に酒を呷る。

かんっ、と卓に置かれた盃が、胸がざわめくような硬い音を立てる。

「くそっ！　何者だ、あの男……っ。このおれを虚仮にしやがって……っ！」

酒臭い息とともに吐き出される言葉に、沈黙で答える。清陣が酒びたりで不機嫌なのは、いつものことだ。下手に口を出せば、次は酒を浴びせかけられるだろう。

「おい薄揺。お前、いま離邸を誰が使っているか知っているか？」

珍しく質問を投げかけられて、伏せていた視線を上げる。

清陣が薄揺に問いを投げるのは珍しい。いつもは一方的に命じられるだけだ。

「離邸で、ございますか？」

問い返しつつ、空いた盃に酒をつぐ。

「明珠と名乗った娘が言っていた。離邸で勤めていると……。あそこにあるのは本ばかりだ。若い侍女連れの術師でも泊まっているのか？」

問い返した薄揺の声など聞こえていなかったように、清陣はふたたび酒を呷る。「まさか、その娘に手を出されたのではないでしょうね？」と問いただしたい衝動を、とっさに抑える。

清陣の不機嫌さからするに、おそらく逃げられたに違いない。そうであってくれと願う。

清陣には知らされていないが、離邸には今、さる貴人が滞在しているという話だ。厳重に情報が伏されているため、清陣の側付きでしかない薄揺はもちろん詳細を知らない。

だが、万が一、清陣が貴人の侍女に手を出したとなれば、大問題に発展する可能性もある。そうなれば、側付きの薄揺も咎をまぬがれまい。

「くそっ、あの男……っ！　下男の分際でおれに手を出した上に、目の前で娘をかっさらいやがって……っ！　覚えていろ、必ず思い知らさせてやる……っ！」

清陣が呪詛の声を吐く。本来なら整っているはずの清陣の顔は、酔いと怒気に赤く染まっていた。

「必ず、痛い目に遭わせてやるぞ。男も、娘もだ……っ！」

清陣が酒と怒りと欲情で濁った目を向ける。

「薄揺、離邸にいる奴がどんな奴なのか調べろ！　おれに手を出した報いを受けさせてやる……！」

「……かしこまりました。少々、お時間をいただけますか？」

胸中の感情を押し殺し、薄揺は頷いて目を伏せる。

正直、調べたくなどない。清陣が何やら痛い目に遭ったらしいが、「誰かは知らぬが余計なことを」という鬱陶しさしか湧かない。

後を引き受けさせられる薄揺が迷惑するのだから、清陣に余計なちょっかいなど、かけないでほしい。

清陣の性格だ。若い侍女を見つけて、自分から騒ぎを起こしたに違いないだろうが。

主人の命に、異は唱えない。反対すれば、清陣の怒りをぶつけられるのは薄揺だ。

蚕家の嫡男として育てられ、当代随一の術師である当主・蚕遼淵の血を引く清陣は、術の腕だけならば並の術師以上だ。

その力が清陣の不興を解消するためだけに薄揺に向けられるなど、絶対に御免だ。気の毒だが、離邸の客人に清陣の怒りをかぶってもらうしかない。

淡々と考え、薄揺は自分の感情に蓋をした。

「季白。なぜ、今日に限って窓の幕を閉めきっている？」

昼間だというのに燭台を灯した離邸の図書室のひとつで、英翔が機嫌の悪さを隠さず問うと、対面に座る季白が書物から顔も上げずにさらりと答えた。

「少し薄暗いほうが、集中力が増すかと思いまして」

「はっ」

英翔は鼻を鳴らして吐き捨てる。

「昨日までは開けていただろうが」

苛立(いらだ)ちで声の温度が下がっていくのが、自分でもわかる。

「余計な気遣いは不要だ。かえって腹立たしさが増す」

「……かしこまりました」

季白が立ち上がり、ぴったりと閉ざしていた窓幕を開ける。

途端に明るい陽射(ひざ)しが図書室に差し込み、英翔は眩(まぶ)しさに目を細めた。鳥のさえずりひとつ聞こえぬ離邸は、英翔と季白が紙をめくるかすかな音以外に、音らしい音もない。

「今日は、やけに静かだな」

呟くと、季白が意外そうな視線を向けてきた。

「そうですか？　いつもこんなものだと思いますが」

いぶかしげな季白の声に、ああそうか、と原因に思い当たる。

「明珠か。今日は明珠が外で作業をしているのだったな」

「ええ……」

珍しく歯切れ悪く頷いた季白に、冷ややかな視線を向ける。季白の気遣いが、己の無力にささくれだった心には、逆に鬱陶しい。

「わたしを日付もわからぬ愚か者と侮るか？」

「いえっ、決してそのようなことは……っ！　わたしの浅慮をお許しください」

季白が深々と頭を下げる。答えずに、英翔は視線を本に戻した。

読まねばと頭ではわかっているのに、気ばかり焦って内容が頭に入ってこない。

英翔は吐息して、卓の上に置いてあった器を呷った。すっかり冷めた茶が喉を通る。

今日はやけに、明珠の顔が見たい。明るい笑い声を聞けば、心に鬱屈する苛立ちも、わずかな間は忘れられそうな気がする。

英翔は己の思考に苦笑した。

出逢ってから、まだたった三日だというのに、明珠の声が聞こえないのを寂しく思うとは、我ながら、どうかしている。

明珠は今は張宇と二人でせっせと灯籠の飾りつけをしているのだろうか。

ふと、何かに呼ばれたように窓の外へ視線を向ける。予想したとおり、張宇が支える台に乗った明珠が、灯籠を木の枝にぶら下げていた。

が――。どこか、明珠の様子がおかしい。

ふらつく足取りで明珠が台から下りる。

「おい季白。お前ちゃんと明珠の体調を確認……」

「はい？」

遠目に、明珠の横顔に光る涙を見たと思ったのは、一瞬――。

「英翔様っ!?」

がたたっ！

季白が驚愕の声を上げて席を立つ。

その声も耳に入らず、弾かれたように英翔は押し開けた窓を乗り越え、走り出していた。

「ちょっ、明珠！　落ち着いて……っ」

張宇の胸に寄りかかってきた明珠の柔らかな身体が、不意に離れる。

「明珠っ！」

張宇の視界に飛び込んできたのは、息を荒くし、この上もなく激昂した主の顔――。

明珠を背に庇い、張宇を睨みつける強いまなざしに、ふと、目の前の御方を、生涯の主と定めた遠い日のことを思い出す。

が、今は過去にひたっている場合ではない。このままでは、張宇の未来が危うい。

「張宇っ、説明しろ！　何があった!?」

張宇を睨みつける英翔の表情は、返答次第では斬りつけられそうだ。

英翔に手を握られた明珠が、小柄な英翔の背後で泣きじゃくりながら、力なくかぶりを振る。

「あのっ、わた……っ、張宇さんに……」

「――張宇。何をした？」

英翔の声は、地の底から響く虎の唸り声のようだ。

背筋が凍える感覚を味わいながら、張宇は必死で首を横に振る。

「英翔様！　誤解ですっ！　俺はただ……っ！」

「そ、です。張宇さんは、悪くありませ……っ。私が、勝手に……っ」

ぽろぽろと涙をこぼす明珠が、とぎれとぎれに張宇の弁明をしようとするが、逆効果だ。

何をどう誤解しているのか、英翔の黒曜石の瞳がさらに鋭く、研いだ刃のようになる。視線の剣に貫かれて、今にもあの世へ旅立てそうだ。

「め、明珠！　頼むから、少しだけ口を閉じててくれないかっ!?」

「張宇！　貴様まさか、明珠に人に言えないようなことを……っ!?」

もし今、英翔の腰に剣があったら、張宇の首は、胴体と永遠におさらばしていただろう。

万が一にも英翔に奪われないよう、腰に佩いた剣の柄を押さえながら、張宇は必死に言葉を紡ぐ。

「英翔様！　あなた様に誓って、俺は明珠に何もしていませんっ！　明珠が泣いているのは、元はといえば英翔様のせいなんですっ！」

「わたしの？　……いったいどういうことだ、それは？」

予想だにしていないことを告げられ、虚をつかれた英翔が、ようやくわずかに冷静さを取り戻す。

そこへ、離邸から駆けてきた季白がようやく合流した。

「英翔様！　窓から飛び出されるなんて、いったい何が……!?　張宇、いったい何をしたんです!?」

「あー、うん。そのやりとりはもう、英翔様と済ませたから。みんな、一度、中へ入りましょう。英翔様が納得されるまで、一からちゃんと説明しますから……」

「張宇！　わたしも納得するまで引き下がりませんよ！」

主人第一のあまり、ときどき極端に視野が狭くなる同僚を、生温かい目で見やる。

「うん、わかったから。とりあえず、明珠を泣かせっぱなしにはできないでしょう？」

明珠を理由に使うと、英翔が戸惑ったように「まあ、そうだな」と頷く。

「泣くな、明珠」

明珠を振り返り、懐から取り出した手巾で涙をぬぐってやるさまは、先ほど怒気を発していた人物と同じとは思えないほど、穏やかで優しい。

こんな英翔を見るのは何年ぶりだろうか。ずっと昔に、張宇の双子の妹達を慰めている姿を見た記憶があるが。

「張宇！　何をにやにやと笑っているのですか。話があるなら、さっさと言いなさい！」

季白の声に我に返る。

「そうだ。話の内容次第では、ただではおかんからな」

張宇を振り返った英翔の厳しい声に、あわてて片手で口元を隠す。

ゆるんだ口元を見られて、またあらぬ誤解を受けてはたまらない。

「つまり。明珠は英翔様……の、兄上の着物を汚してしまったことを、ずっと気にしていたんです」

先ほどまで英翔と季白がいた図書室。

四人が席につくなり、張宇は開口一番に結論から告げた。

「……は？」

英翔が珍しく、間の抜けた声を出す。代わって口を開いたのは明珠だ。涙はひとまず引っ込んでいるが、目はまだ潤んでおり、鼻も赤い。

「実は……。私、塀を乗り越えた時に、英翔様のお兄様のお召し物を、汚してしまったんです」

実は何も、張宇も英翔もとうに知っているが、あえて何も言わない。

「それで、弁償しないといけないと思って、いくらになるんだろうって不安になっていたところに、今朝、英翔様から『護り絹』のお話をうかがって、居ても立ってもいられなくなって……」

明珠の目に新しい涙が浮かぶ。

「め、明珠！　泣くなっ！　弁償なんてものはいらん！」

あわてて口走った英翔に、明珠が「え？」と驚きの視線を向ける。

英翔がこほんと咳払い（せきばら）いすると、説明する。

「汚した服は『護り絹』ではなかったし、汚れは洗濯でちゃんと落ちた！」

どちらも嘘だと、張宇は知っている。だが、英翔は明珠を見つめると、きっぱりと断言した。

「汚されたことを怒ってもいない。だから、お前が気に病んだり、弁償したりする必要は、まったくないんだ！　わかったか!?」

「は、はいっ！」

反射的に背筋を伸ばして返事をした明珠が、おずおずと英翔を見る。

「あの、英翔様、本当に……？」

「くどい！　わたしの言うことを信じられぬと!?」

「いいえっ、とんでもないですっ！」

姿勢を正して、明珠がぶんぶんとかぶりを振る。

英翔にとっては、『護り絹』の服を汚されたことなど本当にどうでもよいことだ。まさか、明珠がここまで気にしているとは、思いもよらなかっただろう。

そもそも、今、英翔が着ている『護り絹』は、すべて借り物で、今では着る者もいないお古だ。汚されようと何だろうと、気にする物ではない。

英翔が呆れたように明珠を見る。

「だいたい、泣くほど気にしていたのなら、なぜもっと早くわたしに相談しなかった？　そうすれば、気にすることはないとすぐに教えてやれたものを」

「そ、それは……」

明珠が無言で押し黙っている季白をちらりと見て、身を縮める。

「着いて早々、大失態をやらかしたので、雇っていただけないんじゃないかと思って……」

口を開きかけた季白を、英翔が片手で押しとどめる。

「お前の雇い主はわたしだ。わたしはお前をクビする気など、これっぽっちもない」

「英翔様……っ！」

明珠が嬉しそうに声をはずませる。

「だからいいか!?　何かあれば、まずわたしに相談しろ。わかったなっ？」

「わかりました！　ありがとうございますっ！」

（いや、わかってないだろう、明珠）

思わず突っ込みかけて、口をつぐむ。英翔の真意は明珠に通じてなさそうだが、英翔が満足したように頷いているので、まあよしとする。

「……今朝、急に顔色が悪くなったのは、そのせいなのか？　朝食を食べなかったのも？」

英翔が気遣わしげに尋ねると、明珠がぺこりと頭を下げる。

「すみません、ご心配をおかけして。でも、英翔様のおかげで胸のつかえが取れました！　本当にありがとうございます！」

明珠が、周りの心を明るくするような、花が咲くような笑顔を見せる。と。

く～きゅるるる～。

腹の虫が可愛く鳴り、明珠が真っ赤に頰を染めて両手でおなかを押さえる。

「す、すみません……っ」

英翔が小さく肩を震わせて笑みをこぼす。

「食欲も戻ったようで何よりだ。台所に行って、腹に何か入れてこい。本邸の手伝いは後でもかまわん」

笑って促す英翔に、「でも……」と明珠が迷うそぶりを見せる。

「空腹で働いて、倒れられるほうが迷惑だ。灯籠吊りなど、急ぎの作業でもあるまい。そうだろう？」

水を向けられて頷く。

「明珠。英翔様の言うとおりだよ。先に何か食べてくるといい」

「張宇さんもそう言ってくださるなら……。すみません、失礼いたします」

ぺこりと頭を下げた明珠が図書室を出て行く。その後ろ姿を見送って。

「……で。明珠の事情はわかったが、それでなぜ、お前が明珠を抱きしめる必要がある？」

「あ、そこはまだ納得してらっしゃらないんですね」

英翔に険しい目で睨みつけられ、思わず苦笑する。

「その……」

どう話したら英翔を怒らせずに説明できるかと考えを巡らす。

「明珠が本邸の奥へ忍び込もうとしていたので、捕まえた時に、少し怯えさせてしまいまして。とりあえず、本邸を出て事情を聞くからと連れ出して、作業をしながら事情を聞いているうちに、明珠が泣き出してしまって……。ふらついたところを支えて慰めただけで、英翔様がお怒りになるようなことは、まったくしていません！　誤解です！」

「明珠が本邸に忍び込んだ？」

険しい顔で反応した季白を横目に、張宇は静かな声で指摘する。

「英翔様。『兄上』が本邸にいると、明珠に話されましたね？」

「あー……」

英翔が頭痛を覚えたように、額を押さえる。

「言った。確かに言った」

季白と張宇の責めるような視線を受けて、英翔がやけになったように声を荒らげる。

「仕方ないだろう。他にどう言えと!? まさか、明珠が本邸の奥へ忍び込もうとするとは、予想できんだろうが」

はあ、と椅子の背にもたれた英翔が、疲れたように吐息をこぼす。

「……まったく。あの娘は、思考も行動も、まったく予想できんな」

英翔自身は気づいているのだろうか。呟く英翔の表情は、声音とは対照的にどことなく楽しげだ。

「英翔様の作り話は、さほど害になりませんでしょう。明珠にはもう、本邸に忍び込む理由もありませんし。ただひとつ、気がかりが」

「何だ？」

張宇が声を落として告げると、英翔の目に厳しさが戻る。

「偶然かと思いますが、本邸の奥に忍び込んだ明珠が、蚕遼淵の息子、清陣と接触しました。明珠を連れ出す際に、俺も顔を見られています」

「明珠が蚕家の密偵という可能性は？」

季白の問いに、張宇はちらりと英翔を見て、口を開く。

「俺が見たところ、出会ったのは偶然のように見受けられました。その……。見つけた時、清陣に迫られて、困っている様子でしたので」

ひやり、と英翔から冷気が立ちのぼった気がして、首をすくめる。

一気に室温が下がる。まるで真冬に戻ったかのようだ。

英翔が黒曜石の瞳に刃のような冷たい怒りを宿し、淡々と告げる。

「蚕清陣と言えば、まだ若いが、酒好き女好きと、ろくでもない噂ばかりらしいな？」

「は、左様で」

季白が英翔と視線を合わさず、短く答える。

「遼淵がわたしを裏切ることは、おそらくあるまい。あれは変わり者だ。わたし以上の好条件を提示されぬ限り、わたしに手は出さぬだろう。だが……。蚕家も一枚岩ではあるまい。ここ十日ほどは穏やかに過ぎたが……。襲撃の失敗を挽回しに、そろそろ次の刺客が来る頃かもしれん。くれぐれも用心しろ」

「「はっ」」

張宇と季白はそろって首肯する。

顔を上げて英翔に厳しい目を向けたのは季白だ。

「用心とおっしゃるのでしたら、英翔様こそ、おひとりでふらふらと出歩かないでくださいませ！特に、いまだ怪しさの晴れぬ明珠と二人きりでいるなど、もってのほかです！ 英翔様が自ら危険に飛び込まれては、守れるものも守れません！」

従者として、至極まっとうな苦言を呈した季白に、英翔は鬱陶しそうに顔をしかめる。

「それについては、聞かぬ、とすでに何度も言っているだろう」

「ですが……っ！」

抗弁する季白を手で制し、英翔は張宇に視線を向ける。

「いい機会だ。明珠と一番接している張宇の意見も聞こうではないか」

英翔と季白の視線を受け、張宇はこの三日間、明珠と掃除や料理をした時間を思い出す。

張宇の目から見た明珠は。

「……確かに、あの性格や振る舞いが演技だとしたら、稀代の役者でしょうね。しかし」

喜色を浮かべた英翔が口を開くより早く、続ける。

「季白の心配ももっともです。家令の秀洞殿に簡単な身元確認はお願いしたものの、裏は取れていません。明珠が特異な存在であることは確か。むやみに警戒を解くのは、時期尚早かと」

強いて生真面目な口調で言い切った張宇は、ふ、と息を吐いて笑う。

「まあ、そばで見ていて飽きない娘なのは確かですが」

「よりかかられて悪い気はしない程度にはか？」

「英翔様！　あれは誤解ですと……っ！」

にやりと笑った英翔にからかわれ、唇をひん曲げる。

「からかっただけだ」

楽しげに笑う英翔を、不思議な気持ちで見つめる。

確かに、くるくるとよく動く表情といい、明るく活発な性格といい、明珠は魅力的な娘ではある。

今まで英翔の周りにいなかった類いの娘であることも確かだ。

だが、それだけで、英翔がこれほど心を砕くものだろうか？

張宇には、どうしても信じられない。

やはり、出逢った日に明珠が見せたことが、英翔の興味を引いているのだろうか。

「明珠の正体を知りたいのはわたしも同じだ。張宇、一緒に作業する時間は、お前が一番長い。何か気づいたことがあれば、ささいなことでもいい。すぐに報告しろ」

「かしこまりました」

敬愛する主の命に、張宇は深く頭を下げた。

昼食の支度や片づけ、夕食の仕込みなどをしていたため、灯籠の飾りつけは、結局、夕方までずれ込んでしまった。

「飾りつけは終わったようだな」

明珠が離邸の玄関の庇(ひさし)に最後の灯籠を吊るしたところで、英翔が顔を覗(のぞ)かせる。

「はい！　張宇さんに手伝っていただいたおかげで、何とか今日中に終わりました！　張宇さん、ありがとうございます」

ぺこりと頭を下げると、張宇が穏やかに笑ってかぶりを振る。

「いや、明珠が頑張ったからだよ。数も多かったし、大変だったろう」

「大丈夫です！　私、力仕事はけっこう得意ですから！」

力こぶを作って答えた明珠は、自分が吊り下げた灯籠をほれぼれと見上げる。

「それにしても、蚕家ってやっぱりすごいんですねえ。こんな見事な灯籠、見たことがないです！」

繊細な透かし彫りの木枠に、色とりどりの薄布が張られた灯籠は、今まで明珠が見た中で、一番、

精緻な造りだ。しかも、

「蠟燭の代わりに《光蟲》を中に入れているなんて！　こんなに綺麗な灯籠は、蚕家でしか見られませんね！」

　ふつうの灯籠は夜の間だけ蠟燭を灯すが、蚕家の灯籠は、光を放つ一寸ほどの蝶に似た蟲が入っている。中で光蟲が羽ばたくたび、薄布を通した光が揺れて、硝子の欠片のような色とりどりのきらめきが散る。

　そろそろ夕闇が迫る中、きらめく光の欠片をうっとりと眺める。

蟲を長く使役しようとすればするほど、術師には高度な技と力が求められるため、光蟲を使った明かりなど、滅多に見られない。

　本邸も含めれば、数百にも及ぼうかという灯籠に、術師達が何人がかりで光蟲を入れたのかは知らないが、それだけ蚕家の術師が優れているという証拠だろう。

「光蟲の灯籠なら、王城でも見ることができるぞ」

　英翔の言葉に、感心の声を上げる。

「そうなんですか、さすが王城ですね！　こんな綺麗な灯籠に照らされた中、行われる『昇龍の祭り』は、さぞ見事なんでしょうね……」

　美しい光景を夢想して、うっとりと呟いた明珠は、英翔が顔をしかめているのに気がついた。

「どうしたんですか？　あっ、もしかして、おなかが空いて、夕食の催促に来られたんですか？」

「違う」

　あわてて台所へ向かおうとした明珠は、英翔に手を摑んで引きとめられた。

「調べ物に詰まって、ひと息入れに来ただけだ」

「じゃあ、甘いお菓子でもお持ちしましょうか？」

台所へ歩き出そうとしたが、英翔の手は離れない。呆れたように英翔が口元に笑みを浮かべる。

「落ち着きのない奴だな。せっかく飾りつけたんだ。もう少し灯籠に見惚れていても、罰は当たらんぞ。気に入ったのだろう？」

「はいっ！　すっごく綺麗です！」

この美しい光景を見られただけでも、蚕家に来た甲斐がある。三人で並び、しばし無言で光が揺らめくさまを眺めていた明珠は、ふと思いついた疑問を口にした。

「そういえば英翔様。『昇龍の祭り』では、どんな願いごとをなさるんですか？」

言い伝えでは、皇帝や皇子達が天へと放つ《龍》が、庶民の願いごとも天へと届けてくれるのだという。そのため、昇龍の祭りの日には、願いごとを書いた短冊を、灯籠の火で燃やす風習がある。

蠟燭ではなく光蟲を使っている蚕家では、別の火で短冊を燃やすのだろうか。

明珠の問いに、英翔は答えずに逆に聞き返してきた。

「お前は、どんな願いごとをするんだ？」

問われて即答する。

「順雪が立派な大人に成長してくれるようにと、毎年願ってます！」

「他には？」

「えっと……。家族みんなが病気せずに元気に暮らせるようにっていうのと、あと、借金を早く完済できるようにっていうのも、お願いしますよ？」

答えると、なぜか英翔は呆れたように顔をしかめた。

「それでは他人のための願いばかりではないか。自分の願いはないのか？」

「もちろんあります！」

「言ってみろ」

英翔に促され、笑顔で答える。

「いつまでも元気で働けますように、って！」

「……働かなくていいほど金持ちになりたい、ではないのか？」

英翔の呆れ声に、とんでもない、とかぶりを振る。

「身のほどはわきまえているつもりです。そんなこと、起こるはずがありませんから！　それに、労働は尊いものです。働いた分、ちゃんとお給金がもらえるんですから。身体さえ元気でいられたら、多少の苦労は乗り越えられます！」

「明珠は地に足がついた考えの持ち主なんだな」

張宇に微笑んで言われ、嬉しくなる。

が、英翔はますます渋面になっている。英翔の顔を見て、明珠は最新のお願いごとを思い出した。

「あっ、でも、今年は願いごとが増えました」

「何だ？　お前のことだ。どうせまた、ささいな願いごとなのだろう？　菓子を腹いっぱい食べたいとか、給金が上がるようにとか、そんな程度の」

小馬鹿にしたように笑う英翔に、きっぱりとかぶりを振る。

「いいえ。これはなかなかの大願ですよ」

MFブックス　5月25日 発売タイトル

八男って、それはないでしょう！ みそっかす 1

ヴェルと愉快な仲間たちの
黎明期を全編書き下ろしで
お届け!

著者●Y. A
イラスト●藤ちょこ
B6・ソフトカバー

冒険者予備校時代のヴェルに降りかかる面倒事『狩猟勝負』、生きるために狩るヴィルマの狩猟生活『英雄症候群の少女ヴィルマ』、聖女と呼ばれるに至ったエリーゼの正道の記録『聖女誕生』、以上の三本を収録!

呪われた龍にくちづけを 1 ～新米侍女、借金返済のためにワケあり主従にお仕えします!～ 上

仕えるのは“呪い”を
抱えた美少年!?
秘密だらけな中華風ファンタジー!

著者●綾束乙
イラスト●春が野かおる
B6・ソフトカバー

借金返済のため奉公に出た屋敷で、明珠は秘密を抱えた美少年の英翔と、従者の青年、季白と張宇に仕えることに。しかし、明珠のにぎやかな日々の裏では、彼らの隠す秘密を巡り不穏な気配が渦巻き――!?

毎月25日発売!!

ほのぼの異世界転生デイズ ～レベルカンスト、アイテム持ち越し！ 私は最強幼女です～ 3

魔力暴走を抑える術を求め、
レニは母の故郷・エルフの森へ！

著者●しっぽタヌキ
イラスト●わたあめ
B6・ソフトカバー

異世界に転生したレニは、旅の途中で知り合った王女を無事に救出するが、そこで魔力暴走を起こしてしまう。レニは魔力暴走を抑えるため母の故郷・エルフの森に向かうのだが、途中でドラゴンの少女に襲撃され……!?

職業は鑑定士ですが【神眼】ってなんですか？ ～世界最高の初級職で自由にいきたい～ 3

【神眼】vs【魔眼】の戦い。
未来を見通すのは――！

著者●渡琉兎
イラスト●ゆのひと
B6・ソフトカバー

異世界人を召喚・利用していたシュリーデン王国を倒すことに成功したトウリ。しかし、他国を占領した王女マリアが彼らのもとへ上級職の同級生を送り込んでくる。トウリは鑑定の力で帰るべき場所に生還できるか!?

オトナのエンターテインメントノベル

みつばものがたり 2 呪いの少女と死の輪舞(ロンド)

戦争、革命、カルト。
変乱の世で嗤(わら)う
少女が狙うは——?

著者● 七沢またり
イラスト● EURA

B6・ソフトカバー

ついに戦争が始まった! ミツバはクローネたちと前線へ送られてしまう。一方、王都に残ったサンドラは王政廃止へ向けて準備を進め……。呪いの力でわがままに生きる少女を描く、最凶ダークファンタジー第2弾!

戦闘力ゼロの商人 ～元勇者パーティーの荷物持ちは地道に大商人の夢を追う～ 2

城塞都市の
巨大オークションで、
各陣営の思惑が絡み合う!

著者● 3人目のどっぺる
イラスト● Garuku

B6・ソフトカバー

遺跡探索を成功させた商人のアルバスは、念願の荷馬車と行商許可証を手に入れ、専属の護衛となったロロイと共に着々と遺物売りの準備を進めていた。しかし、仲間の大切な屋敷がオークションに出されてしまい——!?

酔っぱらい盗賊、奴隷の少女を買う 3

盗賊と少女、二人の幸せは未来へ続く。

著者●新巻へもん
イラスト●むに

B6・ソフトカバー

冒険者ハリスは、奴隷の少女ティアナのおかげで未来への希望を取り戻しつつあった。しかし、二人が結ばれるには、貴人の思惑にのって、後ろ盾を得る必要がある。ハリスは無事に、望む未来を手に入れられるのか!?

召喚された賢者は異世界を往く ～最強なのは不要在庫のアイテムでした～ 4

召喚された最強賢者、自分と同じゲームプレイヤーと遭遇する!?

著者●夜州
イラスト●ハル犬

B6・ソフトカバー

異世界に召喚され、最強の賢者になったトウヤは、視察で訪れた街でのトラブルも解決し、帝都に戻ってきていた。彼はトラブルを解決した褒美に新たな屋敷をもらい、サヤ達のために帝都の養護施設を調べるのだが!?

株式会社KADOKAWA　編集:MFブックス編集部　MFブックス情報
No.119 2023年5月31日発行　〒102-0071 東京都千代田区富士見2-13-12
TEL.0570-002-301(ナビダイヤル)

発行:株式会社KADOKAWA
KADOKAWA

「では、聞こうではないか」

英翔の目が好奇心に輝く。黒曜石の瞳を見つめ、明珠はにっこり笑って告げた。

「英翔様が顔をしかめることがなくなって、もっと年相応の笑顔が増えたらいいな、っていうお願いですっ！」

告げた瞬間、英翔が目を瞠る。

ややあって。

「……お前は、本当にお人好しだな」

「？」

なぜか、嬉しそうに笑う英翔と張宇を、明珠は小首をかしげて見返す。

「私、変なことを言いましたか？」

「いや。……そんなにわたしは顔をしかめているか？」

見上げられ、こくこくと頷く。

「よく顔をしかめたり、不機嫌に眉を寄せてらっしゃいますよ？　大人びて見せるために、そんな顔をなさっているのかと思ってましたけど……。もしかして、気づいてらっしゃらないんですか？」

「わたしはそんなに不機嫌そうか？」

と、わざわざ張宇に確認している英翔に、これは気づいていないと確信する。

「もっと、にこにこと笑顔で過ごしてください。笑う門には福来ると言いますし。英翔様はせっかく可愛らしいお顔立ちをしてらっしゃるんですから！　しかめっ面ばっかりじゃ、もったいないですよ？　……もしかして、季白さんにあまり笑うなとでも言われているんですか？」

まさかと思って尋ねたのに、あっさり頷かれて驚く。

「笑うなとは言われていないが、隙を見せるなとは、常々言われているな」

「な……っ!?　季白さんは英翔様に厳しすぎじゃありませんか!?　こんなお小さい英翔様に、ご無理をさせて……っ！」

「ぶはっ」

横で張宇が吹き出したが、かまってなどいられない。

「良家の子息として、身につけねばならない振る舞いや知識があるのは、貧乏人の私にだってわかります！　でも、英翔様はもうすでに立派に振る舞ってらっしゃるじゃないですか！　それなのに、こんなにお可愛らしい英翔様に、あんな厳しい物言いをなさって……っ！」

「え、英翔様が可愛らしい？　だ、だめだ、実態との相違がありすぎて、想像力の限界に……っ！」

ひぃひぃと腹を抱えて大笑いする張宇をよそに、明珠はここぞとばかりに季白への不満をぶちまける。

「英翔様の可愛いおねだりに心が動かされないなんて、きっと季白さんは冷血漢に決まってます！」

「誰が、冷血漢ですか」

背後から聞こえたひやりと冷たい声に、息を吞む。反射的に後ずさりしそうになって――。つないだままの英翔の手に、力づけられる。英翔のためにも、ここは引くわけにはいかない。

「季白さんは、英翔様に厳しすぎるという話をしていたんです！」

きっ、と季白の目を睨みつけて告げると、明珠が引き下がると思っていたのか、季白は意外そうに目を見開いた。

「あなたは、英翔様に甘すぎるようですね」

つないだ手を刺すような視線で一瞥し、季白が酷薄に口元を歪める。

「使用人の分際をわきまえなさいと、何度言わせる気です？　それとも、言いつけを覚えていられるだけの頭がないんですか？」

「季白、その言い方は……」

張宇が眉をひそめて言いかけたのを遮る。

「使用人だからこそ、主人の幸せを願っているんじゃありませんか！」

「英翔様に誠心誠意仕えようというその姿勢は、褒めてやらなくもありません。お前のような小娘まで心酔させるほど、英翔様のお人柄が素晴らしいと証明されたわけですからね。ですが、甘やかすことが英翔様のお幸せにつながるとは思えません。新参者は、おとなしくわたしの指示に従えばいいのです」

とりつくしまのない季白に、必死で抗弁する。

「けど、厳しく接するばかりじゃ、英翔様のご負担になります！　たまには英翔様に優しくしたっていいじゃないですか！　英翔様の可愛い笑顔を奪わせるわけにはいきません！」

「英翔様の魅力は、お前などに説かれずとも、十分に承知しています！　口を慎みなさいっ！　事情も知らぬ小娘が！」

「事情を知らなくたって、見えることはあります！」

「英翔様がお優しいからと、つけあがっているようですね……。英翔様は誰にでもご寛容です。自分だけが特別だと自惚れるのではありませんよ！」

「わ、わかってます！」

痛いところをつかれ、明珠は反射的に叫び返す。

明珠にとって英翔は大切な弟だが、英翔にとっては単なる侍女にすぎない。

自分が、その他大勢のひとりにすぎないことは、重々承知している。けれど。

「英翔様のお幸せを願ったっていいじゃないですかっ！」

「……これは新手の精神攻撃か何かか？　だんだんといたたまれない気持ちになってくるんだが。

……おい張宇、笑いすぎだ」

英翔が、腹を抱えて爆笑している張宇の脇腹に、遠慮のない肘鉄を食らわせる。

「痛いです！」

まだふるふると肩を震わせながら、張宇が目尻に浮かんだ涙をぬぐう。

「つまり、季白も明珠も、英翔様のことが大事で大好きってことじゃないですかね。俺も敬愛しておりますし」

「……明珠はともかく、大人の男二人に大好きと言われても、気持ち悪いだけだ」

迷惑そうに顔をしかめた英翔が、やりあう明珠と季白にはっきりと告げる。

「とにかく。目の前でわたしについて言い争いをするくらいなら、二人とも、わたしに直接言いに来い。妙に褒めちぎられると、背中がむずむずする」

「そんな！　英翔様の素晴らしさを褒めたたえるのに、先ほどの言葉程度では到底足りません！」

間髪入れずに返した季白を、英翔は冷たい目で睨みつける。

「黙れ。張宇に蜂蜜の壺を口に突っ込ませるぞ」

「俺が突っ込むんですかっ!? 俺に対しても嫌がらせじゃないですか、それ」

「さんざん笑っていた罰だ」

英翔の返事はにべもない。

風向きが悪いと思ったのか、張宇が話題の転換を試みる。

「そういえば、さっき明珠に聞かれていましたけど、結局、英翔様の願いごとはどんな内容なんですか？」

「願いごと？」

季白が首をかしげる。

「昇龍の祭りの願いごとだよ。さっき、その話をしていたんだ」

張宇の説明に、季白が小馬鹿にしたように唇を歪める。

「祭りの願いごとですか。くだらない。他人任せにもほどがあります」

「じゃあ、季白は願いごとはないのか？」

尋ねた張宇に、季白が生真面目な表情を作る。

「もし、わたしが願いごとをするなら、『英翔様の大願が成就なさいますように！』これに尽きます」

「やめろ、気持ち悪い。お前にまで願ってもらう必要はない」

即座に叩っ斬った英翔に、季白が眉を下げる。

「そんな……っ！ 英翔様の大願成就を願うことのどこが悪いのですか!?」

「お前の執着心が鬱陶しいと言っているんだ。お前に願ってもらわずとも、自分の願いは自分で叶(かな)える」

「さすがです、英翔様っ！　己の力で大願を叶えようとなさる気高い姿勢！　さすがわたしが主と定めた御方でございますっ！」

「ぶくくくっ」

二人のやりとりに、張宇がまたも吹き出す。季白が不快げに眉を寄せて張宇を睨みつけた。

「人の願いを聞いて笑っている張宇はどうなのです？　さぞ、立派な願いがあるのでしょうね？」

「俺？　俺は……」

英翔と季白を交互に見た張宇が、柔らかな笑みを浮かべる。

「俺も季白と同じです。『英翔様の大願が成就しますように』と。……ただ、季白も同じでしょうが、『英翔様の下で末永くお仕えさせていただきたい』もつけ加えていただければ」

「安心しろ。長くこき使ってやるぞ」

尊大に笑った英翔が、「ふふん」と鼻を鳴らす。だが、その声はどこか嬉しそうだ。

「それで、英翔様ご自身の願いごとは何なんですか？」

明珠が水を向けると、英翔はかぶりを振った。

「ない。さっき言っただろう。願いがあるなら、わたし自身の力で叶える。皇帝の《龍》に運んでもらおうとは思わん」

「素晴らしい心意気でございます！　さあ、もう日も暮れてまいりました。中へ入りましょう」

わざわざ英翔と明珠の手を引き離した季白が促す。

「そうですね。すぐに夕食の支度をいたします」

「手伝おう」

四人そろって歩き出す。と、前を歩いていた英翔が明珠を振り返った。

「どうかなさいましたか？」

「いや」

小首をかしげて問うと、ふい、と視線を逸らした英翔が前に向き直る。

「もし、ひとつだけ願うなら……。お前が見せた奇跡をもう一度見せてくれ、だな……」

英翔が唇だけで紡いだ願いは、小さすぎて明珠の耳には届かなかった。

第四章
秘められた力

かあん、かあん！　と、木剣が打ち合う硬く高い音が響く。

午後も回った頃、英翔は離邸の裏で張宇と木剣で稽古をしていた。

少し動いただけで、すぐに息が上がる。子どもの身体には不釣り合いな、大きな木剣が重い。

手加減されているにもかかわらず、重く鋭い張宇の一撃を受けるたび、腕にしびれが走る。

思うように動かぬ脆弱な身体に歯嚙みする。すっかり息が上がっている英翔に対し、張宇はまったく息が乱れていないのが、さらに腹立たしい。

振り下ろされた張宇の一撃を受けそこね、木剣を取り落とす。地面に落ちた木剣が乾いた音を立てた。

「すみません！」

あわてて走り寄る張宇を、怒りを隠さず睨みつける。

「謝るな。余計に腹立ちが募る」

「お手に怪我などは？」

手を振って、異常がないか確かめる。どこも痛みはない。

「大丈夫だ。案ずるな」

我知らず嘆息がこぼれ落ちる。

「気晴らしにと思って、剣の稽古をしてみたが、この身体では苛立ちが募るばかりだな。思うように身体が動かぬことが、これほど腹立たしいとは」

木剣を拾って吐息すると、張宇が気遣うように凛々しい眉を寄せる。

「それほどに調べ物が進んでいないのですか？」

蚕家に身を寄せるようになってからの半月、膨大な資料に当たるのが精いっぱいで、剣にふれる暇すらなかった。

久々に剣を握ったと思えば、木剣に振り回されて、このていたらくだ。

英翔は胸中の苛立ちを吐き出す。

「明珠のことがあってから、調べる資料を絞ってはいるのだがな。なんせ、龍華国の建国と同時にできたとも言われる、皇家と同じだけの歴史を誇る蚕家だ。一筋縄ではいかん」

「申し訳ございません。俺もお役に立てればいいのですが……」

唇を噛みしめ、広い肩を悔しそうに落とす張宇を慰める。

「気にするな。術師でもないのに、『蟲語』を読める季白が特殊なのだ。それに、お前には別の役目があるだろう？」

英翔は顔を上げた張宇に信頼を込めて微笑みかける。

「お前が常にそばで守ってくれていると思うからこそ、このようにかよわい身になっても、いつものわたしでいられるのだ。頼りにしているぞ」

「英翔様……っ！」

感極まって声を震わせる張宇に、木剣を渡す。

「少しは勘が取り戻せるかと、久々に木剣を握ってみたが……。この身では、万が一襲われても、ろくな抵抗ができん。おとなしく殺られる気など毛頭ないが、頼むぞ、張宇」

「はっ！　命に替えてもお守り申し上げます！」

張宇がさっと地面に片膝をつき、頭を垂れる。

「わたしは調べ物に戻る。季白が気を揉んでいるだろうからな。張宇も明珠の手伝いがあるのに、つきあわせて悪かったな」

「とんでもないことです。俺でお役に立てるのであれば、いつでもお呼びください。それに明珠も、高いところの掃除はひととおり終わったので、今日はひとりで大丈夫だと言っていましたし」

歩き出した英翔の一歩後ろを、張宇が従う。

「明珠、か……」

口の中で名前を転がし、深く息を吐く。

「何か、条件があるはずなんだ。だが、それが見つけられん。手をつないでも、抱きついても、明珠から抱きつかせても、だめだった」

「……いろいろ試されているんですね」

苦笑が混じる張宇の声に、自分より頭二つ高いところにある顔を、きっ、と睨む。

「笑いごとではない。真剣に考えているのだぞ」

「失礼いたしました。しかし、明珠にふれても戻らないとなると……。他に、何か条件があるのでは？」

「その可能性についてはわたしも考えている。戻ったのは、明珠が神木から落ちたのを受け止めた時だが……」

「まさか、明珠にもう一度、神木から落ちるように命じるのですか？」

「……無理だとわかっているぞ？　それに、明珠が怪我をするような真似はさせられん」

言いつつ、離邸の角を曲がった英翔は、驚きに思わず足を止めた。

驚愕に見開いた視線の先には。

「……登ってますね、神木に」

明珠が、着物の裾をからげて、神木によじ登っていた。

登る明珠の視線の先では、色あざやかな布が風に揺れてはためいている。おそらく窓を開けて掃除をしていて、飛ばされてしまったのだろう。

「大丈夫ですかね？　なんか、ふらついていますよ」

駆け出そうとした張宇の腕を摑んで引きとめる。

「待て！　これは滅多とない機会だ。わたしが行く。いいなっ、わたしがいいと言うまで、決して手を出すな！　わかったな!?」

「あっ、英翔様！」

張宇の返事も待たず、英翔は駆け出した。

「くうぅっ、あと、もうちょっと……っ」

じりっじりっと太い枝の先のほうへとにじり寄りながら、明珠は必死で手を伸ばす。

おかしい。普段の明珠なら、木登りなどちょちょいのちょいなのに。

御神木に登り始めた時から、妙に身体が重ぃ。

（これは……。御神木から落ちた時にしでかしたことの恐怖が身体に刻みつけられているせいで、近づくと反射的に委縮するようになってるのかしら……？）

今まさに、卓に敷いていた布の埃を窓の外で払った拍子に風で飛ばされてしまい、御神木に引っかけてしまったばかりだ。明珠と御神木の相性は本当に悪いらしい。

何だか、めまいと腹痛も始まった気がする。だが、他の誰かに見つかる前に、なんとしても回収しなくては。季白に見つかったら後が怖い。

しかし、明珠の願いはすぐに打ち砕かれた。

「大丈夫か!?」

前へ進もうとした途端、突然下から声をかけられ、驚きのあまり体勢を崩す。

「きゃっ！」

片足がずるりと枝から落ちる。風にはためいた布が指先をかすめた瞬間、摑み取ったのは、執念のなせる業だ。

「明珠っ!?」

英翔が枝の下に駆け寄ってくる。

「英翔様、だめですっ！　来ないでください！」

思わず、きつい声で叫ぶ。

着物の裾から足を放り出したはしたない格好なのは、この際どうでもいい。そんなことより。落ちた時に英翔を巻き込んだら一大事だ。

明珠がしがみついているのは、大人の背を少し過ぎたくらいの下のほうの太い枝だが、万が一英翔の上に落ちたら、大怪我をさせる可能性だってある。

「危ないから離れてくださいっ！」

枝にしがみついて必死に叫ぶ。

「落ちる時にぶつかったら大変です！　怪我しちゃいますよ!?」

しかし、英翔は明珠がいる枝の下から動こうとしない。

「大丈夫だ。わたしが受け止める！」

「無理です！　無茶です！　大丈夫じゃないですよっ！」

御神木にしがみつけばしがみつくほど、めまいがひどくなる。いつもなら《板蟲》を喚び出すところだが、術が強制的に解呪となる御神木に摑まっていては、それもできない。

「私なら、落ちても大丈夫ですから！　英翔様が怪我をするほうが大変ですっ！　お願いですから、どいてくださいっ！」

ぐるぐるとめまいがひどくなり、体の平衡感覚がなくなっていく。

(だめだっ、落ちる……っ！)

それでも明珠は、何とかして英翔を巻き込まないよう、避けようとした。が。

英翔自ら明珠を受け止めようと寄ってこられては、無駄な抵抗だった。

どっ、とまともに英翔の上に落下する。

「ぐっ！」

明珠を受け止めようとして——。子どもの身体では、受け止められるはずもなく、英翔を巻き込んで地面に倒れる。

「受け止める」の宣言どおり、倒れてもなお、明珠の身体に回した腕を放さなかったのは立派だが、明珠としては、放してくれたほうがありがたかった。

自分の身体の下で押し潰された呻き声を上げられては、気が気ではない。

「すみませんっ！　大丈夫ですかっ!?」

英翔の身体の上からがばりと飛びのき、怪我をしていないか確認する。もし、怪我をしていたら大変だ。

季白に叱り飛ばされる懸念よりも、英翔を案じる気持ちのほうが強い。

「どこか痛いところはありませんかっ!?」

尋ねると、足を伸ばして両手を地面につき上半身を起こした英翔が、視線を落としたまま、ぶっきらぼうに答える。

「心だな」

「頭を打ったんですねっ!?　すぐに季白さんか張宇さんを……っ！」

「違う」

立ち上がろうとした手を、英翔に摑まれる。が、舌打ちとともにすぐに放された。

「英翔様？」

明珠は立つのをやめて、座ったままの英翔のそばに屈み直す。握ったままになっていた御神木にひっかかっていた布は、ひとまず帯の間に挟み込んだ。

なぜだろう。今の英翔は、いつもの英翔とどこか違う気がする。

まるで、やけになっているかのようだ。子どもが欲しいお菓子をもらえなかった時のような、拗ねた表情。

たった数日のつきあいだが、こんな英翔は初めて見る。

「やっぱり、頭を打ったんですか？」

頭に伸ばそうとした手を、摑まれる。

「……娘ひとり、受け止められんとはな」

悔しげに呟かれて、思わず空いている手で自分の指先を摑む英翔の手を握り返す。

「当り前ですっ！　何をおっしゃるんですか！」

突然、大声を出された英翔が驚きに目を瞠る。かまわず明珠は続けた。

「英翔様のお年で、侍女を身を挺して助けようとしてくださるなんて、そうそうできることではありませんっ！　行動なさっただけでも、本当にご立派ですっ！」

明珠の言葉を呆気にとられて聞いていた英翔の唇が、皮肉げに歪む。

「失敗してもか？」

「そうです！　少なくとも、私は英翔様のおかげで、怪我ひとつ負わずにすみましたっ！」

はんっ、と不機嫌に鼻を鳴らした英翔が、乱暴に明珠の手を振り払う。

「わたしはそれでは足りん」

身を起こそうとした英翔が、痛みに呻く。

「どこかお怪我をっ!?」

「左足をひねっただけだ。たいしたことはない」

秀麗な顔をしかめて無理やり立ち上がろうとするのを、あわてて押しとどめる。

「いけません！　無理をなさっては！」

案の定、呻いて体勢を崩した英翔を抱きつくようにして受け止める。

「離邸に戻られるのでしたら、私がお連れいたします。どうぞ、私の背に負ぶさってください」

言った瞬間、英翔が思いきり顔をしかめた。

「これ以上、心をえぐるなっ！　張宇！」

英翔が呼んだ途端、離邸の陰から張宇が矢のように駆けてくる。

「張宇さんっ！　私が御神木から落ちて、庇ってくださった英翔様が、左足にお怪我を……っ」

あわあわと説明する明珠を落ち着かせるように、張宇が優しく肩を叩いてくれる。

「うん、わかっているから。落ち着くといい。英翔様は俺がお連れするから、明珠は急いで離邸に戻って、季白に怪我のことを伝えてくれ。それと、寝台の用意を」

落ち着いた声の張宇に的確に指示を出されると、するべきことへの使命感で、焦りが消えていく。

「はいっ、わかりました！」

明珠は大きく頷くと、身を翻して駆け出した。

裾をからげて、一心に駆けていく明珠の後ろ姿を見送った張宇は、地面に座ったまま、そっぽを向いている主人に視線を移して溜息をついた。
英翔がこの上もなく不機嫌なのは、顔を見ずともわかる。
「推測は外れたようですね。……まったく、無茶をなさる。もっとひどい怪我をする可能性もあったんですよ」

「虎穴に入らざれば虎子を得ずだ」

そっぽを向いたまま、英翔が不機嫌に答える。張宇はつとめて穏やかに諭した。

「命あっての物種ということわざもございます。今後は、確証もないのに無茶をなさいませんよう。季白が見たら、青筋を立てて怒りますよ？」

「はっ！　季白の叱責を恐れて、おとなしくなどしていられるか」

英翔が吐き捨てる。予測どおりにいかず期待外れに終わった結果が、かなりの不満らしい。

一刻も早く手がかりを掴みたいと焦る英翔の気持ちは、痛いほどわかる。だが、臣下として主人の無謀を諫めないわけにはいかない。

「焦られるお気持ちはわかります。しかし、お怪我をなさっては、元も子もございません。特に今は――」

刃のような英翔の視線に射貫かれて、張宇は口をつぐんだ。

これ以上は主の逆鱗にふれると、本能的に察知する。

「申し訳ございません。言葉が過ぎました」

「よい。愚かな主を諫めるのは、忠臣の務めだ」

苛立ちを吐き出すように吐息混じりに呟いた英翔に、真摯な声で応じる。

「ご冗談を。英翔様を愚かなどとは、決して思っておりません」

「……同じ状況を作れば、何か契機が掴めるかと思ったのだがな」

小さな拳を握りしめ、英翔が悔しげに地面に振り下ろす。

「失敗してこのざまだ。いったい、何が条件なんだ……っ!?」

「焦っては、かえって視野が狭くなってしまいます。まずは足の治療に専念いたしましょう」

失礼します、と地面に片膝をついて英翔に手を伸ばすと、邪険に手を叩かれた。

「……横抱きにしたら、あることないこと吹き込んで、季白に一日中、説教をさせるぞ」

英翔の目は本気だ。張宇は苦笑してかぶりを振った。

「しませんよ。そんな虎の尾を踏むような真似は」

手を貸して英翔を背負い、立ち上がる。背中の英翔が小さく声を洩(も)らした。

「すみません、どこか痛かったですか？」

「いや、違う。……子どもの視点から見る大人の背中とは、これほど大きいものかと思ってな」

吐息のような呟き。下手な慰めは逆効果だろうと、張宇は沈黙を保つ。

と、不意に英翔の声が不機嫌に低くなる。

「というか！　明珠の奴(やつ)、わたしを背負おうとしたのだぞ!?　どこまで無自覚に心をえぐってくるんだ、あいつは！」

「ぶはっ！　そ、それは……っ」

思わず吹き出してしまい、張宇は英翔に遠慮のない力で後頭部を小突かれた。

「季白さん！　英翔様がっ！」

離邸に駆け込むなり叫ぶと、すぐに書庫の扉のひとつが開かれた。

「どうしました!?　英翔様に何がっ!?」

「左足を傷めてしまわれて……」

駆け寄りながら早口に告げると、季白の顔が怒りに歪む。

「英翔様は張宇と剣の稽古をなさっていたはず……。何をしてるんですか、張宇はっ！」

正直、激昂(げっこう)している季白は怖い。

が、張宇に無実の罪を着せるわけにはいかない。誤解を解こうと、怯(おび)えながらも口を開く。

「ち、違うんです！　張宇さんではなく私が……っ」

「あなたが!?　いったい何をしたのですっ!?」

「その、御神木から落ちた私を、英翔様が助けてくださろうとして……」

説明しかけたところで、張宇に背負われた英翔が離邸の玄関に姿を現す。

「英翔様っ！　お怪我の具合は!?」

明珠を放って、季白が主に駆け寄る。

「少し左足をひねっただけだ。騒ぐほどの怪我ではない」

「騒ぎますよ！　御身がどれほど大切か、少しは自覚してください！　さあ、早くお部屋へ……っ！」

四人で英翔の部屋へあわただしく移動する。

「服が汚れている。長椅子のほうへ頼む」

寝台に下ろそうとした張宇に英翔が指示する。季白が手伝い、英翔を長椅子へ座らせた。

「失礼いたします」

床に屈んだ季白が英翔の衣の裾をめくった途端、顔をしかめた。

「どこが少しですか！　かなり腫れてらっしゃるではありませんか！」

「っ!?」

明珠の顔から血の気が引く。

季白の手がふれて痛かったのか、英翔が愛らしい面輪をしかめる。が、唇を噛みしめて声を洩らさない。

「申し訳ありませんっ！　私――」

「喉が渇いた」

謝ろうとした明珠の声を、英翔が遮る。

「喉が渇いた。明珠、茶を淹れてきてくれ」

「で、でも……っ」

「明珠。いいからお茶を頼む。俺も英翔様も、剣の稽古をして、喉が渇いているんだ」

張宇が優しく肩を叩いて促す。有無を言わせぬ二人の口調に、明珠は後ろ髪を引かれながらも、部屋を後にした。

明珠が茶器をのせた盆を持って部屋に戻ると、汚れた服から着替えた英翔が、寝台に上半身を起こして座っていた。

傷めた左足には、季白が手当てした包帯が巻かれていて痛々しい。

寝台から少し離れて、何やら喧々囂々と声を荒らげていた季白と張宇が、ちらりと明珠に視線を向け、今度は声をひそめてやり合う。

「張宇、あなたがついていながら……」

「蚕家に……」

「いえ、万が一……」

と、単語の端々が聞こえるが、明珠には二人が深刻な顔で何を言い争っているのか、想像がつかない。

「お待たせいたしました」

「ありがとう」

寝台のそばの小さな卓に盆を置き、水出しした茶が入った器を差し出すと、受け取った英翔がこくこくと喉を鳴らして器を呷(あお)った。

「英翔様。本当に、申し訳ありませんでした」

明珠は身を折るようにして深々と頭を下げる。自分の不注意で英翔に怪我をさせてしまうなんて、申し訳なさで消え入りたいほどだ。いくら謝っても謝り足りない。

頭を下げたまま、上げられないでいると、

「美味(うま)かった」

下げた顔の前に、英翔が空の茶器を差し出す。

反射的に受け取ると、手が空いた英翔に優しく頭を撫(な)でられた。

「お前が謝る必要はない。わたしが怪我をしたのは、自業自得だ。それよりも、お前は怪我をしなかったか？」

怪我をしているのは英翔のほうだというのに、明珠を気遣う声はどこまでも優しい。

「はいっ！　英翔様のおかげで、何ともありません！」

じんと胸の奥が熱くなるのを感じながら勢いよく顔を上げると、柔らかな笑顔にぶつかった。

「そうか。よかった。お前に怪我がなくて、本当によかった」

心から安心した様子の笑顔に、感謝と同時に締めつけられるように胸が痛くなる。

どうして英翔はこんなに優しいのだろう。先ほどお茶を命じたのもきっと、季白の叱責から逃すためだったに違いない。

「英翔様！　私にできることがあれば、何でも言ってくださいね！」

何か少しでも恩返しがしたくて、勢い込んで告げると英翔が苦笑した。

「そうだな。では、そこの卓の上の本でも取ってもらおうか。季白達の話は、まだかかりそうだ」

「はい。一番上の『蟲招術秘録（ちゅうしょうじゅつひろく）』でいいですか？　さすが英翔様、ずいぶん難しそうな本を読んでらっしゃるんですね」

卓の上の本を取って、英翔に差し出した途端。

英翔の動きが凍りつく。同時に、明珠も己の失態に気がついた。

「あ、あの、これは……っ」

「明珠、お前……っ！　『蟲語』が読めるのか!?」

明珠が後ずさりしたのと、身を乗り出した英翔が腕を摑んだのが同時だった。

英翔が寝台の上で体勢を崩す。

ぐらりとかしいだ身体を受け止めようとしたが、右手を摑まれていて自由に動かせない。

さすがに少年の身体を左手一本で支えることはできず――。それでも英翔を庇おうと、明珠は身を投げ出した。

「きゃっ！」

仰向けに倒れた明珠の上に、英翔が落ちてくる。

子どもとはいえ、そこそこある重さと衝撃に息が詰まり、同時に、先ほどの英翔は小さな身体で明珠を受け止めようとしてくれたのだと、その勇気に胸が詰まる。

「大丈夫ですか!?」

身を起こそうとして、思ったより近くに英翔の顔があって驚く。

こんな時に感心している場合ではないが、本当に整った綺麗な顔立ちだ。

「英翔様っ!?」

「明珠！　何をしているのですか!?」

張宇と季白が驚いて駆け寄ってくる。

二人がかりで英翔を抱き上げ寝台に戻すが、明珠の右手を掴んだ英翔の手は、にかわでくっつけたように離れない。

「明珠！　あなたいったい……っ！」

憤懣やるかたない顔で明珠を睨みつける季白を、英翔が片手を上げて制す。

「明珠」

よく響く声で名を呼ばれ、びくりと肩が震える。

うつむいていると、頬に手を添えられ無理やり前を向かされた。

「お前――。『蟲招術』を使えるな？」

英翔の視線に真正面から射貫かれ、言葉に詰まる。黒曜石の瞳は、偽りを許さぬ厳しさをたたえていた。

もうこれ以上隠してはおけないのだと、明珠は観念して震える声を絞り出す。

「は……、い。使え、ます……」

季白と張宇が息を呑む。

かと思うと、つかつかと歩み寄った季白に、肩を摑まれ力任せに振り向かされる。あまりの勢いに英翔の手がほどけた。

遠慮容赦のない力に骨が軋み、明珠は思わず呻き声を洩らす。だが、季白の手は欠片たりともゆるまない。

「つまり、あなたはわたし達を謀っていたわけですね」

刃よりも鋭く冷たい、季白の声。

「そ、その……っ」

弁明したいのに、季白のまなざしに気圧されて喉が詰まったように声が出ない。

恐怖に歯の根が合わない。膝が笑って、肩を摑まれていなければ床へくずおれてしまいそうだ。

「張宇」

明珠から視線を逸らさぬまま、季白が背後の張宇に呼びかける。

「あなたの剣を貸してください。どんな手を使っても、尋問して吐かせてみせます」

「貸せるわけがないだろう!? おいっ、季白！　少し落ち着け！」

「落ち着け？」

焦ったように声を上げた張宇に、季白がぞっとするほど低い声を返す。

「これが落ち着いていられるわけがないでしょう？　この娘は術師なのですよ？　しかも、今までそれを隠していたなど……っ！　放っておけるわけがありません！」

明珠を見据える季白のまなざしは、今にも獲物の腹を裂こうとする獣のようだ。口調が淡々としているのが、いっそう恐怖を煽（あお）る。

蛇に睨まれた蛙（かえる）のように、震えながら季白を見上げていると。

「季白。明珠を放せ」

静かな、けれども従わずにはいられない凛（りん）とした英翔の声が響く。

思わず、といった様子で季白の手が緩み、明珠はへなへなと床にへたり込んだ。季白に掴まれていた肩が痛い。身体は震えているのに、そこだけがじんじんと熱を持っている。

「明珠を問いただすのなら、わたしが自分でやる。お前は手を出すな」

きっぱりと告げた英翔が、寝台の上から明珠を見下ろす。吸い寄せられるように明珠は黒曜石の瞳を見上げた。

「明珠。お前は術師で間違いないな？」

心の奥底まで貫くような澄んだ声。

反射的に頷きかけ、明珠はあわててふるりとかぶりを振った。

「確かに私は『蟲語』も読めますし、蟲を喚（よ）ぶこともできます……っ！　で、でもっ、術師を名乗れるほどの腕はないんですっ！　母が術師だったので、ほんの少しかじっただけで……っ」

「少しかじっただけで、『蟲語』が読めるか」

英翔が明珠の言葉を即座に否定する。それどころか。

「季白、張宇。明珠が術師ならば、好都合だ。これで、お前達の不毛な言い争いも終わるな」

「英翔様っ!?」

何やら察したらしい季白が尖（とが）った声を出す。わけがわからないながらも嫌な予感に襲われ、明珠もあわてて震え声を上げた。

「ちょっ、ちょっと待ってくださいっ！　あの、何を……っ!?」

怯える明珠に、英翔があっさりと命じる。

「明珠。わたしの怪我を治せ」

「む、むむむむりですっ！　できませんっ！」

ぶんぶんぶんぶんっ！　と千切れんばかりにかぶりを振る。

「《癒蟲（ゆちゅう）》なんて高度な蟲、私にはとても扱えませんっ！」

癒蟲は怪我を治すことができる蟲だ。明珠が苦手意識を持っている蟲でもある。そんな蟲を喚び出すなんて、とんでもない。

愕然（がくぜん）と目を瞠って身を乗り出したのは季白だ。

「いったい何を考えておられるのですかっ!?　無謀すぎます！　こんな正体の知れぬ小娘に、御身の治療をさせるなど……っ！　正気ですかっ!?」

季白の声は悲愴（ひそう）なほどだ。

「そうですよ！　治療なら季白さんにしてもらってくださいっ！」

術師である季白がいるというのに、なぜ明珠が癒蟲を喚ぶ必要があるのか。

拒絶を込めて告げた途端、季白がなぜか言葉に詰まった。英翔が呆れたように吐息する。

「明珠。誤解しているようだから言っておくが、季白は術師ではないぞ」

英翔の言葉に、きょとんと季白を見上げる。

「え？　だって、英翔様と一緒に、『蟲語』で書かれた本を調べて……？」

「季白は『蟲語』が読めるだけだ。術師としての才能はない」

「え？　えぇぇぇぇ～～っ!?」

すっとんきょうな大声が飛び出す。

術師ではないのに、『蟲語』を読める人物に出会ったのは、生まれて初めてだ。まさか、そんな変わり者がいるなんて、想像だにしていなかった。

「季白はなかなか執念の男でな。わたしに仕えると決まった時に、必死で勉強して『蟲語』を学んだそうだ」

「そ、それは、執念以外の何物でもないですね……」

術を使うことができないというのに、話すのはともかく読み書きの習得には何年もかかるような『蟲語』を学んだとは。

もともと、季白は英翔に対して過保護すぎるきらいがあると思っていたが、季白の執念の一端を垣間見て、思わずごくりと唾を飲む。

「で、でも、季白さんがだめなら、英翔様ご自身は……」

そうだ。蚕家の子息である英翔が、術を使えぬはずがない。

だが、返ってきたのは、背筋が寒くなるほど冷ややかな笑みだった。

「わたしは今、事情があって術が使えぬ。使えていれば、このような……っ」

英翔が握りしめた拳を己の足へ振り下ろす。

激情を抑えつけた声に、明珠はふれてはいけない話題にふれてしまったのだと本能的に悟る。

「すみませんっ！　お許しください！　で、ですが、そういうご事情なら本邸のほうに……」

本邸に行けば、《癒蟲》を使える術師など掃いて捨てるほどいるだろう。

「それで、敵かもしれぬ者に身を任せろと？　御免だな」

英翔が、ひと言のもとに冷たく切り捨てる。

「それを言うなら、明珠も同じです！　明珠が英翔様を害さない保証がどこにあるのですか!?」

勢いを取り戻した季白が英翔に詰め寄る。明珠も間髪入れず追随した。

「そうですっ！　もちろん、英翔様を傷つける気なんて、これっぽちもありませんけど……っ！でも、昔、《癒蟲》を喚び出す練習をしていて、母さんの怪我を治すどころが、もっと傷つけてしまって……っ。それ以来、《癒蟲》は苦手なんです！　そんな未熟な私が英翔様のお怪我を治すなんて、無理ですっ！」

話しているうちに指先が冷たくなり、身体が震え出す。

大好きな母親を、自分が未熟なせいで傷つけてしまった失敗は、心に深い傷となって刻み込まれている。

あの時は、母が自ら《癒蟲》を召喚して治してくれたので事なきを得たが、頼りになる母は、今はもういないのだ。そんな状態で英翔の治癒を行うなど――、

（無理無理っ、絶対に無理……っ！）

唇を噛みしめてうつむき震えていると、不意に小さな手に頭を撫でられた。

「っ!?」

驚きにぱっと顔を上げると、明珠を見下ろす黒曜石の瞳と視線が合った。

包み込むようなまなざしを見ただけで、ごく自然に身体の震えが収まってくる。

稳やかな声で英翔が問いかける。

「《癒蟲》に失敗したのは、いつなんだ?」

「き、九歳の時です……」

震える声を紡いだ明珠に、英翔が力づけるように微笑んだ。

「ならば、もう八年も経っているではないか。術師としての腕前も、子どもの頃よりずっと成長しているはずだろう?」

「そうかもしれませんけど……っ！　ですが、私は術師と名乗ることもできない半端者で――」

「痛い」

英翔が明珠の抗弁を遮る。

「足が痛い。さっき寝台から落ちたせいだろうな。痛みが増してきた気がする」

「えぇっ!?　それって本当ですか!?」

棒読みで告げられた言葉に反射的に言い返すと、英翔が不満そうに片眉を上げた。

「わたしを疑うのか?　心外だな」

「だ、だって……」

傷ついたような英翔の表情に、反論を封じられる。と、英翔が床に座り込んだままの明珠に手を差し伸べた。

小さな手を取り立ち上がると、真っ直ぐに明珠を見つめた英翔がきっぱりと告げた。

「万が一、失敗したとしてもかまわん。もうすでに痛めているんだ。多少ひどくなったところで、大きく変わるものでもない。……まあ、わたしは明珠を信じているがな」

「う……っ」

信頼を込めてにこりと微笑まれ、何も言えなくなる。

きゅ、と指先を握る英翔の手に力がこもる。

心の奥まで見通すかのように真っ直ぐに明珠を見つめた英翔が、静かに口を開く。

「……助けられる力があるのにそれを使わぬのは、罪ではないのか？」

「っ!?」

昔、母にも言われた覚えのある言葉を告げられ、息を呑む。

『自分だけが助けられるとわかっているなら……。助けたいと思うのは、自然な気持ちではないかしら？』

母がそんなことを言っていたのは、何の話をしていた時だったか……。

「で、でも……」

ふんぎりがつかず、意向を確認しようと季白を見る。

英翔に口出しを禁じられた季白は、先ほどから嚙みつきそうな形相で明珠を睨みつけている。氷雪吹きすさぶようなまなざしに、春だというのに背筋が凍えそうだ。

明珠のためらいをどう受け取ったのか、季白が口を開くより先に英翔が鷹揚に頷く。

「もちろん、季白には口出しも手出しもさせん。わたしが決めたことだからな。万が一、何かあっても、お前には一切の咎(とが)を負わさぬと約束しよう」

「ぐぬ……っ」

英翔にきっぱりと言い切られ、季白が怒りを呑み込んだ顔で口をつぐむ。こと英翔に関しては過保護すぎるほどに過保護で口うるさい季白だが、主の決断には最終的に逆らえぬらしい。

英翔が明珠の手を強く握り、上目遣いに見上げてくる。

うるるんだか、きゅるるんだかの擬態語が聞こえてきそうな可愛(かわい)らしさで。

「……これでも、だめか？」

「ああもうっ、おねだりはずるいからやめてくださいって、前に言ったじゃないですか――っ！」

だめだ。どう頑張っても英翔に勝てる気がしない。

すーはーっ、と一度深呼吸し、覚悟を決める。

明珠だって、英翔を苦しませたいわけではないのだ。むしろ、英翔を助けるためなら、どんなことでもしてみせる。

「わかりました、やってみますっ！　うまくできたら、特別手当を出してくださいねっ!?」

「わかった。好きな額を言え」

笑って答えた英翔が、急に着物を脱ぎ出す。

「わっ、英翔様、何を……っ!?」

「今着ているのは『護(まも)り絹(ぎぬ)』だからな。脱いでおかねば、術がかかりにくいだろう？」

「そ、そうですね……」

急に脱ぎ出すので、何事かと驚いた。まあ、英翔の肌着姿を見たところで、順雪で見慣れているので何ともないのだが。

張宇に手伝わせて肌着一枚になった英翔を見て、明珠は心配になる。

「……英翔様、少し痩せすぎじゃありませんか？　もっとしっかり食べられたほうが……。うちの順雪と、いい勝負ですよ」

「幼い頃は痩せぎすで、ひ弱な子どもだったんだ。よく熱も出していたしな。これでも、かなりましになったんだぞ。大丈夫だ。ちゃんと成長する」

「はあ……」

貧乏な食生活の順雪と違い、毎日毎日、豪華な料理を食べていても痩せているのだから、体質なのだろう。

明珠は頷くと、英翔の左足の包帯に手をかけた。痛い思いをさせないよう、慎重にそっと外す。

湿布が貼られた足首は腫れていて痛々しい。すり潰した薬草の匂いが鼻をくすぐる。

「い、いきますね……っ」

無意識に、いつも首から下げ、着物の中に入れている守り袋に手を伸ばしかけ、自制する。

守り袋を握りしめて術をかけたほうが、うまくいく可能性が高いが、逆に力が入りすぎて、喚び出した蟲が暴走してしまう可能性もある。

それくらいなら、治りは悪くても弱く術をかけたほうがいい。

「《大いなる彼の眷属よ。不可思議なる癒やしの力を持つ者よ。癒蟲よ、その姿を我が前に現したまえ。この者の傷を癒やしたまえ》」

英翔の足首にかざした手のひらがあたたかくなる。明珠の呪文に応えて、乳白色で筒形の《癒蟲》が現れ、ぽとりと英翔の足首に落ちる。

ぷよぷよとした《癒蟲》は羽も足もなく、柔らかな芋虫といった感じだ。

明珠が見守る中、英翔の足の上でしばらく蠢いていた《癒蟲》は、やがて、融けるように足の中へ消えていく。

「……どうですか？」

おっかなびっくり尋ねると、英翔がゆっくりと足を動かし、満足そうに頷いた。

「痛みがましになった気がする。助かった」

「本当でございますかっ!?」

噛みつくように尋ねたのは季白だ。術師ではない季白と張宇には、《蟲》が見えない。

強い力を持つ術師が召喚した《蟲》ならば、常人に見える場合もあるのだが、それはごくまれな場合だ。皇族のみが召喚できる《龍》ほどの力があれば、誰の目にも映るが、それは、《龍》の存在が別格だからだ。

季白にしてみれば、本当に明珠の術が発動したのかどうか、不安で仕方がないのだろう。

常人には、術の成果を確かめる手立てがない。その不安は、術師であった母と依頼人のやりとりを見てきたので、明珠も理解できる。だが、何と言えば季白の不安を晴らせるのかわからない。

果たして明珠の言葉を信用してもらえるのかと思い悩んでいると。

「大丈夫だ。明珠の術は確かだ。わたしが言うのだから間違いはない」

英翔が季白の不安を吹き飛ばすように力強く頷く。

「よかったあ〜っ！」

息を吐くと同時に緊張も抜け、腰が砕ける。

へなへなと床に膝をついた明珠をじっと見つめて、英翔が、「だが……」と呟いた。

「な、何ですかっ!?　どこか違和感がありますかっ!?」

弾(はじ)かれるように立ち上がった明珠に、英翔が苦笑する。

「心配するな。術が失敗したわけではない。ただ、少し気になるところがあったんだ」

「気になるところ、ですか？　それはどういう……？」

思わず身を乗り出すと、英翔が単刀直入に切り込んだ。

「明珠。お前、《蟲》を喚び出すのがあまり得意ではないだろう？」

「っ!?」

たったひと目見ただけで苦手にしていることをあっさり見抜かれ、息を呑む。

「どうしてわかったんですかっ!?」

「見ればわかる。これまで、何人もの術師を見てきたからな。お前の蟲語に変な訛(なま)りや、発音はなかった。にもかかわらず、召喚された《癒蟲》の存在感が希薄だったのは、お前の術師としての力が弱いか、あるいは……」

後半は独り言のように声をひそめた英翔が、張宇に指示を出す。

「張宇。窓のところに灯籠が吊(つ)ってあるだろう。持ってきてくれ」

「灯籠、ですか？」

尋ね返しつつも、張宇はすぐさま窓辺に吊り下げられた灯籠を持ってくる。離邸で一番立派な英翔の部屋は窓の外に露台まで設けられている。

灯籠は、昨日明珠と張宇が『昇龍(しょうりゅう)の祭り』のために吊り下げたものだ。

英翔の部屋には、もちろん一番大きくて一番飾りの豪華な灯籠を吊るしてある。

急に動かされて驚いたのだろう、灯籠の中で光蟲(こうちゅう)が羽ばたき、紗(しゃ)を通して色とりどりの光が散る。

「明珠。この光蟲の術を解いてみろ」

「ふぇっ!?」

突然、予想外のことを命じられ、奇声が出る。

「どうしてですか？　光蟲の召喚を解いてしまったら、灯籠の役目を果たさなくなりますよ？」

「そんなことは気にしなくていい。わたしの疑問を解くためだ」

わけがわからないまま、差し出された灯籠を両手で受け取る。

意図がわからずとも、主の命令に従わないという選択肢はない。明珠は目を閉じて集中し、灯籠の中にいる光蟲にそっと話しかける。

《大いなる彼の眷属よ。その輝きで闇を駆逐するものよ。ありがとう、いるべき世界へおかえり》

告げた途端、灯籠の中から光が消える。光蟲が元の世界へ還(かえ)ったのだ。

「やはり……」

明珠の様子を見ていた英翔が呟く。

「あの、英翔様。この灯籠は……？」

「ああ、卓にでも置いておけ。……明珠。母親が術師だと言っていたな。ということは、蟲招術の師匠も母親か？」

「はい」

「母親から……。そうだな、お前の才能や、特性について話をされたことはあるか？」

「才能、ですか？」

英翔が何を知りたいのかはわからない。だが、才能という言葉に、すぐにある記憶が甦る。

忘れようにも忘れられない、母との会話だ。

「……昔……、まだ小さい頃に、母に言われたことがあります。私には、ふつうの術師になれる才はない。術師を目指すのは、やめたほうがいい、と……」

幼心に、将来は母のような立派な術師になりたいと憧れていた明珠にとって、母から『術師には向かない』と通告されたことは、衝撃以外の何物でもなかった。

告げられた日は、一晩中、布団の中で涙を流したものだ。

母が亡くなり、父の借金が明らかになった時、術師の力を使って稼ぐことを考えなかったと言えば、嘘になる。術師の力は希少なだけに、金になる。だが、明珠が尊敬していた母が『向かない』と断言したのだ。

実際、明珠は蟲を召喚するのが下手くそだ。

きっと、そのうちとんでもない事故でも起こしてしまうだろうと自らを戒めて、よほどの時でなければ術を使わないように、また、術を使えると周りには知られないようにしてきた。

英翔が顎に手を当て、低く呟く。

「『ふつうの術師にはなれない』か……。どこまで気づいていたのやら……。いや待て。小さい頃に、母に言われたと言ったな？　ということは、『才はない』と言いながら、母親はお前に蟲語の知識や、術の使い方を教えたのか？」

　英翔が勢いよく顔を上げる。勢いに呑まれて、明珠はこくこく頷いた。

「そうです。術師になれるだけの才はないけれども、蟲を見たり、召喚したりする力があるなら、将来、自分の身を守るためにも、知識は持っていたほうがいいと……」

　術師になれないのは哀(かな)しかったが、母が明珠の身を案じてくれたのは明らかだったし、蟲の不思議な世界を母に教えてもらうのは楽しかった。

　役立つ機会はほとんどないものの、母から教育を受けた時間が無駄だったとは、まったく思っていない。

「そうか。才はないと告げた娘に、わざわざ知識を、な」

「どうかなさったんですか？」

　尋ねると、黒曜石の瞳に真っ直ぐ見つめ返される。

「明珠。お前は気づいていないようだが……。おそらく、お前には解呪の特性がある」

「解呪、ですか？」

　きょとんとおうむ返しに呟くと、英翔がきっぱりと頷いた。

「ああ。蟲を召喚する力よりも、あちら側に還す力のほうが強いんだ。だから、お前の母は『ふつうの術師の才はない』と言ったのだろう」

「はあ……？」

　突然、解呪と言われても、全然ぴんとこない。

　あいまいに頷くと、英翔が呆れたように吐息をこぼした。

「先ほど、お前は苦もなく灯籠の光蟲を還したが……。ふつう、召喚された蟲は、召喚した術師以外はなかなか還せぬものなのだぞ？　蟲の強さや、召喚した術師との力量差にもよるが」

「えっ、そうなんですか？」

何度も見た経験のある、母の仕事ぶりを思い出す。

「母さんは、いつも、簡単に術を解いてましたけど……？」

「お前のその特性は母親譲りかもしれんな。解呪の特性は非常に珍しい。わたしも話に聞いたことがある二人だけしか知らん」

「ふ、二人だけ……っ!?」

蚕家の子息である英翔が、たった二人しか知らないとは。本当に希少な能力らしい。

明珠はびくびくしながら口を開く。

「あ、あのぅ、何かの間違いじゃ……？」

自分にそんな珍しい力があるとは、とてもではないが信じられない。こわごわと尋ねた明珠に、英翔があっさり頷いた。

「そうだな、確かめる必要はある。すぐに……」

寝台から下りようとした英翔をあわてて止める。

「だめですよ！　さっき《癒蟲》を喚んだばかりなんですから！　まだしばらくは安静にしていてくださいっ！」

「必要な物があれば、ご用意しますから、せめて、今日一日はご安静になさってください！」

季白にも諭され、英翔は不満そうに元の姿勢に戻る。

「……仕方あるまい。ところで明珠。ここへ来た日に神木から落ちた時にも、もしかして術を使っていたか？」

「う……っ」

痛いところを突かれ、言葉に詰まる。三人の視線の圧力に負けて、明珠は身を縮めて頭を下げた。

「申し訳ありません。実は、《板蟲》を喚び出して、塀を乗り越えました……」

「なぜ嘘を!?」

季白に詰め寄られ、剣幕に身をすくめる。

「すみませんっ！　その、術師といえるほどの力もないのに、術を使えると言ってもいいものかと迷って……。昔、母に力もないのに術師と誤解されるようなことはしないよう、固く戒められたので……。あっ、でも、木登りが得意なのは嘘じゃないですっ！　ほんとですっ！」

「ぷっ。あのへっぴり腰でか」

珍しく英翔が吹き出す。

「き、今日はたまたま調子が悪かっただけです！　いつもなら、もっとちゃんと……っ」

「問題はそこではないでしょう！　そもそも、木登りする侍女など、言語道断です！」

「す、すみません……」

季白に一喝され、しょぼんと肩を落とす。と、ぽんぽんと、慰めるように英翔に頭を撫でられた。

「お前が笑わせてくれたおかげで、少し冷静になった。そうだな。むやみにあれこれ試して、取り返しのつかない失敗をしては元も子もない。今、癒蟲まで解呪されてしまっては困るからな。お前達の言うとおり、今日一日は、安静にしていよう」

にっこりと明珠に微笑みかけた英翔に、季白が目を怒らせて抗議する。

「英翔様っ！　あなたは明珠に甘すぎます！　怪我を負わせた責任や、嘘をついていた罰を、きっちり受けさせなければ、ますます増長しますよ！」

「ひぃぃっ！　ば、罰……っ!?　それって、減給とか、そういう……っ!?」

食事抜きや追加の労働ならいいが、減給だけはやめてほしい。びくびくと震えながら季白を見上げると、英翔が「ふむ」と呟いた。

「そうだな。では罰として、明珠は一日、わたしのそばで世話を――」

「させるわけありませんでしょうっ！」

腕を掴んだ季白に、乱暴に寝台から引きはがされる。よろめいた身体を肩を掴んで支えてくれたのは張宇だ。

「英翔様のお世話はわたしがいたします！　ええもう、つきっきりで誠心誠意させていただきますとも！　言っておきますが、明珠。あなたは英翔様と接触禁止です。何か用事がある時は、必ず、わたしか張宇を通すように！」

「おい季白、それは……」

「英翔様はお黙りください。少なくとも、英翔様の足が完全に治るまでは、わたしの指示に従っていただきます！」

憤然と告げた季白に、手でしっし、と追い払われ、明珠は素直に張宇とともに部屋を出た。

蚕家の本邸の一室に置かれた豪華な調度品の数々は、ほのかな灯火（ともしび）の陰に沈んでいた。

窓際に吊るされた灯籠の中の《光蟲》が羽ばたくたび陰影を変えるそれらは、うずくまって獲物を狙う獣のようにも見える。

「……を排してさえくだされば、助力は惜しまぬ、と申されております」

さほど広くはない部屋の中央に置かれた卓。

部屋の主の対面に座る黒衣の男が、懐から布袋を取り出す。

大きく開けた口から覗（のぞ）いたのは、色とりどりの宝石類だ。光蟲の光を反射して、宝石が虹色のきらめきを放つ。庶民であれば、この宝石ひとつで二年は余裕で暮らせるだろう。が、部屋の主に心動かされた様子はない。

富など、とうに見飽きている。欲しいものは富や財貨ではなく、もっと別のものだ。

それさえ手に入れれば、富など後からいくらでもついてくる。

「たったこれだけの宝石で、大罪を犯せと？」

軽蔑を隠さず告げると、黒衣の男は、「滅相もございません」とかぶりを振った。

「こちらは単なるご挨拶の品でございます。どうぞ、ご笑納ください」

部屋の主は苛立ちを心中に押しとどめる。

金で動く輩（やから）だと相手に思われるのは、見下されているようで不快だ。だが、助力の申し出は、喉から手が出るほど欲しい。

当代一の術師と褒めそやされ、皇帝に仕える筆頭宮廷術師として術師の頂点に君臨する蚕遼淵を追い落とすためには、味方はいくらいても足りない。

宝石に手を伸ばし、無造作にいくつか掴みあげる。

「見事な輝きだ。この輝きに目が眩んで道を誤る者も、出るかもしれんな」

言外に受諾を伝える。

「……そういえば、かの方は何とも珍しい事態に陥られているとか？　本人を目の当たりにはしておらぬが」

先ほど黒衣の男に告げられるまで、離邸に滞在している遼淵が招いた客は、政敵から身を隠す貴族の子弟だと思っていた。

だが、まさか……。

心の中では、目の前の男に対する疑いが完全に払拭されたわけではない。だが、偽りならば、これほど多くの宝石を差し出してくるはずがない。

確認の意図も含めて水を向けると、男は重々しく頷いた。

「あれは想定外でございました。禁呪に抵抗しようとした結果、思いがけない作用をもたらしたのでしょうが……」

男は嘲りを口元に閃かせる。

「ですが、術も使えぬ童子など、恐れるに足りません。現に、巣に籠って怯えて出てこぬではありませんか。どうとでも料理できるというもの」

黒衣の男が帯の間から、栓が施されたごく小さな壺(つぼ)を取り出す。

「名高い蚕家の方にお見せするのは、お恥ずかしい限りではございますが……」

言葉とは裏腹に、強い自負を宿して、男が告げる。

そっと栓を外して壺の中を覗き込み、得心する。

壺の中にいたのは、赤子の小指ほどの、小さな芋虫状の黒い《蟲》だ。

だが、その小さな身の中に、どれほど高濃度の禁呪が凝縮されているのか。禁呪に慣れ親しんでいてさえ、かすかな怖気(おぞけ)を感じるほどだ。

「術を使えぬ身にこれを入れられては……。ひとたまりもなかろうな」

離邸には、術師はひとりもいない。従者達があわてて本邸に助けを求めに来たとしても、間に合うまい。

《毒蟲(どくちゅう)》を相手が用意してくれたのは、ありがたい。

万が一、死体から毒蟲が出てきても、疑いの目を逸らすことができる。おそらく、相手も毒蟲を仕込むくらいの協力なら得られると踏んで、用意してきたのだろう。

「だが、おととい新しい侍女が離邸で料理を作るようになったと聞いている。『昇龍の祭り』の時には、本邸から祝い膳を運ぶらしいが……。確実に目当ての者の口に入るかわからんぞ？　おそらく、毒見もしているだろう」

「ご心配、いたみいります。ですが、方法はこれひとつではございませんので。いくらでもやりようはあります。従者の口に入ったのなら、それはそれ。少しずつ、手足をもいでいってやればいいのです」

酷薄な笑みを見せる男に、表情を変えずに告げる。

「では、新しく雇い入れた者のうち、刺客が何人まぎれ込んでいるのかは、聞かぬほうがよさそうだな」

卓の上の壺を、男へと押し返す。

自分が厨房(ちゅうぼう)などに顔を出せば、かえって余計な詮索を受けるだけだろう。男も異論はないのか、おとなしく壺を帯の間にしまい直す。

練り上げた禁呪をこめた毒蟲を見せて、己の実力を示して信頼を得たかったのか、それとも、単なる実力自慢か。

(後者なら、早めに手を切ることも視野に入れねばな)

冷徹に、算段する。

その脳裏を、ふとよぎったのは。

「……そういえば、新しい侍女のひとりが離邸付きになったな。あれは、何か細工したのか？」

黒衣の男がゆっくりかぶりを振る。

「離邸付きとなったのは偶然です。僥倖(ぎょうこう)でございました。ですが、あの娘には、いずれ大役を担ってもらうことになるでしょう」

唇を歪め、嫌な笑みを見せた男に、「そうか」と軽い頷きだけを返す。

花のような笑顔の、他愛(たわい)ない娘。

かすかに心の琴線を震わせる理由を、思い出せないまま。

第五章

刺客からの刃（やいば）

norowareta
ryu ni
kuchizuke wo

「明珠、少しいいか？」

「あ、英翔様。足の具合はもうよろしいんですか？」

台所で朝食の洗い物と昼食の仕込みをしていた明珠は、戸口から顔を覗かせた英翔に声をかけられ、驚きながら振り返った。

濡れている手を拭き、英翔に駆け寄りかけ――。

昨日の季白の言葉を思い出し、途中で立ち止まる。

「ああ、お前のおかげで、今朝はもう痛くはない。……どうした？」

途中で立ち止まった明珠に、英翔がいぶかしげな顔をする。

「その……。昨日、季白さんに接触禁止令を出されたばかりなので……」

昨日の今日で破ったと知れたら、どんな叱責を食らうか。考えるだけで恐ろしい。

明珠の返事に、英翔は「はんっ」と、不機嫌に鼻を鳴らす。堂々とした足取りで歩いてくると、明珠の前で立ち止まり。

「お前の主は誰だ？」

「英翔様です！」

「では、季白の主は？」

「英翔様です」

「そうだ。主人のわたしが許すと言っているのに、お前が遠慮する必要がどこにある？」

「で、でも……」

ためらうと、英翔の眉が不機嫌そうに上がる。

「お前はわたしの言葉より、季白の命に従うと？」

「違いますよ！　どうしてそうなるんですかっ!?　その、私が怒られるのはかまいませんけど、英翔様まで怒られては申し訳ないと……」

あわてて答えると、英翔がきょとんと目を見開いたあと吹き出した。

「そんな心配は不要だ。季白の叱責など、気にも留めん」

（それはそれで、季白さんがものすごく怒るんじゃ……？）

思ったが口にはしない。英翔は明珠の忠告も聞く気がないに違いない。

「ええと。それで、どうなさったんですか？　何か私に御用でも？」

英翔がいいと言ってくれるのなら、明珠もふだんどおりに振る舞うことにする。接触禁止令が出て寂しかったのは、むしろ明珠のほうだ。

昨日は夕食も英翔と季白は部屋で食べたので、結局、今朝まで一度も英翔の顔を見られなかった。明珠に気を遣ってくれた張宇（ちょうう）から、ひねった足の具合は《癒蟲（ゆちゅう）》のおかげでよくなっていると教えてもらっていたので、心配で仕事が手につかないという事態にはならずに済んだのだが、やはり英翔の元気な姿を自分の目で見るとほっとする。

「癒蟲をもう一度、召喚したほうがいいですか？」

傷を治す力があるとはいえ、癒蟲もすべての傷を治せるわけではない。大きな怪我（けが）は一気に治せないし、病気も無理だ。

人の害となる《蟲（むし）》がつくことで起こる病気は、原因となる《蟲》を取り除けば治るのだが、それは癒蟲の能力でできる範囲ではない。

明珠の問いかけに、英翔は「そうではない」とかぶりを振る。明珠の手を取り、真っ直ぐ見上げるまなざしには、恐ろしいほどの真剣さが宿っていた。

「明珠。頼みがある」

「いいですよ。何ですか？」

あっさり頷くと、英翔が目を見開く。

「おいっ！　まだ何を頼むかも言っておらんぞ！」

「ええ、聞いてませんけど……。でも、いいですよ。何でも言ってください！」

笑顔で見つめ返すと、英翔が頭痛を覚えたように深く吐息をこぼす。

「……年頃の娘が、軽々しく『何でも』などと口にするのではない。無防備すぎるだろう。警戒心がないのか、お前は」

年下のくせに大人びた説教をする英翔が可愛らしくて、明珠は笑みを深くする。

「大丈夫ですよ。誰にでも言うわけじゃありません。英翔様だからです」

先ほどから固く握りしめられている英翔の拳に手を伸ばし、握り込まれた指をほどく。

いつもは子ども特有の体温を感じさせるあたたかい手が、緊張のためか、今は冷たくなっている。

自分が願いを叶えることで、この手があたたかさを取り戻すのなら、どんな願いだって叶えられるように努力してみせよう。

「……本当に、なんでもいいのか？」

少しでも英翔が願いを言いやすいようにと、微笑みながら待っていると、英翔が騙されてなるものかとばかりに、目をすがめて尋ねた。

「もちろんですよ！　前に言ったじゃないですか、お姉ちゃんみたいに甘えてくださってかまいませんって！」

言った途端、胸の奥がつきんと痛む。

本当は、半分血のつながった姉弟なのに。それを明かすことはできない。

胸の痛みを振り切って、強いて明るく笑う。

「英翔様に頼られるなんて、侍女冥利に尽きますっ！　何でも来いです！　何なりとおっしゃってくださいっ！」

たすきがけした腕で力こぶを作り、視線を合わせて笑いかける。

「それに私、知っていますから。『何でも』と言っても、英翔様は無体なことなんて、おっしゃらないでしょう？」

「……ここでそう言うか。信頼は嬉しいが……」

英翔の手がするりと動き、摑んでいた指先を逆に絡めとられる。

「『何でもする』と言質は取ったからな？　後で悔やんでも、もう遅いぞ？」

悪戯っぽく笑った英翔の唇が、持ち上げた指先に近づいてくる。

「え、英翔様っ!?」

いったい何をする気なのか。明珠はあわてて手を引き抜いて逃げる。

「毛を逆立てた猫みたいだな」

苦笑した英翔が手を伸ばして、明珠の手をふたたび摑む。

「では、こちらへ来てくれ」

手を引かれ、明珠が連れていかれた先は、離邸の裏手にある御神木(ごしんぼく)だった。

「あ、張宇さん」

御神木の木陰に姿勢よく佇(たたず)んでいるのは張宇だ。

「その様子だと、説得できたようですね」

手をつないで歩いてくる明珠と英翔を見た張宇が、穏やかに微笑む。

「ああ、『何でも』してくれるそうだ」

人の悪い笑みを浮かべ、英翔が答える。

「あの、英翔様？　何でもすると言った気持ちに嘘偽(うそ)りはありませんけど……。でも、そろそろ何をしたらいいか教えてもらえませんか？　あ、もしかして、『昇龍(しょうりゅう)の祭り』の関係で蚕家(さんけ)特有の儀式でもあるんですか？　『昇龍の儀』みたいな？」

「違う」

かぶりを振った英翔が、明珠を真っ直ぐに見つめて口を開く。

「お前がここへ来た日に、神木から落ちた時の様子を、再現したいんだ」

「ひいっ!?　正気ですかっ!?　絹の着物を汚すなんてこと、できませんっ！」

言われた瞬間、目を見開きぷるぷると震えながらかぶりを振る。と、英翔が呆(あき)れたように声を上げた。

「落ち着け！　違う。《板蟲(ばんちゅう)》を召喚した上で、神木にふれてほしいんだ！」

「え……？　それって、強制的に板蟲が解呪されてしまいますけど……？」

「それでいい。それに、高く浮く必要はない。二、三寸浮くだけでいいんだ。頼めるか？」

英翔の真剣なまなざしに、引き込まれるようにこくりと頷く。

正直、御神木にふれるのは、気が進まないことこの上ないが、英翔の頼みを断るなど論外だ。どうしてそんなことを頼まれたのか、理由は何ひとつわからなくとも、英翔が望むなら叶えてみせる。何より、板蟲を召喚するくらい、たいした手間でもない。

「《大いなる彼の眷属よ。その姿を我が前に示したまえ。板蟲よ》」

守り袋にはふれず、『蟲語』を唱えて、板蟲を召喚する。

一尺くらいの高さにふよふよと浮かぶ板蟲の上に立ち、英翔を振り向く。

英翔は、息を詰めて真剣なまなざしで明珠を見つめている。鬼気すら感じさせる真摯なさまに、明珠も思わずごくりと唾を飲み込んだ。

「いきますよ？」

一声かけ、心の中で「えいやっ」と呟いて御神木にふれる。

途端、板蟲が足元からかき消える。

地面に落ち、よろめいた身体を支えてくれたのは、飛びつくように抱きついた英翔だった。

「すみま――」

自分の足で立ちたいのに、身体に力が入らない。

立っていられない。せめて、英翔は巻き添えにするまいと、その場に膝からくずおれる。

「明珠っ!?　大丈夫かっ!?」

「だ……」

英翔の動揺した声に、「大丈夫です」と返そうとするが、気持ち悪くて声が出ない。無理やり出したら、胃液も一緒に出てきそうだ。

最初の日と同じだ。めまいがする。腹部から悪寒が全身に広がり、身体が冷えていく。

身体の中で濁流が暴れ回っている。自分の身体なのに、泥人形になったかのように思うように動かせない。

「明珠！　しっかりしろ！」

明珠の身体を膝に抱えた英翔が、手を強く握ってくれる。

握り返して微笑もうとし――。

明珠はそのまま、気を失った。

「明珠っ!?　――張宇！」

力を失った途端、重みが増した明珠の身体をかろうじて支える。

気を失っただけだ。

理性ではわかっているのに、冷や汗が止まらない。心臓が痛いほど鳴っている。

「失礼します」

英翔達に駆け寄り、片膝をついて屈み込んだ張宇の声に、わずかに冷静さを取り戻す。

「すぐに離邸へ運べ。気を失っているだけのようだが……」

気を失った明珠の身体はぐにゃぐにゃしていて、支えにくいことこの上ない。だが、張宇はたやすく明珠を横抱きにして持ち上げると、苦もなく歩き出す。

小走りに張宇を追いかけながら、己の不甲斐なさに、拳を握りしめる。

――子どものままの、小さな手を。

「なぜだ……っ!?　なぜ……っ!?」

握りしめた拳をどこかに叩きつけたい衝動を、必死に抑えつける。

離邸に入ってすぐ、あわただしく歩く英翔と張宇の足音に気づいたのか、季白が書庫から顔を出した。

「英翔様？　張宇と身体を動かされていたのでは……？　今度は何が起こったのです!?」

張宇の腕に抱かれた明珠を見て、季白のまなざしが鋭くなる。季白の詰問が始まるより早く、端的に告げる。

「明珠に頼んで、明珠がここへ来た日のことを再現してみた。――が、失敗した」

声に怒りが混じるのを抑えられない。

「明珠が気を失ったのは前回と同じだが……。わたしは、変わらぬままだ。明珠に気を失うほどの無理をさせてしまったというのに……っ！」

膝からくずおれた明珠の苦しげな表情を思い出すだけで、刃で貫かれたように胸が軋む。

苦しいはずなのに、気を失う寸前まで英翔を気遣おうとしていた明珠。優しい彼女の献身を無下にしてしまった申し訳なさに、不甲斐ない己への怒りを抑えられない。

張宇を追って歩きながら説明しているうちに、二階の明珠の部屋に着く。両手がふさがっている張宇の代わりに、小走りに前へ出て扉を開ける。

初日を除けば明珠の部屋に入るのは初めてだ。年頃の娘の部屋に、男三人で踏み込むことに若干のためらいを感じるが、明珠の部屋は驚くほど物が少なかった。

衣桁に掛けられた着物と、寝台の布団の彩りがなければ、女性の部屋だとわからないほどだ。

もともと明珠の荷物が少ないのは知っているし、蚕家へ来てから買い物に出たこともないのだから、物がないのは当然だろう。

いつも明るく元気な明珠の印象にはそぐわない殺風景な部屋に、なぜか寂しさを覚える。が、今は感傷にひたっている場合ではない。

寝台の掛け布団をめくると、張宇がそっと明珠を下ろそうとする。

「ああ、靴を脱がさないと、布団を汚してしまうな」

英翔は頓着しないが、明珠はきっと気にするだろう。お仕着せも汚さないようにたすきがけしているくらいだ。

着物の裾から無防備に覗く足から、履き古した靴を脱がす。脱がせた拍子に、引き締まった細い足首が見え、なめらかな肌が指先にふれる。

あわてて裾の乱れを直して、足を隠す。若い女性が素足を見せるのは、家族やごく親しい者にだけだ。不可抗力とはいえ、申し訳ない気持ちになる。

（……起きたら、また破廉恥だと怒られるだろうか……）

怒られてもいい。こんな風に、苦しげに眉根を寄せて気を失っている姿を見るより、ずっといい。

寝台に横たえられた明珠に布団をかけてやり、乱れた髪を指先で梳く。そのまま、柔らかな頰へと指をすべらせ、首筋にふれる。血の気の引いた肌はひやりと冷たいが、指先に確かな脈拍を感じ、ほっとする。

「英翔様。明珠でしたらわたしが診ます。むやみにお手をふれてはいけません」

顔をしかめた季白に、肩を引かれて離される。

「無理に起こすな。前と同じなら、少ししたら目を覚ますだろう。起きた明珠が、まだ調子が悪いと言ったら診てやれ」

明珠に伸ばした季白の手を、摑んで押しとどめる。

「気を失っている間に診たら、後で破廉恥と罵られるぞ？」

「そんな恩知らずなことを言ったら、鉄槌を下してやりますよ！」

季白が青筋を立てる。口を挟んだのは張宇だ。

「目が覚めるまでついていたほうがいいのでしたら、俺がついていましょうか？」

ふだんより遠慮がちに発された申し出に頷く。

「そうだな。お前もつきあえ。わたしひとりでは、季白がうるさいだろうからな」

「も!?　英翔様がついている必要はございません！　張宇だけで十分です！」

「明珠をこんな目に遭わせたのはわたしだ。放っておくわけにはいくまい。もう決めた」

きっぱりと言い切り、卓の近くにある椅子を自ら寝台のそばに引いてきて、どかっと座る。

「英翔様っ！」

責める響きの季白の呼びかけは、もちろん無視だ。

「……季白、諦めろ。こうなった英翔様は、てこでも動かん」

諦め混じりに苦笑して、張宇も隣に椅子を運んでくる。

「そんなに気になるなら、お前もいるか？」

「冗談はおよしなさい！　小娘の顔など見ている暇があったら、資料を調べたり、もっと有意義に時間を使いますよ！　資料にあたる時間はいくらあっても足りないのですからね！　英翔様も、ここにいらっしゃるのでしたら、資料をお持ちいたしますから！　張宇！　英翔様をしっかり見張るのですよっ！」

季白が憤然と部屋を出て行く。荒々しく扉が閉まってから、英翔は憮然とした気持ちもあらわに呟いた。

「……あいつ、ついに『見張る』と言ったぞ」

「ぶっ、くくくくく……。最近の英翔様は、季白の忠言を無視すること、甚だしいですからね。自覚はおありでしょう？」

腹を抱えて笑う張宇が、視線にわずかに非難を込める。

「自覚はある。が、聞き入れる気はない。季白がわたしの身を案じる気持ちはわかるが、今、守りに入って何になる？　このまま押し潰されてゆくだけではないか」

思わず握りしめた手のひらに、爪が食い込む。

「そんなに強く握られては、お手が……」

張宇が気遣わしげな声を出す。

「くそっ！　今度こそと期待していたものを……っ」

期待が大きかっただけに、失望も激しい。

「くそ……っ！」

どこにも向けられない怒りを込めて、英翔は小さな拳を己の膝に振り下ろした。

❀ ❀ ❀

夕暮れの紅さが血を連想させて、不安を煽る。足元から前方に長く伸びる影は、冥界の闇がにじみ出したような昏さだ。

明珠は走り出したい気持ちを抑え込み、隣を歩く順雪に歩調を合わせる。

母の麗珠を亡くしてからしばらく、順雪はそれまで何の苦もなくひとりでできていた私塾の行き帰りやお使いに、ひとりで行けなくなった。なので順雪が外に出る時は、いつも明珠が手を引いて歩いたものだ。

母を恋しがって泣く順雪の小さな手を握りしめ、「大丈夫。お姉ちゃんがいつでもそばについてるからね」と慰めながら。

懐かしく思い出して——。これは夢なのだと気づく。

「順雪……」

呼びかけ、手をつないで隣を歩く大切な弟の顔を見ようとする。夢の中でもいい。笑顔の順雪に会いたい。

と、うつむいて歩く順雪が、明珠の手をぎゅっと握り直す。順雪らしくない、強い力。

弾かれたように、もうひとりの大切な腹違いの弟の顔が脳裏をよぎり——、

「えい……、きゃああっ！」

目を開けた瞬間、呼びかけようとした少年の顔が間近にあって、明珠は心臓が口から飛び出しそうになった。

「なっ!?　なななななっ!?」

現状が理解できず凍りついている間に、英翔の額がこつんと自分の額に当たる。

「……熱はないようだな」

「っ！」

ふれそうに近い唇から洩(も)れた吐息が肌をくすぐり、思わず唇を噛(か)みしめる。

英翔の声は、腹立たしいほど冷静だ。

「え、英翔様っ！　熱を測るなら、手ですれば……。っていうか、熱なんてありませんから！」

見惚(みほ)れそうなほど整った面輪が不意に目の前に現れるのは、心臓に悪いことこの上ない。

文句を言いながら、身を起こす。まだ頭がくらくらする。

ふらついたところを、英翔が支えようと手を伸ばす。

「あ」

身体を支えようとした右手に力が入らず、とさりと英翔の胸に倒れ込むと、意外と力強い腕に支えられた。衣に焚(た)き染(し)められた香の薫りが鼻をくすぐる。

一瞬、英翔の兄に会った時のことを思い出し、うろたえそうになるが、少年らしい肉づきの薄い胸が順雪を連想させ、逆に落ち着きを取り戻す。

「無理をするな。気分が悪いなら寝ておけ。まだ、顔色が悪いぞ」

「だ、大丈夫です！」

本当は大丈夫ではないが、寝台に上半身を起こしてしっかり座り直し、きっぱりと言い切る。不安そうに明珠を見つめる顔を見ては、「大丈夫じゃない」なんて、口が裂けても言えない。

「明珠！　気がついたのか？　何か、すごい声が聞こえたが……」

張宇があわただしい足音で戸口に姿を現す。

「すみません。少し寝ぼけてしまって……」

「それならいいんだが、もう起きて大丈夫なのか？　まだ顔色がよくない。もう少し、横になっていてもいいんだぞ？」

寝台へ近づいてきた張宇が明珠に手を伸ばしかけ――、ふれる寸前で、英翔に手首を摑まれる。

「張宇。戻ってきたのなら明珠も起きたことだし、そろそろ本邸へ行ったらどうだ？　今日は祭りゆえ、本邸の祝い膳なのだろう？」

英翔が不機嫌に張宇に命じる。

「ああ、そろそろ昼前ですね。では、季白と交代して――」

「張宇。お前相手にまで、主人がわたしか季白か、訊かねばならんか？」

英翔が苛立ちもあらわに冷たく問う。

「俺の主はもちろん英翔様です。『まで』ってことは、すでに明珠とやりあったんですね」

苦笑した張宇が、仕方がないなあ、とばかりに困った表情で頭の後ろに手をやる。

「……季白に説教を食らう時には、援護してくださいよ」

では、本邸に昼飯を取りに行ってきます、と張宇が部屋から出て行く。

「明――」

「英翔様っ！」

張宇を見送り、振り向いた英翔と声が重なる。

「「あ……」」

お互いに言い淀み、明珠は一礼して英翔に先を譲った。

「すみません。英翔様からどうぞ」

「いや。わたしに言いたいことがあるのだろう？　なら、明珠から言ってくれ」

英翔に言われ、無意識に手を伸ばし袖を引く。

黒曜石の瞳と視線が合う。どことははっきり言えないが、英翔の表情は、いつもより、いくぶん硬い。

まるで、怒りを押し込めているかのような——。

「英翔様、おなかが空いてるんですか？」

「は？」

何を言っているんだと言わんばかりの呆れ声に、外れてしまった……、と肩を落とす。自分だったら機嫌が悪い時は、たいていおなかが空いている時なのだが。

「いえ、張宇さんに急いでお昼ごはんを取りに行くようおっしゃっていたので、てっきりおなかが空いて不機嫌なのかと……。ああいえ、言いたいのはそうじゃなくて……」

どうやら、寝起きでまだ頭が回っていないらしい。

かぶりを振って、英翔の腕にかけた手に力をこめる。

「もう一度、『頼みごと』を、してみましょう」

「っ!?」

英翔が驚きに目を瞠る。同時に、手を振り払われた。

「馬鹿を言うな！」

ひと言のもとに切り捨てた英翔に食い下がる。

「だって私、英翔様の『頼みごと』を達成できていないのでしょう？　いったいどんな意味があるのかはわかりませんけど、わたしが失敗したのはわかってますっ！　それなら、もう一度——」

「もう一度!?　もう一度、お前をつらい目に遭わせろとっ!?」

英翔の黒曜石の瞳に怒りが宿る。

「次は大丈夫かもしれないじゃないですか！　気持ち悪いのにも慣れてくるかもしれませんし！　それに、英翔様のためなら私、何度だって——」

「お前はっ！」

ひび割れた怒声に、思わず残りの言葉を呑み込む。

「お前はわたしに、謝罪の言葉すら言わせてくれんのか!?　どこまでお人好しなんだ、お前はっ！」

今度は、明珠が目を丸くする番だった。

「謝罪って……。英翔様は悪くないじゃないですか」

「いや」

英翔が苦い声できっぱりと首を横に振る。

「今回のことはわたしの咎だ。わたしは……お前が体調を悪くする可能性があると知った上で、お前に頼みごとをした」

「何でもしますと請け合ったのは、私です！　英翔様は悪くありませんっ！　それに、『頼みごと』は英翔様の望む結果にならなかったのでしょう⁉　それなら、もう一度……」

「叶うかどうかも知れぬ自分の望みのために、お前を犠牲にしろと？　お前こそ、なぜそこまでわたしに尽くそうとする？」

「それ、は……」

あなたの腹違いの姉だからです。と思わず言いかけて、口をつぐむ。

単なる侍女が調子を崩しただただけで、これほど申し訳なく思っている英翔なのだ。もし腹違いの姉だと知れば、どんなに自分を責めるだろう。絶対に、明かすことはできない。

代わりに、別のことを口にする。

「どうなさったんですか？　今日の英翔様は、何だか、やけに焦って苛立ってらっしゃる気がします。いつもの英翔様らしくないですよ。何か、理由があるなら——」

「わたしらしい、か」

（あ、だめだ……っ）

何がだめなのかわからないが、本能的に危険を察知する。

英翔の声は、炎が瞬時に凍てついたかのようだ。冷ややかで荒々しい怒りが、黒曜石の瞳の中で揺らめいている。

「いつものわたしだと？　お前が、わたしの何を知っている？　わたしは——」

「知りませんよっ！」

主人への礼儀も忘れ、英翔の言葉をぶった切る。

「英翔様とお会いしてからまだ五日ですもん！　まだ知らないことばかりです！　だから――」

明珠はもう一度手を伸ばし、英翔の右手を両手で握る。

「だから、何に怒ってらっしゃるのか、ちゃんと教えてください！　私に至らないところがあれば、直すように努力しますし、季白さんが厳しすぎるなら、私からも……。言うだけ無駄な気はしますが言ってみますし……。とにかくっ！　私にできることがあるなら、ちゃんと言ってくださいっ！怒ってらっしゃるだけでは、何もわかりません！」

「教えてください、か」

不意に英翔が、明珠が両手で摑んだ右手を突き出し、左手で肩を押す。

「わ……っ」

上半身がぽすんと寝台の上に仰向けになる。

ぎし、と寝台が軋んだと思った時には、寝台に上がった英翔が、明珠の腰の辺りに、馬乗りで膝立ちになっていた。

「英翔さ――」

呆気にとられて呟いた呼びかけを、熱のこもった英翔の声が封じる。

「教えてというのなら、お前こそ、教えてくれないか？」

英翔が左手をついて前かがみになる。

後ろでひとつに束ねた長い髪が落ちかかる。強くなる香の薫り。

まるで飢えた獣のような黒曜石の瞳から、目が離せない。

「お前がその身に隠す秘密は何だ？　どうすれば、もう一度あの奇跡を見せてくれる？」

英翔が何を言いたいのか、明珠にはまったく見当がつかない。明珠が姉だと気づいているのだろうか。いや、英翔の性格なら、もっとはっきり指摘するだろう。

喉がひりつく。自分より年下の少年のはずなのに、威圧感に呑まれ、蛇に睨(にら)まれた蛙(かえる)のように身体が動かない。

「明珠……」

熱く飢えた声で名前を呼ばれる。

目を閉じたいのに、吸い寄せられたように黒曜石の瞳から視線が外せない。

これは誰だろう？　英翔のはずなのに、英翔ではないようだ。

むしろ、こっちのほうが、この状況がいったい何なのか教えてほしい。

「英翔、さま……？」

問うように見返すと、英翔の口元に困ったような笑みが浮かぶ。

悪戯っぽい光が目に浮かび、いつもの英翔だと安堵(あんど)した瞬間。

英翔が、明珠が両手で握ったままの右手を持ち上げ、明珠の指先にくちづける。

「っ⁉」

「教えて、くれないのか？」

吐息が指先をくすぐる。

「困ったな」

困ったと言いつつ、英翔の声はどこか甘い。

もう一度くちづけされ、英翔の手を握る指先に、思わず力が入る。

「教えてくれるまで、放せんぞ？」

指先から離れた英翔の顔が、ゆっくりと降りてくる。

息を呑むほど整った面輪が大写しになり――、

「何をなさってるんですか――っ！」

季白の怒声とともに、引きはがされた。

猫の子のように襟後ろを摑まれた英翔が、勢いのあまり、寝台に仰向けに転がる。

「そろそろ昼だと思って来てみれば張宇はいないし、英翔様はっ、英翔様は……っ！」

額から角を生やしそうな勢いで怒鳴る季白の声が、憤怒のあまり途切れる。言いたいことがありすぎて、言葉にならないらしい。

びきびきと額に浮かんだ青筋に、季白の血管の強度が心配になった時。

やにわに、季白が英翔を横抱きにすると、足音も荒く部屋を出て行く。明珠が声を発する間もなかった。

呆然（ぼうぜん）と季白の背中を見送り、蹴り開けられた扉の揺れがおさまった頃。

「……夢……？　さっきのは、夢だったのよ、ね……？」

明珠は、呆然と呟く。

うん、寝ぼけて見た夢に違いない。夢だろう。夢であってほしい。むしろ夢であれっ！

「なんだったのいったい……？」

あんな英翔は、初めて見た。

飢えた獣のような、渇望に満ちた瞳。どこか甘く響く、熱を孕（はら）んだ声。

……年下の少年とは、とても思えなかった。

射すくめられるような恐怖など、順雪相手には、一度だって感じたことはない。

もし、あのまま季白が来なかったら、どうなっていたのだろう。

「……英翔様とは、たぶん互角くらいの力だから……。きっと押し倒し返すなり、逃げるなりできたわよね、うん」

押し倒し返すのはどうなんだ、と突っ込んでくる理性の声は、聞こえないふりをする。

何にせよ、今日の英翔は変だ。あれもきっと、いつもの悪戯の一部に違いない。

……そう思わないと、羞恥に心がもたない。

「とりあえず、答えの出ないことを考えるのはやめておこう、うん。どうせ、後で季白さんにお説教されるんだし……。いっときの心の平安くらい、取り戻さなくちゃ」

うんうん、とひとりで頷く。

「あー、今日の本邸のごちそうは何かなー。楽しみだなー」

棒読みで、無理やりごちそうへの期待に思考を捻じ曲げ——。

明珠は、現実に向き合ってあれこれ思いわずらうのを、放棄した。

❀ ❀ ❀

廊下へと出て行った英翔と季白が言い争う声が聞こえなくなってから、たっぷり百は数えて、明珠はそろそろと扉を押し開けた。

しんと静まり返った廊下には誰もいない。

まもなく始まる昼食では、食堂で嫌でも顔を合わせなければならないのだが、せめてそれまでの短い間くらい、心穏やかに過ごしたい。せっかく動悸も頰の熱さも落ち着いたというのに、今、英翔に会ったら、顔を見ただけでまた思考が沸騰しそうだ。

(さっきの英翔様は、いったい何だったんだろう……?)

英翔の悪戯好きは知っているが、さっきの英翔は真剣そのものだった。

射貫くような視線と、熱を孕んだ声を思い出すだけで、恥ずかしさに「わーっ」と叫んでどこかへ駆け出したくなる。

(きっと、英翔様は何か誤解なさっているんだわ。それが何かはわからないけど……。きっと、そうに決まっている)

間違っても途中で英翔や季白に会わないように、耳を澄まし足音を忍ばせて一階の食堂まで下りる。

扉を開けると、まだ張宇は本邸から戻っていなかった。明珠の主観では、かなり長い時間が経っている気がしていたのだが、違ったらしい。

茶の支度をしつつ、固く絞った布巾で食卓を拭き、箸や匙、小皿などを用意する。

今日は祭りで特別な日だが、季白も張宇も酒を飲んだりはしないだろう。

季白も張宇も酒は嫌いではないが、酔っては護衛の役目を果たせないため、離邸にいる間は決して飲むことはないと、以前に聞いている。仕事もせずに酒ばかり飲んでいる父親に、二人の爪の垢でも煎じて飲ませたいくらい、立派な姿勢だ。

（順雪は何をしてるかな……？　私がいないから、灯籠は誰か別の人が飾ったのかしら……？　せめてお祭りの今日くらい、おいしいものを食べてくれていたらいいんだけど……）

実家に残してきた順雪に思いを馳せながら支度をしているうちに、張宇が戻ってくる。張宇が抱えているのは、いつも以上に大きな櫃だった。

「手伝いますっ！」

急いでぱたぱたと走り寄り、運ぶのを手伝う。張宇が卓に置いた櫃の蓋を取った途端、明珠は思わず歓声を上げた。

「うわあっ、すごい……っ！　さすが、『昇龍の祭り』のごちそうですねっ！」

大皿に盛られた料理は、どれもこれも凝っていておいしそうだ。

飯店の厨房で働いていた経験があるので、貧乏人の割に料理にくわしいと自負している明珠だが、張宇が取り出す皿には見たことがない料理もある。

張宇を手伝い、二人で小皿に料理を取り分けていく。途中で、憮然とした表情の英翔と、苦虫を噛み潰したような顔の季白が食堂に入ってきた。

「あっ、英翔様！　すごいですよ、今日のごちそう！　さすが蚕家ですねっ！」

反射的に笑顔で声をかけ――、先ほどのやりとりを思い出した途端、動きが凍る。

が、明珠の心情を察したらしい英翔は、いつもどおりの悪戯っぽい笑みを浮かべた。

「そうか。明珠がそこまで喜んでいるのなら、きっと美味いのだろうな。楽しみだ。あんまり急いで食べすぎて、喉を詰まらせるなよ？」

ふだんと変わらぬ様子で接してくれる英翔に感謝の念が湧くが、年下の英翔に気を遣わせるなんて情けない。だが、助かったのは確かだ。

「英翔様は、もう少しお肉をつけるために、しっかり食べられたほうがいいと思います！」

英翔に小皿を差し出そうとして、そういえば、本邸からの料理は、毒見が必要だったと、手を止める。

「……今日はかなりの量だし、あまり冷めてももったいないしな。俺と明珠で、手分けして先に食べよう」

明珠の戸惑いを読んだかのように、張宇が優しく声をかけてくれる。

「はいっ。では、お先にいただきます」

席につくと、一番、手近にあった汁物の器を手にとる。乳白色の汁物は、とろみがつけられていて、中に肉や飾り切りにされた野菜がたっぷり入っている。

離邸に持ってくるまでにほどよく冷めた汁物を一口飲むと、深みのある味わいに、思わず感動を覚える。いったい、何種類の具材が煮込まれているのだろう。蚕家の料理人の手間と矜持（きょうじ）を感じさせる逸品だ。

「おいしい……っ！」

蚕家に奉公できたことを心から感謝し、次の料理に箸を伸ばす。

「美味そうに食べるお前の顔を見ていると、食べなくても満足できそうだな」

茶を飲みながら明珠の食べる様子を見ていた英翔が笑みをこぼす。

明珠は驚いて英翔を見返した。

「英翔様っ!?　こんなおいしいお料理を食べなかったら、悔やんでも悔やみきれませんよ!?　しっかり食べて、早く大きくなってください！」

「わかったわかった。だが、これほど多くては食べきれん。明珠、お前のおすすめは？」

「どれもこれもほっぺたが落ちるほどおいしいですっ！　でも、そうですね……。この汁物は特に絶品ですよ！　絶対に食べてくださいね！」

「よし、手分けしてすべての皿の料理に口をつけましたから。英翔様もどうぞお食べください」

張宇の言葉に、英翔と季白も箸を取る。季白は先ほどからずっと憮然とした表情で黙ったままだ。

季白に説教をされて、せっかくのごちそうを台無しにしたくない。明珠はそそくさと箸を動かす。

大きな鯛の姿焼き、豚肉と野菜の炒め物、蟹入りのあんがかけられた炒飯、春野菜の五目煮、何種類もの点心……。

まるで夢でも見ているようだ。いや、夢の中でもこれほどのごちそうは見たことがない。

明珠の健啖ぶりを見ていた英翔が、自分も料理を口に運ぶ。子どもながら、その所作は洗練されていて気品がある。

「ふむ。明珠が言うとおり、どれも美味いな。だが……」

悪戯っぽく微笑んだ英翔と、視線が合う。

「わたしは、明珠の料理のほうが好きだぞ？」

「っ!?」

さらりと告げられた言葉に、衝撃を受ける。

「……え、英翔様って……、もしかして味オンチなんですかっ!?　いつでもこんな豪華なお料理が食べられる御身分なのに、なんてもったいない……っ！」

「ぶはっ！　……げほっ、げほっ！」

吹き出した張宇が、食べ物が変なところに入ったのか盛大に咳(せ)き込(こ)む。黙々と箸を動かしていた季白が、眉をひそめて口を開いた。

「汚いですよ、張宇」

「そうだ。本物の味オンチのお前に、笑われる謂(いわ)れはない」

張宇を睨みつけた英翔が、汁物の匙を口へ運ぶ。

と、季白が不意に鋭く息を呑んだ。

「英翔様っ！」

季白の叫びにつられるように英翔を振り返る。

英翔の唇にふれた匙の中で、何か小さいモノが蠢(うごめ)いた気配がし――、

「だめですっ!!」

明珠が叫んだのと、汁物を飲み干した英翔が口を押さえて呻(うめ)いたのが同時だった。

がたたっ、と英翔の小柄な身体が椅子から崩れ落ち、卓に当たった拍子に汁物の椀(わん)が床に転がり落ちる。

だが、誰もそんなことにはかまわない。

「しっかりなさってくださいっ！」

「まさか、毒か!?」

「《蟲》です！　《蟲》が英翔様の中にっ！」

英翔に駆け寄った明珠は、英翔を抱き起こそうとする季白と張宇の間に、無理やり割り込む。

苦悶に歪む英翔の蒼白な顔を見た途端、自分の中でぷつりと何かが切れた。

「どいてっ！」

「なっ!?」

季白と張宇を突き飛ばし、床に仰向けになった英翔の太ももの上に馬乗りになる。

右手で懐の守り袋を握りしめ、左手で口元を押さえる英翔の右手を引きはがし。

「《大いなる彼の眷属よ！　我は蜜、汝は蝶！　いざ我のもとへ疾く来よ！　蜜へ誘われよ！　その者を害すること許さんっ！》」

呪文を唱えながら、わななく唇へくちづける。

季白と張宇が息を呑む音が聞こえたが、かまってなどいられない。

（来て……っ！　英翔様の身体から出てきなさいっ！）

目を固く閉じて集中し、祈るように蟲に念じる。

種類はわからないが、英翔の体内に侵入したのはきっと《毒蟲》の一種だ。

（誰が仕込んだか知らないけど……。英翔様を害させたりなんて、絶対させないんだからっ！）

食事に仕込まれたのが毒ではなく《毒蟲》なら、この場で対応できるのは、術が使える自分しかいない。

（おいで……っ！　私のほうへおいでったら！）

明珠の祈りに応えるように右手で握りしめた守り袋が呼応し、熱を持った気がする。腹の奥がぞわりと波立つ。

永遠のように長くて、短い刹那の後。

ぞる、と英翔の唇の間から、黒い蟲が頭を覗かせた。

前歯で咥え、一気に英翔から引き出す。同時に、蟲の頭を噛み潰した。

ぷちゅっ、と柔らかいモノが弾ける嫌な感触。

噛み潰した瞬間、凝縮された呪が明珠の身体を蝕み、全身が粟立つ。

内臓がひっくり返るような不快感。

飛びそうになる意識を叱咤し、ぺっ、と床へ蟲の死骸を吐き捨てる。行儀になんてかまっていられない。

べしゃり、と床に吐き出されると同時に、蟲がぐずぐずと形を崩して消えていく。

しびれが残る口元から垂れる唾液をぬぐう暇もなく、目を開け、英翔を振り返る。

明珠でさえ全身の生気を持っていかれて意識を失いそうなのだ。身体の小さな英翔は――。

「英翔様っ！」

馬乗りになった英翔を見下ろそうとした瞬間、ぐるりと視界が反転した。

床に仰向けになった眼前に迫った顔は、見慣れた英翔の愛らしい面輪ではなく。

「大丈夫かっ!?　《毒蟲》を噛み千切るなど、なんという無茶を――っ！」

耳に心地よく響く低い声。押し倒した明珠を見下ろすのは、見惚れてしまいそうなほど秀麗な凜々しい面輪。肩を掴む手は大きく頼もしくて――。

「口を開けろ！　毒が回っているやもしれん」

御神木から落ちた時に明珠を受け止めてくれた英翔の兄が、目の前にいた。

「な、なん……」

問おうとした口元を、青年の大きな左手にふさがれる。

青年が小声で何事か呟き、唇にふれた手のひらがあたたかくなったと思った瞬間、明珠の身体に巣喰っていた悪寒が、跡形もなく消えた。だが、安堵するどころではない。

「え、英翔様はどちらにっ!? どうしてお兄様がいらっしゃるんですかっ!?」

青年の手が離れた瞬間、身を起こして尋ねる。

「兄ではない。わたしが英翔だ」

「っ!?」

告げられた言葉に、頭が真っ白になる。

明珠の腕を摑んで引き起こした青年――英翔が、明珠を抱き寄せ、頰や首筋にふれる。

「具合が悪いところはないか? もしまだ毒が残っていたら……っ」

抱き寄せられた拍子に、青年のはだけた素肌にふれ、嫌でも初日の大失態が脳裏に甦る。

混乱と羞恥が一気に頂点に達し、明珠は思わず青年を突き飛ばした。

「きゃ――っ!」

(なんでこの人いつも着物がはだけてるの!? 英翔様っ! 英翔様はどこにっ!?)

「落ち着け」

青年がぐいと明珠を抱き寄せるが、逆効果だ。英翔と同じ香の薫り。だが、抱き寄せる腕の力強さも、胸板の厚さも、明珠が知る少年とは大違いだ。

「は、放してくださいっ! だって、英翔様が急にこんなに大きくなるなんて……っ! 嘘ですっ! 英翔様はもっとちっちゃくて可愛いんですから! 英翔様をどこに隠したんですかっ!?」

目の前の青年が愛らしい英翔であるはずがない。

混乱が頂点に達して、思考がまとまらない。

「では、どうしたら信じてくれる？」

真顔で問い返され、困って視線をさまよわせる。

よく見れば青年が着ているのは、さっきまで英翔が着ていた蚕家の紋付きの着物だ。身体が急に大きくなったせいで、身頃がはだけ、手足がにょっきり突き出ている。襟元が汚れているのは、さっき吐き出した汁物だろう。

端整な顔立ちも——似ているどころか、英翔が大人になったらこうなるだろうとしか考えられないほど、そっくりだ。

理性ではわかる。だが、感情がついていかない。

「だ、だって、英翔様が大人だなんて……っ！　も、もしかして、さっきの毒蟲に何かの呪が仕込まれていたんですかっ!?」

「逆だ」

見上げた明珠の目を真っ直ぐ見つめ返し、英翔が告げる。

「今の青年の姿が、本来のわたしだ。少年の姿のほうが、禁呪をかけられた仮初(かりそめ)の姿にすぎぬ」

「へっ？」

「というか、お前だろう。今といい初日といい、わたしにかけられた禁呪を解いたのは」

「えぇぇぇぇ——っ!?」

両頬に平手打ちを食らった気分だ。

「じゃ、じゃあ……っ」

順雪を思い出してほっこりしたのも、腹違いとはいえ、弟なのだから守らねばと決意したのも。

甘えてきたあの可愛さも全部。

（嘘だったのっ⁉　英翔様は、弟じゃなくてお兄ちゃん……っ⁉）

「で、でもっ、つないだ英翔様の手は、ちゃんと小さかったじゃないですか⁉　幻でもないのに、姿が変わるなんて術、聞いたことがありません！」

つないだ英翔の手の感覚は、しっかりと覚えている。抱きしめた小柄な身体も。

言い返した瞬間、自分がまだ青年の腕の中にいることを思い出し、逃げようと身動（みじろ）ぎする。

「あの、放してくだ……」

「まだ信じてくれぬのか？」

不意に、とさりと床に押し倒される。

間近に迫る、端整な面輪。

先ほど、自室の寝台で英翔に押し倒された時と同じ体勢だ。だが、押さえる手の大きさがまるで違う。

黒曜石の瞳が、悪戯っぽい光をたたえる。

「信じてくれぬのなら、今から先ほどの続きをして――」

「信じます信じます！　だから放してください――っ！」

あ、これ英翔様だ。

すとんと心が納得する。

こんな心臓に悪い悪戯を心から楽しそうにする方なんて、英翔の他にいるはずがない。

「信じますからっ！　だからお願いですっ、とにかく服を着てください～っ！」

叫んで、目を固くつむって顔を背ける。

本当は押し返したいのだが、素肌にふれるなんて恥ずかしくて無理だ。

楽しそうに喉を鳴らした英翔が、身を離す気配がする。英翔の重みが消えた瞬間、明珠はそそくさと起き上がって体勢を整えた。もう一度捕まったら、危険な予感がひしひしとする。

「季白。お前の服でいい。着替えを持ってこい」

英翔が呆然と立ち尽くしている季白に声をかける。弾かれたように季白が膝をついて頭を垂れた。

「おめでとうございます！　元のお姿に戻られたのですね！　誠に喜ばしい限りでございます！」

感極まった季白の声は震えている。明珠は、このまま季白が男泣きに泣くのではないかと、本気で疑った。そんな季白、想像の埒外すぎて怖い。

「お身体に不調はございませんか!?　毒を受けられたのです。念のためお身体を診せていただいてもよろしいですか!?」

過保護っぷりを発揮する季白に、英翔が鬱陶しそうな声を上げる。

「急に戻ったのだ。違和感があるのは当然だろう。もう少し落ち着いてから、まだ不調があれば診せる。まずは、明珠に説明してやるのが先だろう」

名前を出されて、明珠は英翔を見ないようにしながら、ぶんぶんと首を横に振った。

「いえいえいえっ、英翔様のお身体が一番大事ですから！　私への説明なんて、後回しで結構です！　私だって、しなければいけないことがありますし！」

「しなければならないこととは？」

いぶかしげに英翔に問われ、おずおずと豪華な料理がのったままの卓を指さす。

「お料理を放っておけませんでしょう……？　片づけようと思うんですけど、残っているお料理って、やっぱり……。このまま、捨てちゃうんでしょうか……？」

「食べたいのか？」

「えっ、いえその、もったいないなあって思って……。もちろん、大丈夫そうなところをつまみ食いする気なんて、全然ありませんけど！」

まるで明珠の心を読んだかのように英翔に問われ、あわてて言いつくろう。

「なんと意地汚い。きっとあなたの死因は、食べ物を喉に詰まらせての窒息死か、食中毒ですね。餓死だけはありえません」

「ひどっ！　季白さん、それはひどくないですか!?　季白さんにはわからないでしょうけど、貧乏人にとっては、食べ物を捨てるのは我が身が斬られるようにつらいんですよっ!?」

反論するうちに、犯人への怒りがこみ上がり、拳を握りしめる。

「しかも、しかも……っ！　こんなに豪華な料理を無駄にするなんてっ！　私、犯人を絶対許しませんっ！」

憤然と言い切ると、英翔が苦笑する。

「明珠。言いたいことはわかるが、その物言いだと、わたしより料理のほうが大事に聞こえるぞ？」

「あっ、すみません！　違うんです！　決してそんな意味では……っ」

あわててかぶりを振り、英翔のほうを向きかけて——今の姿を思い出し、明後日の方向に視線をやる。

「わかっている。冗談だ」

「ひゃっ」

横から伸ばされた英翔の長い指が頰にふれ、くすぐったさに声が出る。

「だが、悔しいな」

「そうですよねっ。英翔様もちゃんとごちそうを食べたかったですよね！」

大真面目に言ったのに、なぜか苦笑が返ってきた。

「？　私、何か変なことを言いましたか？」

「いや……」

「いいんですよ、明珠。あなたはそれくらいでいいんです」

「ふぇっ!?　季白さんに認められた!?　ど、どうしたんですか季白さんっ!?　まさか、季白さんも毒を……!?」

「何ですか、その失礼極まりない反応は!?　一瞬でもあなたを褒めてやろうと思ったわたしが馬鹿でした！　さあ、無駄口を叩いている暇があったら、さっさと料理を始末しなさい！」

まあ落ち着け、と季白をなだめた英翔が、生真面目な声で告げる。

「しかし、実際のところ、何かあってからでは遅いからな。仕掛けられた《毒蟲》が一匹だけとは限らん。もったいないが料理は捨てるしかないだろう」

「そうですよね……」

わかっていたとはいえ、はっきり告げられると思わず哀しいまなざしで卓に並ぶ料理を見てしまう。と、英翔の大きな手に頭を撫でられた。

「そんな哀しそうな顔をするな。お前が欲しいと言うのなら、張宇の蜂蜜だろうと、卓にのりきらぬ馳走だろうと、後で何でも用意してやる」

「英翔様。人の物を勝手にあげる約束をなさらないでください。……明珠になら、別に壺のひとつや二つ、あげてもかまいませんが」

衣擦れの音に振り返ると、席を外していた張宇が英翔に着物を羽織りかけたところだった。英翔が青年姿へ戻った感動でそれどころではない季白に代わって、自分の部屋から取ってきたらしい。羽織っただけのだらしない格好だが、英翔だと、やけに粋に見えるから不思議だ。ともあれ、はだけていた胸元が隠れ、安心する。

「俺の着物で申し訳ありませんが」

「かまわん。お前とも身長はさほど変わらんしな。丈の合わぬ衣を着ているより、ずっと楽だ」

張宇の着物を羽織って立ち上がった英翔に、張宇が硬い表情で尋ねる。

「ところで、本邸にはどのように報告いたしましょうか？」

「ああ」

薄く笑みを刻んだ英翔は、怜悧な刃のようだ。明珠は思わず緊張に息を呑む。

「『たいへん美味な馳走であった』と。器を返す際に伝えてやれ。それだけでよい」

「は、かしこまりました」

張宇が深々と一礼する。

英翔がふと床の一点に視線を落とす。ちょうど、明珠が毒蟲を吐き出した場所だ。

視線をさまよわせた英翔が、壁を飾る壁掛けに近寄る。壺に盛った何種類もの花々が刺繍（ししゅう）されたもので、殺風景な離邸に珍しく彩りを添えている装飾品のひとつだ。

壁掛けの下にいくつもつけられている鈴のひとつを、英翔が引きちぎる。何をするのかと見守っていると、鈴を持った英翔が、毒蟲を吐き出したところに屈んで蟲語を唱えた。

「《大いなる眷属に連なる者よ、感気蟲（かんきちゅう）よ。我に仇（あだ）なす者が近づいた時は、その身をもって我に告げよ》」

承諾したと言わんばかりに、鈴が一度、りぃんと澄んだ音を立てる。

明珠も母が使っていたのを見たことがある術だ。相手の術師の気を《感気蟲》に覚えさせ、術師本人や、術師が召喚した蟲の接近を知らせる術だ。

特定の術師から身を守るのに有用な術だが、《感気蟲》はかなり扱いが難しい。明珠の腕前では、果たして扱えるかどうか。

それを容易（たやす）く喚（よ）び出した上に、応用を利かせて鈴に宿らせるなんて、さすが蚕家の子息だ。

（あれ？　でも昨日、英翔様が足をひねった時は、術が使えないって……。だから私が《癒蟲》を召喚したのに……）

明珠が疑問を口にするより早く、英翔が踵（きびす）を返す。

「ひとまず着替えてくる。張宇、お前は明珠の片づけを手伝ってやれ」

季白を従えて食堂を出ようとした英翔が、戸口のところで「ああ、それと」と、悪戯っぽい笑みを浮かべて振り返る。

「明珠がつまみ食いをしないよう、ちゃんと見張れよ？」

「英翔様ったら！　つまみ食いなんてしませんっ！」

言い返した明珠に軽やかな笑い声を残して、英翔が去っていく。

姿は変わってもやはり中身は英翔だと、明珠は妙に納得し、深く安堵した。

❀　❀　❀

「張宇さんは、英翔様にどんな術がかけられていたのか、ご存じなんですか？」

張宇が台所から持ってきた屑籠（くずかご）に、二人で手分けして料理を放り込みながら尋ねる。

できるだけ、料理には視線を向けないように気をつける。料理を見てしまったら、もったいなさと、料理をだめにした犯人への怒りで、手が止まりそうになるためだ。

「俺は術に関してはまったくの素人（しろうと）だからな。英翔様にどんな術がかけられたのかは、よくわかっていないんだ」

手際よく皿を空にしながら、張宇が嘆息する。

「俺も『蟲語』が読めたら、もっと英翔様のお役に立てるんだが……」

「あっ、英翔様達が離邸で調べ物をなさっているのって、英翔様にかけられた呪を解くためだったんですね？」

それなら、毎日、英翔と季白が書庫にこもっているのもわかる。だが……。

（蚕家の子息に呪がかけられたのなら、ふつう、蚕家総出で解呪しようとするんじゃないのかしら？　そもそも、天下の蚕家にたてつこうとするなんて、無謀な真似（まね）をする術師がいるなんて……）

「明珠？」

「あっ、すみません」

張宇に呼びかけられ、手が止まっていたのに気づく。

「気になるのはわかるが、片づけが終わったら英翔様が事情を話してくださるさ」

明珠の心を読んだように張宇が微笑む。

「はい。あっ、何か食べる物も用意したほうがいいでしょうか？　結局、お昼ごはんはろくに食べられなかったですし。朝の残り物でよかったら、すぐに用意できます」

「そうだな。長い話になるかもしれないしな。ここは俺が片づけておくから、明珠は軽食のほうを頼めるか？」

「はい！」

料理を捨てるより作るほうが精神衛生上もいい。明珠は元気よく頷くと台所に走った。

「すみません、遅くなりました」
盆を持った明珠が張宇と一緒に英翔の部屋に入ると、何やら難しい顔で話し込んでいた英翔と季白が振り返った。
（見目がいい方って……。ほんと、何を着ていても様になるんだわ……）
すらりとした長身の青年英翔に思わず見惚れて盆を傾けそうになり、明珠はあわてて持ち直す。

英翔が今着ているのは、張宇の着物だ。穏やかな張宇の性格を反映しているのか、張宇の着物は地味な色合いが多い。英翔が纏っているのは灰色と淡い水色の着物だが、地味な分、英翔の秀麗な顔立ちを際立たせている気がする。

「あの、軽くつまめるものを作ってきたんですけど、いかがですか？」

「気が利くな。助かる。腹が空いたと思っていたところだ」

英翔が顔をほころばせる。明珠はいそいそと皿や茶器を並べて支度する。

「これは？」

明珠が卓に置いた皿を見て、英翔が怪訝な顔をする。

「すみません、急いでいたので、小麦粉で作った皮に、豚の角煮とか、魚の揚げたのとか、残り物を挟んだだけの庶民料理なんですけど……。下町では、よく屋台なんかで売っているんですよ？」

「そうなのか。どれ」

ひとつ手にとり、かじった英翔が破顔する。

「うん、美味い。やはり料理は明珠が作ったものに限るな。……どうした？」

「えっ、いえ。何でもないです……」

英翔の顔をじっと見つめてしまっていた明珠はあわててかぶりを振る。が、英翔はごまかされてくれない。

「調子が万全ではないのか？　もしまだ、毒蟲の影響が残っているなら――」

ぐい、と腕を摑んで引き寄せられ、あわてて後ろへ飛びすさる。

「だっ、大丈夫です！　ただ、そんなに喜んでいただけるなら、お小さい英翔様の可愛い笑顔を見たかったなあ、とか、ちょっと考えただけで……っ」

告げた途端、英翔の顔が不機嫌にしかめられる。

「何だそれは。今のわたしより、幼い英翔のほうがよいと？」

「違いますよ！　お小さい英翔様は、とてもお可愛らしかったと……。あのっ、褒めているのに、どうしてどんどん不機嫌になっていかれるんですか!?」

　英翔の眉間のしわが、どんどん深くなっていく。

「……英翔様。今は拗ねている場合ではございませんでしょう？　明珠に説明をしてやるのでは？」

　苦笑した張宇が、間に割って入る。

「そうだったな。皆、席につけ」

　長方形の卓の一辺ごとに置かれた椅子に座る。ひとまず無言で軽食をつまみ、ひと息ついたところで。

「明珠」

「はいっ！」

　英翔に名を呼ばれ、ぴんと背筋を伸ばす。

「お前も、うすうす気づいているかとは思うが――。わたしには、禁呪がかかっている」

「っ！」

　禁呪。その響きに、背筋にひやりと冷たいものが走る。

　禁呪とは、人を害することに特化した術だ。当然ながら使用は固く禁じられており、使用したことがわかれば、術者にも依頼人にも厳しい刑罰が下る。

しかし、人の欲に限りはない。禁呪の取り締まりは常に行われているものの、根絶されたことは一度もない。

術師が一般の人々から敬われつつも恐れられている理由のひとつでもある。いつ、見えない力で自分を害するかわからぬ相手に、心を許せるわけがない。

「で、でもっ、大人が子どもになるなんて、そんな禁呪、聞いたこともありません！」

当然ながら、明珠に禁呪を使った経験はない。

だが、毒を知らなければ解毒ができないように、禁呪を知らなければ、解呪はおろか、身を守ることすら危うい。禁呪の中には、それほど強い術も含まれているのだ。そのため、母から禁呪についての知識だけは授けられている。

その知識を総ざらいしても、術で外見だけを変えるならともかく、身体まで大人から子どもに変えてしまう術など、欠片(かけら)も出てこない。

もし本当にそんなことが可能なら、花の盛りを過ぎた世の女性達がこぞって禁呪に手を出しているだろう。

だが、現に禁呪をかけられた英翔が目の前にいる。

明珠の言葉に、英翔は困ったように眉を寄せた。

「わたしも、このような禁呪は初めてだ。しかし、おそらくこれは本来の禁呪の形ではあるまい。半月前、刺客はわたしを殺す気だったからな」

「半月前って……。あっ、ここへ来た日に聞いた覚えがあります！　確か、賊が出たとか。それって……」

賊など、下町でつつましく暮らしていた明珠とっては、人の噂か物語の中でしか聞いたことのない言葉だ。

英翔があっさり頷く。

「ああ。わたしを狙った刺客だ。相手の禁呪と抵抗したわたしの術が混じりあい、このように思いもよらぬ形で発現した」

淡々と告げる英翔の声は、まるで他人について語っているかのようだ。

「何とか禁呪を解く方法を見つけられないかと、離邸のさまざまな文献に当たり……。だが、何ひとつ手がかりを得られないでいたところに現れたのが、明珠。お前だ」

「へっ!? 私ですかっ!?」

この流れで自分の名が出るとは予想しておらず、すっとんきょうな声が飛び出す。

「そうだ。お前が神木からわたしの上に落ちてきて、元の姿に戻った。……あの時のわたしの驚愕を、お前は知らぬだろうな」

英翔がおかしそうに喉を鳴らす。だが、肝を潰したのは明珠だって同じだ。

まさか、これから仕える主人にのしかかった上に、高価な着物を汚してしまうなど、誰が想像できただろう。

「で、でも、どうして英翔様が本当は青年のお姿だと教えてくださらなかったんですか!? それなら、年下だと思って、失礼な態度をとったりなんて……」

「馬鹿ですか、あなたは」

季白に冷たい声で一刀両断され、言い返すこともできずに口をつぐむ。

「命を狙われて、わけのわからぬ禁呪をかけられたところに、突然、素性もわからぬ小娘が飛び込んできたのですよ？　これが罠でなくて何だというのです？」

「そんな！　私が英翔様のお命を狙うなんて……っ！　そんなこと、決してありません！」

あらぬ疑いに必死で抗弁すると、英翔が困ったような、申し訳なさそうな表情で明珠を見る。

「すまぬ。もちろん、お前が刺客でないことはわかっている。だが、これまで手がかりすらなかった禁呪が、お前にふれていた間だけ、いきなり解けたのだ。お前の正体がわからず、扱いかねてしまったわたし達の気持ちも察してほしい」

「それは、そうでしょうけど……」

「しかも、本人は禁呪を解いた自覚すらなくて、解き方もわからないときたものだ。そばに置いておくしかないだろう？」

「あ……」

英翔の言葉に明珠は唇を噛みしめる。

今、わかった。わかってしまった。

英翔が人懐っこく明珠にかまってきたのは、新しい侍女が珍しいからでも、ましてや腹違いの姉妹だと本能的に気づいたからでも何でもなくて……。

(禁呪を解くためだったんだ。禁呪を解く手がかりが私しかないから。それで……)

抱きついてきたのも。今朝の真剣なお願いも。

「明珠！」

対面に座っていた英翔が、突然席を立つ。あまりの勢いに椅子が倒れたが、英翔の耳には届いていないようだ。

驚いて視線で追うと、英翔は卓を回り込み、明珠の椅子の隣に膝をつく。

「英翔様っ!?」

「どうなさいました!?」

季白と張宇のうろたえる声を無視し、英翔が明珠の手を両手で握る。明珠の手よりも小さかった少年英翔の手とは別人のような、骨ばった長い指先。

「すまん！　刺客と疑われて嫌な思いをさせたか？　正体を黙っていたことを怒っているのか？」

ぽたぽたと、明珠の両手を包む英翔の大きな手に雫(しずく)が落ちる。

それを見て初めて、明珠は自分が泣いているのだと気がついた。

「ちが……、違うんです。これは、別に怒ってるわけじゃ……っ」

「では、なぜ泣いている？　理由はわからぬが、わたしがお前を傷つけてしまったのだろう？」

英翔の黒曜石の瞳に真っ直ぐ見つめられ、激しくかぶりを振る。

確かに明珠が傷ついたのは英翔の言動のせいだが、そもそもの原因は、明珠が勝手な期待を抱いたせいだ。だから、決して英翔のせいではない。

「英翔様、だめですよ。床に膝をつかれては、張宇さんの着物が汚れてしまいます。本当に、英翔様のせいではないんです。うかがったお話が、今まで私が知っていた世界と違いすぎて、それで、びっくりしてしまって……」

そうだ。禁呪は解けたものの、英翔を殺そうとした刺客は捕まっていない。食事に毒蟲が仕込まれていたということは、英翔はまだ命を狙われているという証(あかし)だ。哀しんでいる暇などない。

弟でなかったとはいえ、英翔が明珠の腹違いの兄弟であることは変わらないのだから。

英翔の役に立ちたい明珠の気持ちは、揺るがない。

「英翔様――」

これからもおそばで仕えさせてください、と告げようとした瞬間。

「う……っ」

英翔が低く呻いてうつむく。

「英翔様っ!?」

陽炎(かげろう)のように英翔の輪郭が揺らめいたかと思うと。

明珠の目の前に現れたのは、見知った少年姿の英翔だった。

「……もう、幼い姿に戻ってしまったのか……」

英翔が残念そうに呟く。

「えっ!?　禁呪は解けたんじゃ……!?」

わけがわからず、目を白黒させる明珠に、少年英翔が、苛立ちと諦めの入り混じった息を吐く。

「命を奪おうとするほどの……。わたしの本来の姿を歪め、術を封じるほどの強力な禁呪だぞ。そうそう簡単に解ける代物ではないと、承知している。元の姿に戻れることや、元の姿の間なら術を使えるとわかっただけで、大きな前進だ」

英翔が明珠の手を握る両手に力を込める。青年の時とは対照的な小さな手。

身体が縮んだせいで、張宇の服が肩からずり落ちそうになっている。だが、それでも英翔の凜(りん)とした気品は少しも損なわれていない。

「頼む、明珠。わたしはどうしても元に戻りたい。戻らなければならぬのだ。そのために、お前の力が必要だ。もしお前に何か望みがあるのなら、元に戻れたあかつきには、わたしの力が及ぶ限り、何であろうと叶えよう。だから……。頼む。協力してくれないか？」

ひざまずいたまま英翔が頭を下げると、季白と張宇が鋭く息を呑む呼気が届く。

だが、明珠の耳にはろくに入っていなかった。

英翔の手が、かすかに震えている。

いつも自信にあふれていて、怖いものなどひとつもなさそうな英翔の手が、不安と緊張に。

解呪のためならば、明珠のような侍女に頭を下げることすら厭わないのだと、理解する。元の姿に戻ることが、英翔の一番の望みなのだ。

誰が、偽りのままの無力な姿でいたいだろう。この先、禁呪がどんな悪影響を及ぼすかも、まったくわからないのだ。

そっと英翔の手の中から右手を引き抜くと、英翔の顔が傷ついたように凍りつく。誤解させたのだと気づいて、あわてて椅子を後ろに押すと、床に膝をついて英翔と視線を合わせる。

「もちろん、協力いたします！　私にできることでしたら、何でもさせてくださいっ！　前に言ったではないですか、私は英翔様のためでしたら、何でもいたします、と！」

「明珠っ！」

「わっ！　ちょ……っ！」

突然、英翔に飛びつかれて体勢を崩す。こらえようとしたが、だめだった。

英翔もろとも床に倒れる。

「すまんっ。喜びのあまり、つい……。頭を打ったりしていないか？」

目の前に、少年英翔の愛らしい面輪がある。

嬉しくてたまらないという幼い笑顔に、明珠の心もはずむのを感じる。

やっぱり英翔は笑っているのが一番だ。見ているだけで嬉しくなる。

青年英翔の時は、秀麗な面輪が近くに来るだけで心臓に悪いが、幼い英翔だと、むしろ嬉しくてほっこりした気持ちになるから不思議だ。

「大丈夫です」

身を起こしながら微笑みかける。

「でも……。いったい私は何をすればいいんですか？　どうやったら英翔様の禁呪が解けるかなんて、私にはさっぱり……」

「大丈夫だ。それについては、ひとつ推測を立てている」

「すごいですね！　それで、推測っていうのは——」

不意に、英翔の顔がぐいと近づく。

かと思うと。

「っ!?」

突然、唇をふさがれる。

「なっ!?　な——っ!?」

思わず英翔を突き飛ばし、後ずさる。がつんと肩に椅子が当たり、大きな音を立てるが、他の衝撃が大きすぎて、痛みなど感じていられない。

「……解呪の《気》がわたしに流れ込むことで、一時的に禁呪が緩和されるかと思ったんだが……。戻らんな」

少年のままの英翔が、至極生真面目な表情で考え込む。

「だが、この推測で大きく誤っていないはずだ。なんせ、これほど……。時間が短すぎたのか？」

呟いた英翔が、明珠へと身を乗り出す。

「きゃ――――っ！」

明珠は反射的に叫んで、肉づきの薄い胸を突き飛ばした。

「なななななっ、何なさるんですか急にっ!?　く、くくく……っ」

混乱のあまり言葉がうまく出てこない。対する英翔は、冷静そのものだ。

「何とは……。元の姿に戻る方法を確定させるための実験だ」

「実験っ!?　実験で、く、くく……をする必要が、どこにあるんですかっ!?」

「考えれば、すぐ推測できるだろう？」

まるで出来の悪い生徒を諭すように、英翔が説明する。

「一度目も二度目も、禁呪が解けたきっかけは、お前との接触だった。おそらく、解呪の特性を持つお前と、一定の条件を満たしてふれた時に、解呪の《気》がわたしにかけられた禁呪を緩和するのだと思われる。術師の《気》が一番出入りしやすい場所が口だということは、お前も知っているだろう？」

「し、知ってます……」

蟲を召喚する時、術師が蟲語を唱えるのも、口から吐く《気》に蟲語を合わせることで、現世と異界との境を越える力を蟲に与えるのだ。それゆえに、術師が持つ《気》の性質や量は、そのまま術師の力量に直結する。

「で、でも……っ！」

「禁呪を解くためなのだ。頼む」

英翔に真剣極まりないまなざしで頼まれ、思わず頷きそうになる。が。

「で、でも、張宇さん達の前でする必要はありませんよねっ!?」

助けを求めて、張宇と季白を仰ぎ見る。

二人とも、さっきから凍りついたように身動きひとつしない。

明珠と目が合った途端、張宇は気まずそうに咳払いして視線を明後日の方向へ逸らせたが、季白は彫像のように固まったままだ。

「張宇さん、助けてくださいっ！　英翔様を説得してくださいよ！　こんなのっ、こんなの……っ」

恥ずかしさのあまり、声が潤む。ぎょっと目を見開いて、張宇があわてたように腰を浮かせた。

「えーその、英翔様……。あんまり性急すぎると、明珠に泣かれますよ？」

こくこくこくこくこくっ。

張宇の言葉に、「そうだそうだ！」と何度も頷く。

「む……。それは困るな」

眉を寄せた英翔に、わずかに安堵したのも束の間。

「えと、とりあえず俺は、席を外しますので……」

「ちょっ!?　張宇さんっ、張宇さーんっ！　私を見捨てて行くんですかっ!?」

縋（すが）りつく明珠の声に、張宇は心底困った様子で眉を寄せる。

「すまん明珠。助けられるものなら助けてやりたいが……。一度、こうと決められた英翔様は、誰が何と忠言しても無駄なんだ。悪いが、諦めてくれ」

「諦めてくれって……。諦められませんよっ！　だって、だって私……っ！」

指先で、自分の唇を押さえる。燃えているように熱い唇。

初めてだったのだ。くちづけなんて。

それを、それを……っ！

「季白さん！　いつも英翔様の無茶を止めてくださるのは季白さんでしょう!?　もっと他の方法を考えるようにって、英翔様の暴走を止めてくださいっ！」

こうなったらもう、頼れるのは冷徹大魔神・季白しかいない。

季白に借りを作るなんて、恐ろしすぎて震えが止まらないが、背に腹は代えられない。

「季白さん！　季白さんっ!?　お願いだから正気に戻ってください――っ！」

「おい季白」

「はっ！」

明珠の声は無視だったのに、英翔が声をかけた途端、季白の目に焦点が戻る。

「お前達がいると邪魔だ。さっさと部屋から出て行け」

「だめです行かないでくださいっ！」

張宇と季白に追い縋ろうとした手を、はっしと英翔に摑まれる。

楽しそうに笑って、英翔がひと言。

「なんだ。明珠は見られたい性質なのか？」

「何わけのわかんないことおっしゃってるんですか!?　いやーっ、行かないでください季白さん！」

「――明珠」

「はいっ！」

ゆらり、と幽鬼のように立ち上がった季白に地の底を這うような声で名を呼ばれ、反射的に背筋を伸ばす。

「あなたのような小娘が、英翔様のご寵愛を賜るなど……。己がどれほど幸運な立場か、まったく理解していないようですねっ!?　わたしが英翔様にくちづけを求められたら、感涙にむせび泣き、どうぞお願いいたしますと、こちらから地に伏して拝みたてまつりますよ!?」

「ぶはっ！」

「いや待て季白。わたしは天地がひっくり返ろうと、お前にくちづけなどせんぞ」

拳を握りしめ、わなわなと震える季白は、敬愛する主のつっこみも耳に入ってないようだ。

「泣き言は認めません！　英翔様のお望みに応えるのが侍女たるあなたの仕事でしょう!?　特別手当だろうと何だろうと出してやりますから、とっとと英翔様のご要望に応えなさいっ！」

「とっ、特別手当なんていりませんっ！　だから……っ」

いつもなら心惹かれる『特別手当』という単語に、嫌悪感を覚えたのは初めてだ。

（だって、く、くくちづけで『特別手当』って、何だかそれって……）

明珠の倫理観が、それはだめだと叫んでいる。

「季白、張宇、さっさと出て行け。それとも、蹴り出されたいか？」

英翔が幼い顔に苛立ちを隠さず、従者二人を睨みつける。

「はっ、申し訳ありません。すぐに」

「……すまん、明珠……」

「あああああ〜〜っ」

願いもむなしく、季白と張宇が出て行く。

扉がぱたりと閉まった瞬間。

「さあ、これでいいだろう？」

「きゃ……っ」

不意を突いた英翔に、床に押し倒される。

「英翔様っ!?　待っ――、んんっ！」

身を起こす間もなく、英翔の柔らかな唇がふたたび明珠の唇をふさぐ。

恥ずかしさに身体中の血が沸騰しそうだ。頭が真っ白になって、何も考えられない。

「く、ぅ」

明らかに、さっきよりも長い間、くちづけていた英翔が、低く呻いて身を離す。

少年らしい幼い曲線を描く頬は、うっすらと紅い。

「何なんだ、お前のくちづけの甘さは……っ。わたしを酔わせる気か……っ!?」

「？　何をおっしゃって……？　っていうか、戻ってませんよ。やっぱり、推測は間違いなんじゃあ……」

身を起こしてそそくさと距離をとりながら、じとっ、と英翔を睨む。

二度もくちづけをされて、「やっぱり間違いでした」では情けなすぎる。

「……戻った時は、二度とも明珠のほうからふれてきたからな……。もしかしたら、《気》の流れも条件のひとつかもしれん。後は、術をかけながらというのが条件の可能性も……。しかし、術に関しては今朝、失敗したしな……」

床にあぐらをかき、腕組みをして呟いていた英翔が、明珠を見る。

「よし。次は明珠からくちづけしてくれ」

「でっ、できませんよそんなことっ！」

ぶんぶんぶんぶんっ！

とんでもないと首を振る。

「……わたしがこんなに頼んでもか？」

「っ!?　そこで上目遣いのおねだりは卑怯だと思いますっ！」

どこまでも愛らしく上目遣いで見上げてくる英翔に、ぐらりと大きく心が揺れるが……。

だめだ、ここで流されるわけにはいかない。

と、英翔が口元に不敵な笑みを浮かべる。

「明珠、お前は約束を守らぬ奴をどう思う？」

「どう思うって……。約束を守るのは、人間として最低限の礼儀のひとつだと思いますけど……」

「うむ。明珠なら、そう答えると思っていた」

「あの……？」

にこやかに——この上もなく楽しそうに、英翔が悪戯っ子の笑みを見せる。

「言っただろう？　『何でもする』と」

「っ!?　言いました！　確かに言いました、けど……っ」

「けど？　なんだ？」

にこにこと英翔が続きを促す。

（だめだ……。これ、絶対に英翔様に勝てない……）

うかつなことを約束した自分を恨むしかないが、約束は約束だ。

そもそも、良心の呵責もなく約束を破れる性格だったら、自分が作ったわけでもない父親の借金のために、蚕家にまで奉公しに来たりなんてしない。

何より、『何でもする』と生半可な気持ちで英翔に約束したわけではない。英翔の役に立ちたい気持ちは本心だ。

「わかりました！　一度約束したことです、反故になんてしません！　で、でも……っ」

だめだ。英翔の口元に視線を向けるだけで、恥ずかしさのあまり失神しそうだ。それなのに。

（く、口になんて……。できるわけないじゃないの――っ！）

「ほ、頰にじゃだめでしょうか……？」

おずおずと、代替案を申し出る。

「ふむ……」

英翔が腕を組んで考え込む。

「確かに、一度目はくちづけしたわけではないからな。さまざまな可能性を探るのは悪いことではない」

ん、と英翔が横を向き、白磁のようになめらかな頬が目の前にくる。

(頑張れ私っ！　約束はちゃんと守る大人なんだから……っ)

ぎゅっ、と固く目をつむり、くちづけ……というより、唇を突き出して英翔の頬に突撃する。

ちゅっ。

「ど、どうですかっ!?」

目を開けた明珠の前にいたのは。

「戻ってないぞ」

「あああああ〜〜っ」

少年のままの英翔の姿に、がくりと肩を落とす。

「では、次は口に、だな」

「英翔様っ!?　なんでそんなに楽しそうなんですかっ!?　もしかして、私のこと、からかって楽しんでませんかっ!?」

「からかう？　わたしが元の姿に戻りたいと願っている気持ちは、本物だぞ」

正面から真摯なまなざしで見つめ返され、明珠は疑った自分を恥じる。

「そうですよね。一刻も早く禁呪を解きたいですよね。すみません……」

「いや、そこまで落ち込むな」

手を伸ばし、優しく髪を撫でた英翔が口元をゆるめる。

「役得を楽しんでいるのは、否定せん」

「英翔様っ!?」

ひどい。こんなに困っているのに、それを楽しんでいるなんてひどすぎる。

目が潤む。半泣きになって目の前に座る英翔を睨みつけると、英翔は困ったように苦笑した。

「すまん。からかいすぎたな。だが、万にひとつでも解呪の可能性があるなら、あらゆる方法を試してみたいのだ。頼む。ほんの一瞬でかまわん。だから……」

「わ、わかりました！　わかりましたよ！　だから、そんな捨てられた子犬みたいな目でこっちを見ないでくださいっ！」

泣きたいのはこちらのほうだ。半分やけになって叫ぶと、英翔が愛らしい顔に花が開くような笑みを浮かべた。

「ありがとう、明珠」

（あーもうっ！　そんな可愛い笑顔はずるいです〜っ！）

「見られていては、やりにくいだろう？」

明珠の目の前に、ちょこんと行儀よく正座して、英翔が目を閉じる。

本当は明珠より年上だが、見た目は明らかに年下の英翔にこんな気を遣われるなんて、変な気分だ。

目を閉じ、端然と座って待つ英翔をちらりと見る。

女の子のように整った可愛らしい顔立ち。ついさっきまで、その笑顔に癒やされていたのに。

（……だめだ。心臓が爆発しそう……っ！）

「まだか？」

「も、もうちょっと！　もうちょっと待ってください……っ！」

目を閉じ、何度も深呼吸する。

(そうよ。英翔様だと思うから緊張するんだわ。目の前にいるのは順雪。可愛くていとしい、いい子の順雪……)

心の中で何度も呟き、自分を暗示にかけようとする。

(順雪だったら緊張しない。大丈夫。ちょっと一瞬、ち、ちちちち、ちゅっ、て……)

「あーだめやっぱり無理です――っ!」

ほとんど泣きそうになりながら叫んだ瞬間。

扉をばあん! と開け放たれ、気を失いそうになるほど驚愕する。

「さっきから聞いていれば何をぐずぐずと……っ!」

「季白。それ言ったらだめな台詞(せりふ)……」

「小娘! くちづけだろうと何だろうと、さっさと英翔様のお望みを叶えなさいっ!」

「きっ、季白さんに張宇さんっ!? なっ、なんで……っ!?」

「あー……」

張宇が申し訳なさそうに頭に手をやる。

「その、止めたんだが、な。力及ばず……。本当にすまんっ!」

深々と頭を下げた張宇の後頭部を見た途端、明珠の中で何かがキレた。

「つまり、扉の外で盗み聞きしてたんですね……っ!?」

わなわなと、握りしめた拳の震えが止まらない。

「いや、その……」

「盗み聞きが何だというのです!?　己の職務も果たさぬ小娘に――」

「ちょっと待て季白。盗み聞きを開き直るのは、人としてちょっとどうかと……」

「黙りなさい張宇！　一度この小娘にはがつんと言っておかねば！　英翔様のおそばに侍(はべ)られることが、どれほどの栄誉か――」

「最っ低ですっ！」

ゆらりっ、と拳を握りしめて立ち上がり、明珠は怒りに任せて腹の底から声を出す。

「三人ともひどいです！　破廉恥ですっ！　いったい乙女(おとめ)の唇を何だと思ってるんですか――っ！」

季白と張宇を突き飛ばし、後ろも振り返らず扉の外へと走り出す。

どこへ行きたいかなんて、自分でもわからない。

ただ、ここではないどこかへ、だ。

「……おい。明珠が完全にへそを曲げてしまったぞ。どう責任を取る気だ？」

逃げ出した明珠の足音が聞こえなくなってから。

立ち上がった英翔がじとっ、と季白と張宇を睨むと、二人は長身を縮めるようにして深々と頭を下げて詫(わ)びた。

「申し訳ございません。御身を案じるあまり、差し出がましいことをいたしました」

「申し訳ありませんでした。その……。明珠を、どうしましょうか？」

心配そうに問うた張宇の肩を、少し背伸びして軽く叩く。

「さっきので、お前もついに明珠に破廉恥よばわりされたな」

「……なんで、そんなに嬉しそうなんですか……？」

「いや、仲間が増えて嬉しいだけだ」

にこやかに笑ってうそぶく。

「ああ、明珠を怒らせたことについては、さほど気にするな。急に迫りすぎてしまったのは確かだからな」

先ほどの明珠の反応を思い返すと、にやつくのが抑えられない。

なんだあの初々しい反応は。すればするほど、こちらのからかいたい気持ちが抑えられなくなるのを、本人は気づいているのか。

(……気づいていないな、あれは)

だからこそ、そばで見ていて飽きないのだが。

「英翔様、その……」

張宇が気遣わしげな声を出す。

「……明珠には、禁呪のことしか話されないのですか？」

張宇の問いに、「ああ」と即答する。

「ただでさえ、混乱させているのだ。これ以上の情報は、明珠には重荷にしかならぬだろう。今も逃げられたばかりだというのに……。さらに避けられては困る」

「……かしこまりました」

硬い表情で頷いた張宇に、引っかかるものを感じて問い返す。

「何か、気になることでもあるのか？」

「あ、いえ……。今後、明珠に英翔様のことを聞かれた時に、どこまで話してよいものかと思いまして……」

「お前の口からは、余計なことは一切、洩らすな」

告げた声の厳しさに、自分自身で驚く。

（さっき明珠に逃げられて動揺しているのか？　このわたしが？）

自問をすぐさま否定する。

（いや。わたしの正体を知ることで、思わぬ危険が及ぶ可能性もある。知らせないほうが安全だ）

ようやく見つけた解呪の手がかりなのだ。絶対に逃すわけにはいかない。

「わたしは明珠を追う。が、お前達、絶対についてくるなよ？」

釘を刺すと、季白が不承不承、頷いた。

「英翔様が元のお姿を取り戻すためです。仕方がありません……。が！　くれぐれも油断なさらないでくださいい！」

対照的に心配そうに頷いたのは張宇だ。

「その……。余計なお世話かもしれませんが、あまり明珠を泣かさないでくださいね？」

いつも穏やかで、とりわけ女人や子どもには優しい張宇らしい。

ふだんならごく自然に応じられるはずなのに、明珠の保護者のような物言いに、やけに苛立つ。

「わざと泣かせたわけではない。気をつけもする。……が、あいつ次第だ」

「え、英翔様っ!?」

張宇のうろたえる声を無視し、背を向ける。

(さて。明珠はどこか。台所あたりか……?)

足にまとわりつく長い衣が鬱陶しい。片手でからげ、引きずらないようにして歩きながら、無意識にもう片方の手の指先で、唇にふれる。

思わず我を失いそうになった甘い酔い。まだほのかに余韻が残るそれを。

(震えて、いたな……)

泣かせたいわけではない。張宇に告げた言葉は真実だ。

だが、それ以上に。

(必ず、元に戻ってみせる。このままおとなしく殺されてやるなど、真っ平だ。たとえ、明珠を泣かせることになろうとも……)

胸中に揺れる迷いを振り切るように、英翔は決然と階段を降り始めた。

(英翔様のばかっ！　張宇さんのばかっ！　季白さんのばかっ！　三人ともばかばかばかばかっ！　最低よ――っ！)

離邸のすぐ裏にある井戸のそば。掃除用具などを入れている物置の前に膝を抱えて座り込んで、明珠はひたすら心の中で主人と上司達を罵倒していた。

逃亡先に台所を選ばなかったのは、なけなしの理性が、逆上している時に刃物がいっぱいの台所はまずいだろうと囁いたからだ。

自室に戻れないとなると、あとは庭くらいしか明珠に逃げられる場所はない。

(三人にはたいした問題じゃないだろうけど、私にとっては大問題なんだから〜〜っ！)

ぎゅっ、と唇を噛みしめる。

さっきから涙が止まらない。まるで、心の中に収まらない混乱と羞恥が、涙の形をとってあふれているようだ。

哀しいわけではない。だが、どうしても止まらない。

「……明珠？」

少年らしい高い声に遠慮がちに名を呼ばれ、伏せていた顔を上げる。

「っ！」

目が合った瞬間、英翔の顔が傷ついたように歪む。同時に、まるで合わせ鏡のように明珠の心もずきりと痛んだ。

傷つけた。英翔を。決して傷つけたくなどないのに。

先ほどまで、あれほど暴れ回っていた怒りは霧散し――。代わりに、英翔を傷つけた自己嫌悪に心が裂ける。

今さら隠せるものではなかったが、手の甲と袖口で乱暴に涙をぬぐう。

「明珠、さっきはすま――」

「すみませんでしたっ！」

英翔が何か言うより早く、体勢を変え、がばりと土下座する。

「……」

英翔は無言だ。

（怒ってらっしゃる……？　そうよね。『何でもする』って言ったくせに、約束を破って逃げ出したんだもの……）

しかも、あんなに傷ついた顔を英翔にさせてしまうなんて。最低だ。

申し訳なさに顔を上げられないでいると。

「なぜ、お前が謝る？」

怒ったような英翔の低い声が降ってきて、思わず身体が震える。

答えられないでいると、身体の底から絞り出すような深い溜息（ためいき）が降ってきた。衣擦れの音がし、気配で英翔が目の前の地面に腰を下ろしたのがわかる。

が、英翔は口を開かない。黙ったままだ。

「英翔、様……？」

口もききたくないほど怒っているのだろうか。

怯（おび）えながらも、沈黙に耐えかねて顔を上げた明珠の目に飛び込んできたのは。

「っ!?」

まるで捨てられた子犬のような、今にも泣き出しそうに歪んだ少年の面輪だ。

「ど、どうなさったんですかっ!?」

着物が汚れるのもかまわず、英翔ににじり寄る。

「……自分で、自分がわからん」

うつむいて呟く英翔の声は苦い。

「元の姿に戻るためならば、何だってする。たとえ、お前を泣かせることになったとしても。さっきまで、そのつもりだった。だが……」

今にも泣き出しそうな顔を上げた英翔が、伸ばした指先で明珠のまなじりに残っていた涙をそっとぬぐう。

「お前の泣き顔を見た途端、決意が揺らいでしまった」

深く息を吸い込んだ英翔が、突然頭を下げる。

「謝らなければならぬのは、お前を泣かせてしまったわたしのほうだ。……すまなかった」

うなじが見えるほど深く頭を下げて謝られ、うろたえる。

「違います！　私が悪いんですっ！　何でもしますって言ったのに、約束を破ったから……っ！だからお願いです！　そんな顔をなさらないでくださいっ！」

「そんな顔？　どんな顔をしている？　今のわたしは？」

いぶかしげに問われて、戸惑いながら口を開く。

「なんだか……。今にも泣き出しそうな、不安そうな顔をなさっています」

「不安、か」

英翔がわずかに口元をゆるめる。

「そうだな。これほどの不安を感じたのは、初めてだ」

英翔が明珠に手を伸ばしかけ――、途中で、何かに気づいたように拳を握り込む。

「英翔様？」

小首をかしげた明珠に返ってきたのは、不安を隠せぬ英翔の声。

「……わたしにくちづけされたのが、泣くほど嫌だったのだろう？」

「違います！」

反射的に叫ぶと、英翔が驚いたように目を瞠る。

思考もまとまらぬまま、ただただ英翔の不安を消したくて、必死に言い募る。

「違いますっ！　嫌で泣いたんじゃありませんっ！　泣いたのは、びっくりして恥ずかしくて混乱して……っ。だって、だって私……」

説明するうちに先ほどの羞恥心が甦り、どんどん顔が熱くなる。恥ずかしくて失神しそうだ。

けれど、英翔を誤解させたままにはしておけない。

「と、とにかく！　自分で自分の感情が抑えきれずに爆発したからで……。英翔様が嫌で泣いたわけじゃありませんっ！」

「……本当、か？」

震える声で尋ねられ、こくんと頷く。不思議だ。あんなに恥ずかしいのに、心の中のどこを探しても、嫌だという気持ちは見つからない。

「本当、です。英翔様が嫌で泣いたわけじゃ……」

「前言撤回は受けつけんぞ」

「え？」

見返した視線が、英翔の強いまなざしにぶつかる。

心の奥まで見通すような、黒曜石の瞳。

「嫌でないのなら、遠慮はせん」

「わ――っ、待ってくださいっ。待って！」

近づいてきた薄い胸板を、両手で必死に押し返す。

「嫌じゃないのとこれは別問題ですっ！」

「そうなのか？」

「そうですよ！　英翔様が元のお姿に戻る方法を探しているのでしょう!?　一度、失敗している方法を試す必要はないじゃないですか！」

近い。顔が近いっ！

心臓が壊れそうだ。少年英翔に和んでいた頃の自分を返してほしい。

精神的に縋るものを探して、胸に下げている守り袋を摑もうとし。

「――あ」

「どうした？」

「あの……。英翔様が元のお姿に戻った時、私、術をかけている最中でしたよね？　術をかける時はたいてい、この守り袋を握っていて――、んっ！」

抵抗する間もなく、英翔に唇をふさがれる。

「大当たりだ」

離れた唇から洩れる、深く響く耳に心地よい声は。

「英翔様っ！　私、待ってくださいって言いましたよねっ!?」

目の前で甘やかに頰笑む青年を睨みつける。

「先に遠慮はせん、と言ったぞ？」

「それとこれとは話が別ですっ！」

悪戯っぽく笑う青年に言い返すと、途端に広い肩がしゅんと落ちる。

「……やはり嫌なのではないか？」

まるでしょげかえった大型犬のような姿に、

「ああもうっ、その顔はずるいです！」

思わず言葉が口をついて出る。

「そんな顔されたら、だめって言えないじゃないですか!! 嫌じゃないんです！ でも……っ、恥ずかしいからやめてください！ 私の心臓、壊す気ですかっ!?」

「それは困るな」

真剣な顔で頷いた英翔に、「でしょう!?」と畳みかける。

「ですから――」

「心臓が壊れぬように、慣れてもらわねばな」

「ちょっ……！」

ふたたび降りてきた英翔の顔を、必死で押しとどめる。

「そういう解決案を求めていたわけじゃありませんっ！」

いつの間にやら、英翔の腕の中に閉じ込められている。

だめだ。この体勢は危険な予感がひしひしとする。

顔が熱い。心臓が割れ鐘のように鳴っている。これは、本当に心臓が壊れるかもしれない。

「ほんとにお許しください。英翔様は慣れてらっしゃるかもしれませんけど、私は……っ」

最後まで言えず、唇を噛みしめる。

どうしてこんな恥ずかしい告白をしなければならないのか。

唇を噛みしめ、こぼれそうになる涙をこらえていると、英翔の大きな手が頬にふれた。

まるで壊れものを扱うような優しい手つき。

「……もしかして、初めてだったのか？」

遠慮がちな問いかけに、こくんと頷くと。

突然、息ができないほど強く抱きしめられた。

「え、英翔様っ!?」

「……殴ってよいぞ」

「ふぇっ？」

予想だにしないことを言われ、すっとんきょうな声が出る。

「殴りませんよ！　どうして殴る必要があるんですか!?」

英翔へ首を巡らせた明珠は、秀麗な面輪に浮かぶとろけるような笑みを見た。

「身勝手と知りつつも、お前の唇を初めて奪ったのがわたしであることに、喜びを抑えられない」

英翔の手が優しく髪をすべったかと思うと頬にふれ、そっと顎を持ち上げる。

「やり直すぞ」

「や、やり直すって……？　だめですちょっと待ってきゃ――っ！」

あわてて顎にかけられた英翔の手を振り払う。

「やり直しって何ですか!? そんなのいりませんっ!」

「だが、わたしは納得がいかん」

英翔は大真面目な表情だ。

明珠は何のことだかわからない。が、本能がこのままここにいては危険だと警鐘を鳴らしている。

「解呪の方法がわかったんですから、もうよろしいですよね!? 失礼しますっ!」

英翔の返事も待たず、明珠は脱兎(だっと)のごとく逃げ出した。

英翔から逃げ出し、さりとて侍女の仕事を放棄するわけにもいかず、悩んだ結果、明珠は夕食の仕込みが必要だろうと台所に戻った。昼食に《毒蟲》を仕掛けられるなんてことがあったのだ。今後、本邸から食事をとることはあるまい。

どんな食材が残っていただろうかと考えながら扉をくぐった明珠は、入るなり、台所の片づけをしていたらしい張宇にがばっと土下座されて、心底驚いた。

「明珠っ! すまなかった!」

「わあっ、何ですか張宇さんっ!? あのっ、立ってください!」

腕を持って張宇を起こそうとするが、鍛えられた大柄な身体は巌(いわお)のように動かない。

「いや。さっきのことを謝らないことには……っ!」

顔を伏せたまま、張宇が硬い声で告げる。

「さっきのこと？　とにかく、お願いですから立ってくださいっ！」

大の男に土下座されるなんて、居心地悪いことこの上ない。ぐいぐいとなおも腕を引っ張ると、張宇はようやくのろのろと長身を起こした。

だが、まだ顔は下を向いたままだ。

「その、さっき明珠に助けを求められた時、思わず英翔様のお望みを優先してしまったが……。婦女子の助けを無視するなんて、最低だった。本当にすまない」

英翔から逃げてひとまずは回避したと思った話題を持ち出され、うろたえる。

落ち着いていた顔がふたたび火照(ほて)る。が、うつむいたまま話す張宇は気づいていない。

「うら若い明珠にとっては大問題なのに……。くちづ――」

「わ――っ！」

言いかけた張宇の口を、思わず手でふさぐ。顔を上げた張宇の驚きに瞠られた目を見て、しまったと思うが、もう遅い。

ぱっと手を放しながら、あわてて言いつくろう。

「あのっ、さっきのことは別に怒ったりなんてしてませんから！　英翔様も謝りに来てくださいましたし！　もうほんとに気にしてませんっ！　だから張宇さんも……っ」

話すうちに英翔とのやりとりを思い出して、どんどん顔が――というより全身が火照ってくる。

ほんと、なんてことをしてくれたんだあの方。

可愛い弟にほっこりしていた平穏な日々を返してほしい……。と思って、いや、蚕家に来てからというもの、平穏な日など一日たりともなかったと思い直す。

きょとんと明珠を見つめていた張宇が、不意に柔らかに微笑む。飾り気のないいつもの穏やかな笑顔。

「俺にまで気を遣ってくれて……。明珠は優しいんだな」

ぽんぽんと子どもにするように頭を撫でられて、少しだけ落ち着きを取り戻す。

「……うー。張宇さんなら、全然平気なのに……」

どうして青年姿の英翔相手だと、あんなにうろたえてしまうのか、自分でもわけがわからない。

「ん？」

小さな呟きに張宇が首をかしげる。

「いいえっ、何でもありません！」

ふるふると首を横に振った明珠の前に。

「それで……。詫びといっては何だが」

張宇が卓の下から、ごとりと人の頭ほどもある壺を取り出した。蓋に貼られた紙に覚えがある。

霊花山(れいかざん)産の最高級蜂蜜だ。

「すまん。今、手持ちの中で明珠が喜びそうな物といえば、これくらいしか思い浮かばなかったんだ……。出かける機会ができたら、ちゃんとした詫びの品を買ってくるから！　ひとまず、これを受け取ってくれないか？」

「えっ、だめですよこんな高価なもの！　受け取れません！」

生真面目な表情で、ずい、と壺を差し出した張宇に、あわててかぶりを振る。

「怒ってないって言ったじゃないですか！　だから、お詫びの品なんていりません！」

「だが、それでは俺の気が済まない」

張宇の顔は真剣極まりない。

「これが気に入らないのなら、絹とか宝石とか、もっと年頃の娘さんが喜びそうな――」

「いいですいいですっ、これで十分です！　甘いもの、大好きですから！」

ここで受け取っておかねば、後日、とんでもなく高価な品を贈られそうだ。

正直なところ、絹や宝石を贈ってもらっても、もし身に着けて汚したり失くしたりしたらと思うと気が気ではないし、かといって贈ってもらったものを売り払うなんてとんでもないし、宝の持ち腐れになるのが明らかだ。それならば、甘味のほうが何倍もありがたい。

「ありがたくいただきます。でも……。本当にいいんですか？　この蜂蜜、張宇さんの秘蔵のものじゃ……？」

おずおずと問うと、張宇があっさりとかぶりを振る。

「大丈夫だ。それは予備の予備だから」

予備の予備……。いったい、張宇の部屋にはいくつ蜂蜜の壺が並んでいるのだろう。英翔と季白が、張宇の作る料理はすべからく甘いと言っていた秘密がわかった気がする。

「そ、それでしたら遠慮なく……。本当にありがとうございます」

深く頭を下げて礼を言うと、張宇が穏やかに微笑んだ。

「気にしないでくれ。俺が、良心の呵責を軽くしたかっただけだから」

（張宇さんって、本当にいい方だなぁ……）

肩の荷が軽くなったと笑う張宇に、つられて笑顔を返す。

「あの、ひとつ確認したいことがあるんですが……。今日って、夕食も本邸で用意してもらう予定でしたけど……。私が作っていいんですよね？」

台所へ来た主目的を思い出して確認すると、張宇の目が険しくなった。

「ああ。今後は本邸からの料理は、一切受け取らない。本当は食材も自分達で買いに行きたいくらいだが……。蚕家から近くの村へ行くだけでも、馬で四半刻近くかかってしまうからな。食材は本邸から取り寄せるとしても、調理の際には十分気をつけてくれ」

「わかりました！　でも、食材の買い出しなら、私が近くの村まで行ってきましょうか？　だいたいの場所ならわかりますし、一度頼みに行って、後は毎日届けてもらうようにお願いするのはどうでしょうか？」

蚕家に来る時に牛車に乗せてもらった親子のことを思い出しながら提案すると、張宇が頷く。

「そうだな。野菜に毒を仕込むのは難しいだろうが、調味料などは気をつけたほうがいいからな。本邸を通すより、直接買うほうがはるかに安全だ」

「今日の夕飯は、昨日本邸からもらった食材で作りますけど、かまいませんか？」

「ああ、量は足りそうか？」

「大丈夫ですよ。乾物もいっぱいありますし、夕食と明日の食事くらいは十分にまかなえます」

張宇がいつもたっぷり食材を持ってきてくれていたので、食糧庫にはまだ十分に食材がある。

貧乏根性が染みついている明珠は、潤沢にある食材を見るだけで嬉しい。それに、ありあわせの材料で料理するのは、実家にいた頃からの得意技だ。

力強く請け合うと、張宇がほっと息を吐き出した。

「本当に明珠がいてくれて助かったよ。俺と季白と英翔様の三人だけだったら、どんな食卓になっていたことか。俺と季白はともかく、英翔様に甘味ばかり召し上がっていただくわけにはいかないからな……」

「さすがに甘味ばかりじゃ栄養が偏っちゃいますよ。季白さんが目を三角にして怒りそうです」

「確かに。『こんなに甘味が続くくらいなら、椎茸を食したほうがましです！』とか言いそうだな、あいつは」

張宇と二人、顔を見合わせてくすくすと笑いあう。

昼食以降、初めて訪れた穏やかな時間に、今だったら、ずっと心の中に引っかかっていることを聞けるかもしれないと感じる。

「あの……」

緊張にこくりと唾を飲み込み、張宇を見上げる。

「張宇さん、ひとつ教えていただきたいんですけど……。いったい、英翔様はどんなご事情を抱えてらっしゃるんですか？」

《毒蟲》まで使って害そうとするなど、只事ではない。

ある意味、名門術師として名高い蚕家らしいともいえるが、蚕家の本来の役目は、禁呪を使って人を害そうとする術師を取り締まることだ。

その蚕家内部で、いったい何が起こっているのか。明珠が事情を知らないばかりに、英翔の不利益になるような事態を引き起こすのは、真っ平御免だ。

「英翔様のご事情を、私にも教えていただけませんか？」

真摯な想(おも)いを乗せて言葉を紡ぐ。

だが、返ってきたのは申し訳なさそうな張宇の困り顔だった。

「すまんが……。余計なことを言わないよう、英翔様に口止めされているんだ」

「え……っ？　どうしてですか!?」

ずきり、と釘を打ち込まれたように心が痛む。

事情を教えてもらえないということは、つまり、まだ明珠が信用されていないか、明珠には事情を知らせる必要がないと英翔が判断したということだ。

「あっ、俺から話すのは禁じられているけど、英翔様に直(じか)に尋ねるのは、もちろんかまわないからな？」

あわてて張宇が言い足すが、ろくに耳に入らない。

（私に事情を話すのは『余計なこと』なの……？　余計って何？　私は英翔様の心配をしちゃいけないの？　そりゃあ、私は来たばっかりの侍女にすぎないけど、でも……っ！）

英翔が狙われている理由が蚕家の跡取り問題であるのなら、英翔の敵はすなわち、明珠にとって腹違いの兄弟ということになる。

もし、蚕家に来た当日に告げられていたら、大いに困って思い悩んだことだろう。英翔も他の兄弟も、どちらも明珠にとっては半分血のつながった異母兄弟だ。まだ見もしない兄弟を敵だと定めるのは困難だったに違いない。が。

今の明珠なら断言できる。

もし、蚕家の他の兄弟と英翔のどちらかを選べと言われたら、明珠は迷わず英翔を選ぶ。

侍女として仕えている主人が英翔だからというのも、もちろん理由のひとつだが、それだけではなく――。

（私、英翔様のお役に立ちたい。もし、英翔様が狙われている理由が蚕家の跡目争いなんだとしたら……。私は、英翔様に次の当主になっていただきたい）

一介の庶民にすぎない明珠には想像もつかないが、名家である蚕家の当主ともなれば、絶大な権力を振るえることだろう。

（だったら私は――。自分の望みは自分の力で叶えてみせると言い切る、自分に人を助ける力があるのに、それをしないのは罪だと考える、英翔様のお力になりたい）

『自分だけが助けられるとわかっているなら……。助けたいと思うのは、自然な気持ちではないかしら？』

憧れていた母と同じ言葉を、真っ直ぐな瞳で告げた英翔。

彼が蚕家の次期当主となれば、きっとその力を良い方向に使ってくれるに違いない。

だというのに。

（英翔様にとっては、私は部外者にすぎないんだ……）

ずきずきと胸が痛くてたまらない。涙がにじみそうになり、明珠はぎゅっと唇を噛みしめた。

（ひどい……っ！　禁呪を解くのに必要だなんて言って、く、くくく……、あんなことをしておいて……）

思わず心の中で恨み言を呟いた途端、ふと、懸念が心の中をよぎる。

「あ――っ！」

「どうしたっ!?」

突如、大声を上げた明珠に、張宇が仰天する。

が、それどころではない。

両手で口元を押さえる。驚きのあまり、涙も引っ込んでしまった。

（さっきはびっくりしすぎて、思い至らなかったけれど……っ！）

兄妹でくちづけをするなんて、どう考えても人倫にもとる行為だ。

そもそも、明珠の倫理観から言えば、夫婦でも恋人同士でもない男女がくちづけを交わすなんて、破廉恥すぎてありえない。

ただ、明珠なりに、自分が同年代の少女達より恋愛事に関してかなり疎いらしいのは、ぼんやりと理解している。

順雪の世話と家事と労働に手いっぱいで、同年代の少女と恋の話で浮かれている余裕などなかったし、何より、明珠にとって恋愛とは、『よくわからないコワイもの』だ。

明珠の憧れであり師でもあった母、麗珠。

その母が生涯で唯一犯した過ちが、妻子ある男性との恋だったのだから。

臆病者と謗られてもいい。母に道を外させた恋なんてもの、これっぽちも知りたいとは思わない。

いや、今は明珠の意志はともかく。

（兄妹であんなことをしたなんて、万が一にでも人に知られたら、まずいに決まってる……。英翔様は、私が妹だなんて知らないんだもの。私だけが非難されるのなら、まだいい。けど、もし私のせいで英翔様が不利な事態に陥ったら……っ！）

「おいっ、とんでもない悲鳴が聞こえたぞ？　何かあったのか？」

「ひゃあぁぁぁっ！　え、英翔様っ!?」

突然、台所の入り口に季白を従えた青年英翔が現れて、すっとんきょうな声が出る。青年姿の英翔を見た途端、ばくばくと心臓が暴れ出す。恥ずかしさに頬に熱がのぼるのがわかった。

「ど、どうなさったんですか？　おなかでも空きましたか？」

「……わたしの顔を見るとすぐ腹が空いたのかと尋ねるのは何なんだ？　そんなにいつも腹が空いているように見えるのか、わたしは？」

英翔が秀麗な顔をしかめて、呆れた様子で呟く。動揺のあまり、とっさに口をついて出ただけなのだが、明珠は恐縮してかぶりを振った。

「す、すみませんっ。順雪と暮らしていた時のくせで、なんとなく……」

肩を縮めて詫びると、英翔があわてたように穏やかな声を出す。

「いや、別に責める気はない。それよりも……。明珠、お前に用があって来たのだ。守り袋の中身が何か、教えてもらおうと思ってな」

「守り袋、ですか……？」

おうむ返しに呟きながら、反射的に衣の上から胸元の守り袋を握りしめる。

守り袋が解呪の条件に関わっているのだから、英翔が中身を気にするのは当然だろう。

ちらりと張宇に視線を向けると、心得顔で促された。

「夕食の材料を切るくらいなら俺がしておくから、明珠は英翔様のお相手を頼む」

「ありがとうございます、張宇さん」

三日前、夕食を作る明珠の姿を英翔が座って眺めていた卓に三人で移動する。英翔と季白が並んで座り、明珠は二人に相対する形で腰かけた。

最初に口を開いたのは英翔だ。

「禁呪を解くためには、その守り袋が必要なようだが……。その中には、いったい何が入っている？」

問われて、守り袋を握りしめたままの手に無意識に力がこもる。

「この守り袋の中に入っているのは、母の形見です」

「母？　術師だったという？」

「そうです。母からは、決して他人に見せてはいけないと、受け継いだ時に固く戒められたのですが……」

ためらいがちの言葉に素早く反応したのは季白だ。不快げに眉をひそめた季白に、明珠はあわてて言い足す。

「もちろん、英翔様達にはお見せします！　禁呪を解くためであれば、解呪を専門としていた母が、見せるのを反対するはずがありません」

紐(ひも)を持って、着物の合わせから守り袋を引っ張り出す。

丁寧な手つきで中身を手のひらにのせ、英翔と季白に差し出すと、二人が同時に息を呑んだ。

「これは……。いったい何だ？」

英翔がかすれた声で呟く。

明珠が手のひらにのせたのは、赤子の小指ほどの直径の水晶玉だった。

だが、ただの水晶玉ではない。白い――ただの白というには清冽(せいれつ)すぎる、まばゆいばかりに輝く白い渦が、水晶玉の中で渦巻いている。まるで、霊峰の頂を飾る雲のようにも、身をくねらせながら天へと昇る龍のようにも見える。

「さわってもよいか？」

「はい、もちろんです」

青年英翔の長い指が、そっと水晶玉を持ち上げる。

目の高さに持ち上げ、光を透かしてためつすがめつし、握ったり手のひらの上で転がしたりして観察する。水晶玉にそそがれたまなざしは真剣そのものだ。

「季白。お前はこのような水晶玉について、見聞きした記憶があるか？」

明珠が見守る中、長い観察を終えた英翔が、季白に問う。

「申し訳ございません。わたしの知識を総動員しても、これが何かはわかりかねます。今まで調査した蚕家の文献の中にも、これに該当するような品物の記録はございませんでした」

英翔の長い指が水晶玉を握り込む。

「わたしもだ。これに何らかの大きな力が秘められているらしいのは、うっすらと感じ取れるのだが……。まるで、どこか懐かしさすら覚えるような」

低く呟いた英翔が、黒曜石の瞳で明珠を見据える。

「明珠。お前の母は、どのような手段でこの水晶玉を手に入れたのだ？」

射貫くような視線に背筋が伸びる。が、すぐにうなだれ、申し訳ない気持ちでいっぱいになりながら、首を横に振った。

「すみません。私が物心ついた時には、すでに母は水晶玉を持っていたので、入手した経緯はまったく知らないんです。ただ……。母は、この水晶玉のことを決して誰にも明かそうとしませんでした。小さい頃、母がしまい込んでいた水晶玉をたまたま私が見つけた時、ひどく叱られたことを、よく覚えています」

英翔の手のひらの水晶玉を見つめ、震えそうになる声を抑えて続ける。

「私が母から水晶玉を譲り受けたのは、いまわの際でした。母は私に、決してこの水晶玉を人目にふれさせぬよう、一生、護り通すようにと厳命して……」

「誰か、水晶玉の由来を知る者はいないのか？　父親とか……」

期待するような英翔の声音に申し訳なく思いながら、力なくかぶりを振る。

「いいえ。父は水晶玉の存在すら、知らないと思います。もし知っていたら、こんな価値のありそうなもの、すぐに売られて借金の返済に当てられていたでしょうから」

話すうちに、病床の母から水晶玉を託された時のやりとりを思い出す。

あれは母が亡くなる前日のことだった。一日中、朦朧と眠り続ける母が、ふと意識を取り戻し、明珠に水晶玉を託したのだ。

確か、母はその時――、

「うわごとのようにかすれた声だったので、よく聞き取れませんでしたけど、母はおそらく、『お返ししたいけれども、返すことは叶わないから……』と言っていたと思います」

弱々しく痩せていたというのに、明珠の手を握りしめた母の指先は驚くほど強い力で。

母が、死に瀕してまで水晶玉の行方を気にかけていることが、即座に知れた。

ならば、せめて母が安心して冥府へ旅立てるようにと、自分がこの水晶玉を誰の目にもふれさせぬよう守るからと母に誓い――。

母が亡くなった後は、形見の着物で守り袋を作り、義父に知られぬよう、ずっと肌身離さず身に着けていたのだ。

昔を思い出しながらとつとつと話した明珠に、いぶかしげに眉を寄せたのは季白だ。

「返す？　この水晶玉は、あなたの母上の物ではないのですか？」

「す、すみません。その後、母はすぐに意識を失ってしまって、結局、聞けずじまいで……」

季白の厳しい声に、身を縮めてかぶりを振る。

「手がかりはなしか……。明珠、母の名は？」

「麗珠です。楊麗珠と申します」

英翔の問いに反射的に答え、しまったと思う。

母から辿っていけば、やがて母が昔、蚕家に所属する術師であったことがわかるだろう。

（ううん。母さんが昔、蚕家に所属していたからといって、すぐに私の出自がわかるわけじゃないもの……）

実の父である蚕家の当主・遼淵ですら、明珠の存在を知らぬのだから。明珠が明かさぬ限り、明珠が遼淵の娘だと気づく者はいないに違いない。

「大切な形見を見せてくれて感謝する。ひとまず返そう」

英翔が差し出した水晶玉を両手で受け取る。

水晶玉にふれているだけで、あたたかな力が流れ込んでくるような気がする。人肌のようなぬくもりを感じるのは、ついさっきまで、英翔が握っていたからだろうか。

紐を通して首から下げている守り袋の中に、いつものように丁寧にしまう。

明珠にとって、この水晶玉は母を思い出すよすがとなる大切な形見であって、不思議な玉だとは思っていたものの、由来なんて今まで考えたこともなかった。

術師の中には、呪が込められた物や、蟲を封じ込めた巻物などを持つ者もいる。そうした術関連の品物のひとつだろうとしか思っていなかったのだが。

難しい顔で黙り込む英翔に、季白が慰めるように声をかける。

「遼淵殿に見せれば、何かわかるかもしれません。もう二、三日もすれば王城から戻られるでしょうし、遼淵殿のご意見もうかがってみましょう」

「えっ!? 今、御当主様（ごとうしゅ）はここにいらっしゃらないんですか!?」

驚いて尋ねると、季白が「何を馬鹿なことを聞いているんですか」と言わんばかりの顔になった。

「当り前でしょう。『昇龍の儀』に参加せぬ筆頭宮廷術師が、どこにいるのです？　遼淵殿がいなければ、儀式の進行すら危ういというのに」

季白の声はひどく苛立たしげだが、季白が怒っているのはいつものことだ。それよりも。

「そうなんですか……。御当主様は、ご不在なんですね……」

叱られる覚悟でせっかく本邸に忍び込んだというのに、会いたい人が二人とも不在だったなんて、我ながらなんという無駄足だったのだろう。

脱力のあまり卓に突っ伏しそうになるが、いやいやと思い直す。

(清陣（せいじん）様には偶然お会いできたし、絹の弁償もしなくていいとわかったんだし、結果的にはよかったもの)

どんな時でも、悪い面だけに注目するのではなく、いい面を見つける努力をするのが明珠の主義だ。でなければ、借金まみれの毎日を元気になんて過ごせない。

「当主の不在がそんなに驚くことなのか？」

じっと明珠を見ていた英翔に問われ、「そのう」と頷く。

「初日に秀洞(しゅうどう)様に会った時に、御当主様は忙しい方なので、一介の侍女が挨拶するために時間は取れないと言われまして。そりゃあ、不在でしたら、お会いできませんよね……」

「そんなに当主に会いたいのか？」

無意識に残念だと思う気持ちが出ていたのだろうか。英翔の問いに、あわてて言いつくろう。

「そりゃあ、蚕家の御当主様といえば、当代随一の術師と名高い方ですから。術師と名乗れない半端者の私でも、どんな方かお会いしてみたいなって思いますよ！」

「会って幻滅するのがオチだと思いますけどね」

「そう言うな。アレで優れた術師なのは確かなんだ。わたし達が明珠の憧れを打ち砕くこともあるまい」

季白と低い囁きを交わした英翔が、明珠を振り返ってあっさり告げる。

「会えるぞ」

「へ？」

「『昇龍の儀』さえ終われば、遼淵はここへ戻ってくる。王都からここまでは二、三日の道のりゆえ、数日中には会えるだろう。お前の水晶玉を見せて、意見を聞く必要もあるしな」

思いがけない幸運に心が躍るが、あからさまに表に出ないよう、ぐっと抑え込む。

だが、期待がふくらむのは抑えられない。

（やった！　あと数日で実の父さんに会える……っ！）

どんな人だろうか。蚕家の当主であり、英翔の父であり、何より、母が道ならぬ恋をしてまで愛した人なのだ。きっと立派な人物に違いない。

「守り袋の中身は確認できましたが、正体がわからないのでは遼淵殿を待つしかありませんね。英翔様、ひとまず書庫へ戻りましょう。明珠、今日の夕飯は、少し早めに支度できますか？」

「はいっ。すぐに作り始めます」

話を打ち切り立ち上がった季白につられて、明珠も立ち上がる。

「張宇。風呂の支度も早めてほしいのですが」

「わかった。じゃあ、夕飯の支度は明珠と交代して、俺は風呂の準備をしてこよう」

張宇と交代し、明珠は夕食の支度にとりかかった。

夕食後、護衛も兼ねて英翔が入る風呂の火の番をした張宇は、風呂上がりの英翔に、私室まで明珠に水を持ってこさせるようにと命じられ、台所へ向かった。
「俺が持っていきましょうか？」
と尋ねたが、英翔は水を持ってこさせる以外にも明珠に用があるらしい。
「いや、明珠に持ってきてほしいのだ」

と、悪戯でも企んでいるかのような表情で言われ、張宇はおとなしく引き下がった。張宇が意見したところで、簡単に意を曲げる英翔ではないのだ。それに、英翔が明珠に無体な真似をするとは思えない。

英翔の要望を台所にいる明珠に伝えた張宇は、自分も風呂へ行こうとする途中で、季白に呼び止められた。

「張宇。ちょっといいですか？」

まだ髪に湿り気を残した季白に招かれるまま、図書室のひとつに入る。

季白が呼び入れた図書室は、室内のほとんどが背の高い本棚で占められていた。丁寧に収納されている冊子も巻物も、どれも古色蒼然とした古書ばかりだ。古い書物の匂いがする。

見かけによらないとよく言われるが、張宇は意外に本好きだ。残念ながら、離邸にある本は『蟲語』で書かれているものばかりなので、一冊も読めないが。

部屋の隅に書見用にひとつだけ置かれている卓に対面で座るなり、季白が口を開く。

「今日で確信を持ちました。英翔様にかけられている禁呪は、時を戻し、少年の身体に戻しているというような、奇想天外なものではありません」

「ああ。確かにそれは、禁呪をかけられてすぐ、英翔様もおっしゃっていたな」

半月ほど前に英翔が刺客に襲われた際、いくつかかすり傷を負った。英翔が少年姿に変わっても傷が残ったままだったことから、導き出した推論だ。

そもそも、時間を巻き戻すという術が存在するなど、張宇の想像の範囲を超えている。

「それで？　それを言うためだけに、俺を呼び止めたわけじゃないんだろう？」

水を向けると、「もちろんです」と、季白が大きく頷く。

「英翔様についてわかったことを、あなたにも伝えようと思いまして」

その言葉に、先ほど風呂釜に薪をくべながら壁越しに聞いた、英翔と季白のやりとりを思い出して苦笑する。

季白が、『お背中を流させていただきます。ついでに、御身に異常がないか調べさせてください』と、強引に風呂に入り込み、途中、英翔が少年姿に戻ってしまったせいで、季白の調査はさらにしつこくなってしまった。

最終的には、季白を鬱陶しく思った英翔が、

『邪魔だ、鬱陶しい！　わたしで出汁でもとるつもりか！』

と季白に湯をぶっかけ、風呂場から蹴り出したのだが。

「今回は、予想外の方向に一気に事態が動き出して、さしものわたしも、あなたと話をして頭を整理したいですしね」

珍しく弱音らしきものを吐く同僚に、張宇も「まったくだ」と同意を返す。

季白の言うとおり、今日は驚愕することばかり起こっている。

「英翔様は何とおっしゃっていたんだ？」

三人の中で最も蟲招術についての知識があるのは、術を使える英翔だ。

「英翔様がおっしゃるには、禁呪はやはり、英翔様の《気》を封じるものではないかと。《気》を封じられたために、術が使えなかった少年の頃の姿まで戻ったのではないかというのが、英翔様の推論です」

術師の才を持つ者は、基本的にごく幼い頃から、才能を発揮する。

蚕家の当主、蚕遼淵がいい典型で、まだ三歳の頃から誰に教わらずとも《蟲》を喚び出し、戯れていたのだという。「栴檀は双葉より芳し」のことわざのとおり、長じた現在も、当代一の術師の名をほしいままにしている。

その点、英翔は特異だった。

五歳を過ぎる頃まで、英翔は術はおろか、《気》の発現さえ、ほとんど感じられなかった。

術を使えるようになったのは、ようやく十二歳を過ぎた頃――。だが、今では龍華国で五指に入る実力の持ち主と目されている。

幼い頃は、術が使えないことが結果的に英翔の身を守ることになっていたが、刺客に狙われている今、術が使えないことは、文字どおり命取りになりかねない。

「俺は、蟲招術に関してはまったくの素人だが……。しかし、英翔様の《気》を封じることなど、可能なのか？　あの方の――」

「それについては、英翔様ご自身が、誰より疑問に思ってらっしゃることでしょう。ですが、現実を認めないわけにはいきません。もちろん、英翔様にかけられた禁呪の内容を探ることも急務のひとつです。禁呪について知ることができれば、それだけ解呪の可能性が高まりますからね。可能なら、禁呪をかけた術師を生け捕りにするのが、一番手っ取り早いのですが……」

思考の海へと沈みかける同僚に、そういえば、こちらも相談したいことがあったのだと、あわてて口を開く。

「季白、食事のことなんだが……」

昼間、明珠から提案された内容を告げる。

「ただ、今日《毒蠱》を仕掛けられたばかりで、英翔様の警護をゆるめるのは不安だ。悪いが、明珠にはひとりで村まで行ってもらうか……。こんな時に安理がいれば、もう少し取れる手もあるんだがな……」

今ここにはいない、もうひとりの同僚を思って呟く。

「そうですね。安理がいれば、裏取りなども楽だったでしょうが……。いないものはどうしようもありません。彼には別の重要な任務がありますからね。わかりました。仕方がありません、英翔様のお食事のためです。わたしが明珠と一緒に行きましょう」

予想外の申し出に、思わず季白の顔をまじまじと見つめる。

季白が我が身より英翔の安全に砕きすぎるほど心を砕いているのは、そばで見ていて十二分に感じているが。

「……季白。何を企んでいる？」

二十年来の友人であり、同僚だ。

張宇の勘が、季白が単なる職務と厚意で言っているわけではないと、訴えている。

「村へ買いに行く提案は、明珠から出たのでしょう？」

冷ややかな声に、思わず呆れ混じりの吐息がこぼれる。

「お前、まだ明珠を疑っているのか？」

季白の執念深さには恐れ入る。

張宇の中で、明珠はほとんどシロだ。

父親に多額の借金があるらしいが、明珠には驚くほど暗い影がない。はつらつとして明るい性格には、張宇も今日癒やされたばかりだ。英翔が気に入るのも、わかる気がする。

（それにしては、気に入りすぎな気もするが……。季白が懸念しているのも、そこなのか？）

季白が苛立たしげに張宇を睨みつける。

「まさか、あなたまであの小娘に懐柔されたのではないでしょうね!? 小娘をつけあがらせるのは、英翔様おひとりで十分です！」

「つけあがらせるって……。明珠はつけあがってなんていないと思うぞ？」

張宇の言葉に、季白の視線の鋭さが増す。

「昼食を思い出しなさい！《毒蟲》が仕込まれていたのは、明珠が毒見をし、給仕した椀です！あれを疑わずに何を疑うというのです!?」

「しかしなあ……。《毒蟲》だと、俺でも気づけていたか怪しいぞ」

いちおう明珠を擁護したが、無駄だった。季白のまなざしが鬼火のように燃える。

「わたしの勘が、あの娘はどこか怪しいと、びしびしと訴えているんです！」

「……お前の勘か……」

溜息をつくと、頭の後ろに手をやり、がしがしとかく。

ふだんの張宇は勘など滅多に信じないが、季白の勘だけは別だ。

こと英翔に関する事柄に限り、季白の勘はやたらと当たる。主人に対して一途すぎる忠誠心が、人智を超えた力を引き出しているのかもしれない。

思えば半月前、刺客に襲われた時も、《盾蟲》を飛ばして警戒していた英翔よりも早く刺客に気づいたのは、季白だった。

今日の昼食もそうだ。いち早く警告の声を上げたのは季白だった。

その季白の勘が、明珠を怪しいと睨んでいるのだ。これは張宇がどれほど言葉を尽くしても、説得は不可能だ。

「季白。お前の勘だが、その……。英翔様が、ことのほか明珠を気に入っているから、という理由じゃないだろうな？」

尋ねた瞬間、季白の切れ長の目に、怒りの炎が燃え盛る。

ぎりっ、と奥歯を噛みしめた音が、張宇にまで届いた。

「わたしがそんな理由で勘を鈍らせると!? そうではありません！ わたしの苛立ちはひとえに、あの小娘が、どれほどの栄誉に浴しているか理解していないせいです！ あの慮外者が……っ！」

「それは、明珠の咎ではないだろう？ 英翔様が明珠に『あのこと』をお伝えしていないからだ」

溜息混じりに告げると、ふたたび険しいまなざしで睨まれた。

もともと細かく、あれこれと口うるさい性格だが、英翔への襲撃があってからというもの、輪をかけて神経質になっている。英翔に対する忠誠心と責任感の表れとも言えるが。

「とにかく！ 英翔様やあなたがいくら小娘を庇（かば）おうと、わたしは自分自身の目で見極めて、大丈夫だという確信が得られるまで、警戒を解きませんからね！」

憤然と言い切った季白に「で？」と続きを促す。

「具体的には、何をしでかす気なんだ？」

「しでかすとは人聞きの悪い。わたしはただ、あの小娘の正体を見極めたいだけですよ。それに、動くにはいい頃合いでしょう。敵は、《毒蟲》を仕掛けられて、こちらが動揺していると思っているでしょうからね」

どちらが悪人かわからない、含みのある笑みを浮かべた季白に、嫌な予感を覚える。

「おい。お前まさか、明珠を危険な目に遭わせるつもりじゃないだろうな？」

問うた声は、自分でも驚くほど低かった。

「正体がどうであれ、明珠は禁呪を解く唯一の――」

明珠が来た初日、十日ぶりに本来の英翔を見た時の感情が胸をよぎる。

己が主と認めた、ただひとりの御方。彼の大願を叶えるために、この身はあるのだから。

「もちろん承知していますよ。むざむざと失う愚を犯す気はありません。ですが――。人間、追い詰められた時ほど、本性が出るものでしょう？」

いっそ楽しげなほどにこやかな、季白の笑み。

説得を諦め、椅子の背にもたれながら、それでも張宇は言わずにはいられなかった。

「下手したら、英翔様に叩っ斬られるぞ、お前」

「本望ですよ」

間髪入れずに季白が即答する。

「英翔様のためならば、この身など、惜しくもありません」

「は――っ！」

天井を仰いで、盛大に息を吐き出す。

手段はともかく、張宇も季白も、英翔のために尽くしたいという想いだけは、一致しているのだ。

張宇は季白に視線を戻すと、諦めとともに告げる。

「お前のことだ。どうせ、英翔様に膾斬り(なます)にされても仕方がないような計画なんだろう？　俺に片棒を担がせるつもりなら、話せ。いろいろ突っ込んでやる。俺まで、英翔様に叩っ斬られるのは、御免だからな」

夕食後、台所で洗い物をしていた明珠に戸口のところから声をかけたのは、風呂の火の番に行っていた張宇だった。

「明珠。英翔様が、風呂上がりで喉が渇いたから、大きな杯に水をたっぷり入れて持ってきてくれと御所望だ」

「大きな杯に、ですか？」

なぜ、大きな杯なのだろう。英翔が一番風呂に入る際、「英翔様！　御身に異常がないか調べさせてください！」と主張する季白と押し問答をしていたが、そのせいだろうか。

「ああ、今日は長風呂だったからな。喉が渇いてらっしゃるんだろう」

張宇はなぜか微妙な苦笑を浮かべている。

「俺は先に風呂をもらうから、悪いが頼めるか？」

「はい、すぐにお持ちします」

戸棚から杯と水差しを取り出し、水差しにたっぷり水を入れる。喉が渇いているのなら、水差しで持っていったほうがいいだろう。

盆に水差しと杯をのせ、二階に上がる。

「英翔様。水をお持ちしました」

扉を叩いて告げると、中から、少年の高い声で「入れ」と許可が返ってきた。開けると、中にいたのは、やはり少年英翔だ。

明珠にとっては見慣れた姿に、ほっとする。

英翔は夜着の上に蚕家の紋が入った上着を羽織っていた。

長風呂だと張宇が言っていたとおり、上気して薄紅色に染まった柔らかな輪郭を描く頬が、桃の実を連想させて、何とも愛らしい。英翔が本当は青年であることを思わず忘れそうになる。

英翔の部屋は、離邸の中でもっともよい部屋だ。赤みがかった渋い茶色の柱に、漆喰(しっくい)の白い壁が映えて美しい。

寝台や家具も黒檀(こくたん)で統一され、どの家具にも、花や唐草、蔦(つた)模様などの細やかな彫刻が施されている。それらを毎日磨き上げるのも、明珠の仕事のひとつだ。

「お待たせいたしました。どうぞ」

水差しから硝子(がらす)の杯に水をそそいで差し出すと、受け取った英翔がひと息に飲み干した。よほど喉が渇いていたのだろう。いい飲みっぷりだ。

「助かった。干からびて木乃伊(ミイラ)になるかと思ったぞ。まったく、季白の奴ときたら、人の身体を隅から隅までいいように……」

不機嫌に呟きながら杯を差し出した英翔に、すかさずおかわりをそそぐ。

「今日は、結局季白さんとお風呂に入られたんですか？」

「違う。あいつが無理やり押し入ってきたんだ。身体に異常がないか調べさせろと。途中で、少年の姿に戻ったものだから、さらに長引いてな。……最後には、鬱陶しいから出て行けと蹴り出してやったが」

憤然と告げる英翔に、蹴り出されている季白の姿を想像して吹き出す。

「それはのぼせても仕方がないですね。お水はまだ、たっぷりありますから、遠慮なくお飲みください」

水差しを置いて退出しようとすると、「待て」と呼び止められた。

「お前を呼んだのは水を持ってこさせるためだけではない。他にも用がある」

英翔が指し示したのは、水差しを置いたばかりの卓の上だ。そこには、硯（すずり）と筆、何枚かの色あざやかな短冊が置かれていた。

「毎年、『昇龍の祭り』の時には、短冊に願いごとを書いて燃やしていると言っていただろう？」

「言いましたけど……。えっ、わざわざ用意してくださったんですか？」

驚いて、卓の上をしげしげと見る。

「英翔様ご自身は願いごとなんてないと、おっしゃっていたのに……」

「だが、お前は毎年しているのだろう？　今年は、わたしに仕えたばかりに短冊を燃やせなくて願いが叶わなかったと、後で恨み言を聞かされるのは御免だからな」

からかうように告げる英翔の口調はぶっきらぼうだが、明珠のためにわざわざ用意してくれたのは明らかだ。

「ありがとうございます！」

満面の笑みで礼を述べると、

「では、ここで書いていけ。短冊を燃やす灯籠も用意してある」

と促された。

「では、お言葉に甘えさせていただきます。でも、いいんですか？　すぐ燃やしてしまうのに、こんな高そうないい短冊に書かせていただいても……」

染料を混ぜ、色を付けた短冊は手ざわりもすべすべで、明らかに高価な紙だ。いつも明珠が短冊に使っている反故紙(ほごがみ)を集めてすき直した中古紙とは、格段に質が違う。

「張宇に短冊を用意させたらそれだったんだ。かまわんから書け」

(張宇さん、英翔様が使われると思って、いい紙を持ってこられたんじゃ……？)

そんな疑問が浮かぶものの英翔がいいと言っているので、ありがたく使わせてもらうことにする。

英翔が、明珠が話した内容を覚えていてくれたのが、純粋に嬉しい。

「では、ありがたく書かせていただきますね」

椅子に座り、筆をとる。短冊は十枚ほどあるが、明珠の願いは四つだ。

「英翔様は、お書きにならないんですか？」

向かいに座った英翔に水を向けると、杯を手にしていた英翔が「ふむ……」と考え込んだ。

「書く気はなかったが、お前が書くのなら、一緒に書いてみるのも一興かもしれんな」

「はいっ！　せっかくのお祭りなんですから、満喫しなきゃもったいないですよ！」

幸い筆は二本ある。明珠が残りの短冊を全部差し出すと、

「こんなには要らん」

と苦笑した英翔が、短冊を一枚引き抜く。

自分の短冊を書きながら視線を上げると、英翔は生真面目な顔ですらすらと筆を運んでいく。

背筋を伸ばし筆を運ぶ姿は、お手本のように綺麗だ。きっと字も達筆なのだろう。

書き終えた英翔が、満足したのか柔らかに微笑む。ふだん、大人びた表情か、悪戯っぽい表情しか見せない英翔には珍しい、柔らかな微笑み。

視線を外せず、見つめていると、「もう書き終わったのか？」と尋ねられた。

「あっ、ちょっと待ってください。もう少し……」

最後の願い、『英翔様がいつも笑顔で過ごせますように』と、丁寧に書き上げる。

「できました！」

「では、こちらに来い」

席を立った英翔についていくと、大きな硝子扉を押し開けて英翔が出たのは広々とした露台だった。斜め向かいの明珠の部屋には、露台などもちろんない。

露台に出て二階の高さから離邸の周りを見た瞬間、思わず感嘆の声が出る。

「わあっ、綺麗……っ！」

離邸の周りの木々には、明珠と張宇が飾った灯籠が数多く吊るされていた。

夜の帳が下りた今、《光蟲》が放つ光が色とりどりの紗を通して輝く灯籠は、まるで宝石を地上にちりばめたようだ。

「すごい！　綺麗ですねっ、英翔様！」

嬉しくなって英翔を振り向くと、柔らかな笑顔にぶつかった。

「そうだな。なかなか風情がある。……まさか、今夜を、怒りや苛立ちと無縁に過ごせるとは、思わなかった」

「英翔様？」

低く洩らされた謎の呟きに小首をかしげると、「何でもない」とごまかされる。

「ほら。短冊を燃やす灯籠はそこだ」

声音から、あまり突っ込んで聞かないほうがよさそうだと察し、英翔が示したほうへ目を向ける。

露台に出された小さな卓の上に、豪華な灯籠がひとつ置かれていた。

昨日、明珠が中の光蟲を還（かえ）した、英翔の部屋の窓に飾ってあった灯籠だ。覗き込むと中で蠟燭（ろうそく）が燃えていた。

「お前は、どんな願いごとを書いたんだ？」

「え？　前に英翔様に話したのと同じですよ。『順雪が立派な大人に成長しますように』と、『早く借金を完済できますように』と、『いつまでも元気で働けますように』と、あと、『英翔様がいつも笑顔で過ごせますように』って」

手を伸ばした英翔に短冊を渡して告げると、短冊に目を走らせた英翔が「ふうん」と頷き、短冊を返す。

「英翔様は、どんなお願いごとを書かれたんですか？」

『自分の願いは自分で叶える』と言っていた英翔が、いったいどんな願いごとを書いたのか。すこぶる気になる。と。

「秘密だ」

悪戯っぽく笑った英翔が、さっと灯籠の蠟燭に短冊をかざす。

「あっ！」

声を上げた時にはもう、短冊に炎が燃え移っていた。見る間に短冊が灰になり、薄く、ひとすじの煙が立ちのぼる。

「ずるいですっ！　英翔様は私の短冊を読まれたのに。ご自分のは内緒にするなんて！」

抗議したが、英翔はどこ吹く風だ。

「書くとは言ったが、見せるとは言っておらん」

「それはそうですけど……」

釈然としない思いに頰をふくらませると、英翔に笑われた。

「ふくれていないで、お前の短冊も燃やすといい」

「はい、ありがとうございます」

促され、明珠は一枚一枚、短冊を丁寧に蠟燭にかざして燃やしていく。

夜気の中に儚く立ちのぼる白く細い煙を見つめながら、明珠は胸元の守り袋を握りしめた。

(どうか、お願いごとが叶いますように……)

煙を見つめながら、真摯な気持ちを込めて、祈る。

「……まじないをしてやろうか？」

不意に、一歩踏み出した英翔に提案され、隣を振り向く。

頭半分高い明珠を見上げる少年姿の英翔の顔は、悪戯っぽい笑みをたたえつつも、どこか真剣だ。

うか。

「おまじない、ですか？」

明珠は聞いたことはないが、何か蚕家独自の、『昇龍の祭り』に関するおまじないがあるのだろうか。

「ああ。お前の願いが、天へ届くように」

「私のだけじゃだめですよ。英翔様のお願いも、ちゃんと届いてもらわないと！」

真剣に返すと、英翔が驚いたように目を瞠った。と、口元が柔らかな笑みを刻む。

「確かにそうだな。よし、ではそのまま目を閉じろ」

厳かに告げられ、言われたとおり、目を閉じる。

ふ、と英翔が笑む気配がした。かと思うと。

唇に、柔らかなものがふれる。

頬にふれた小さな手が、大きな手に変わって頬を包み込み。

「っ!?」

驚いて目を開いた時には、青年の英翔が、間近から明珠を見下ろしていた。

「やはりお前は、無防備にすぎるな」

苦笑とともに言われた言葉に、怒りと羞恥で、瞬時に頬が熱くなる。

「騙すなんてひどいですっ！」

頬に添えられた手を振り払い、抗議を込めて秀麗な顔を睨みつけると、英翔は心外だとばかりに返す。

「騙してなどいない。見てみろ」

骨ばった長い指先が示す先を見た明珠は、思わず息を呑んだ。

「何ですか、あれっ!?」

銀色に輝く細長いものが、夜の空をうねりながら天へと昇っていく。水の中を泳ぐ蛇のような動きだ。

大きさはさほど大きくない。子どもの肘から指先までの長さくらいだろう。

銀色の『蛇』の周りを彩るように揺らめいているのは、白く細かな粉だ。

あわてて灯籠の中を覗き込むと、短冊を燃やした後の灰がすっかりなくなっている。

「綺麗……」

まるで、粉雪の中を舞い昇っているようだ。

「黙ってくちづけたのは悪かった。だが、『あれ』を出すには、どうしてもこの姿に戻る必要があってな」

英翔の説明に思わず頷きかけ――。いやいやいやと思い直す。

(だめなんだってば！　本当は兄妹なのに、こんな……っ)

と、不意に英翔が嬉しそうに微笑む。珍しく感情を素直に出した微笑みに、思わず視線が奪われる。

「それに、やり直しもしたかったからな」

「やり直し、って……？」

昼間にも、よくわからないことを言っていた気がするが。

「灯籠の幻想的な光景を見ながら露台で、というのなら、まあ、まずまずだろう？」

……いったい、何がまずまずなのだろう？

わけがわからず英翔を見上げると、悪戯っぽい笑みを浮かべた英翔が、距離を詰めてくる。ふわりと高貴な香の薫りが夜気に揺蕩（たゆた）った。

英翔の大きな手が明珠の顎を掴み、くいと持ち上げる。甘やかな笑みを浮かべた秀麗な面輪が、ゆっくりと近づいてきた。

「まだ不満か？　足りないというのなら、満足するまで何度でも……」

「た、足りないとか満足とか、ごはんじゃないんですから、そんなの言われてもわかりませんっ！　失礼します！」

一瞬で熱を持った顔を振って英翔の手から逃れ、後ずさる。そのまま、明珠は身を翻して駆け出した。

廊下に飛び出し、扉を閉める寸前、

「ははっ、ごはんとは、明珠らしいたとえだな」

英翔が笑い転げる声が聞こえたが、明珠はかまわず大きく音を立てて扉を閉めた。

明珠が逃げ出した露台で、ひとりくつくつと喉を鳴らしていた英翔は、笑いをおさめると露台から地上を見下ろした。

明珠が感嘆の声を上げていたとおり、宵闇に沈む木々のそこここに灯籠が飾られた様子は、宝石をちりばめたようだ。

無意識に、記憶の中の王都の『昇龍の祭り』の景色と比較しそうになり――。かぶりを振って、記憶を追いやる。

今、英翔がいるのは王都ではなく、蚕家の離邸なのだ。実現するはずのない「もしも」を考えても、何の益もない。

だが、いくら理性が冷静さを保とうとしても、感情は別物だ。胸の奥では、こんな境遇に追いやられた怒りが、炎のように渦巻いている。

ともすれば己の身さえ灼（や）いてしまいそうな瞋恚（しんい）の炎に身を巻かれずに済んでいるのはひとえに。

感嘆にきらきらと目を輝かせ、灯籠を見下ろしていた明珠の笑顔を思い出す。

明珠があれほど喜んでくれたのならば、この景色も悪くはないと思える己がいることに、自分自身が一番驚いてしまう。

くちづけた途端、恥ずかしさに夜目にもわかるほど真っ赤になっていた明珠の愛らしい顔を思い出すだけで、己の口元が柔らかにゆるむのを感じる。

無防備で、とんでもなくお人好しで、たった五日前に出逢（であ）ったばかりだというのに、真剣に英翔のことを心配してくれる心優しい少女。

――たったひとつの、解呪の手がかり。

決してそばから離せぬと思うと同時に、ずっとそばに置いておきたいと願う己がいる。

こんな想いを誰かに抱（いだ）いたことなど、一度もない。

強いて言うのなら季白と張宇がそうなのかもしれないが、英翔にとって二人は運命共同体のようなもので、季白と張宇が英翔のそばを離れることなど、天地がひっくり返ってもありえない。

英翔に忠実に仕えてくれる二人のためにも。

つい、と地上から視線を移し、夜空を見上げる。

先ほど喚んだ《蟲》は、すでに姿を消している。喚び出す気などまったくなかったのだが、明珠があまりに真剣に願っているので、少しでも喜ばせたくてつい喚んでしまった。もし季白が知ったら、目を怒らせて説教するに違いない。

英翔は唇を引き結び、星がきらめく夜空を見つめる。その身の半分を闇に沈ませた半月は、まるで禁呪をかけられ、本来あるべき姿を失った英翔のようだ。

「決して……。敵のいいようになど、させぬ」

この夜空の下のどこかにいるだろう禁呪使いに挑むように、固い決意を宿して告げる。

禁呪に侵されたこの身は、深い闇の中にいるに等しい。

だが、ようやくひとすじの光明を得られたのだ。

「必ずや、禁呪を解いてみせる」

闇の向こうにある未来を見据えるように、英翔は固く拳を握りしめた。

呪われた龍にくちづけを 1 ～新米侍女、借金返済のためにワケあり主従にお仕えします！～上

2023年5月25日　初版第一刷発行

著者　綾束乙
発行者　山下直久
発行　株式会社KADOKAWA
〒102-8177　東京都千代田区富士見2-13-3
0570-002-301（ナビダイヤル）
印刷・製本　株式会社広済堂ネクスト
ISBN 978-4-04-682197-3 C0093

担当編集　永井由布子
ブックデザイン　AFTERGLOW
デザインフォーマット　ragtime
イラスト　春が野かおる

本書は、カクヨムに掲載された「呪われた龍にくちづけを　第一幕　～特別手当の内容がこんなコトなんて聞いてません！～」を加筆修正したものです。

英翔が抱える、もう一つの大きな秘密。
謎多き彼の、その本当の姿とは――。次巻でついに明らかに!
そして暗躍する術師たちの魔の手もすぐそこまで迫る――!
迫力も胸きゅんもさらにパワーアップ!
物語が大きく動き出す2巻、ご期待ください!

辺境の魔法薬師
自由気ままな異世界ものづくり日記
ながゆうき
ラスト：パルプピロシ
STORY
ある日女神に「私の世界の魔法薬を改革してほしい」と頼まれ転生すると、そこでは「最低品質」「ゲロマズ」「もはや毒」の三拍子が揃った悪夢のような魔法薬がはびこっていた！　辺境伯家の三男ユリウスとして転生した俺は、前世のゲームスキルを活かし魔法薬改革をスタートさせる。
激マズ魔法薬を発展させながら、
のんびりものづくりスローライフを楽しみます！
第7回カクヨムWeb小説コンテスト
異世界ファンタジー部門
特別賞
受賞作
MFブックス新シリーズ発売中!!
MFブックス

新しい雇い主は、
偏屈オジサマ魔法使い⁉
ほっこり異世界
再就職ファンタジー、
スタート‼
Story
三年間住み込みで働いた屋敷を理不尽に追い出されたルシル。彼女は新しい就職先を求めてド田舎にやってきたが、そこで紹介されたのは「余計なこと」を心底嫌う、気難しい魔法使いフィリスの屋敷だった。
何としても新しい職場を死守するべく、彼女は「余計なこと」地雷を回避するためにフィリスの観察を始める。
永年雇用は可能でしょうか
～無愛想無口な魔法使いと始める再就職ライフ～
yokuu イラスト：烏羽 雨

好評発売中!!

MFブックス既刊

「こぼれ話」の内容は、
あとがきだったり
ショートストーリーだったり、
タイトルによってさまざまです。
読んでみてのお楽しみ！

アンケートに答えて著者書き下ろし「こぼれ話」を読もう！

よりよい本作りのため、
読者の皆様のご意見を参考にさせて頂きたく、
アンケートを実施しております。

奥付掲載の二次元コード（またはURL）にお手持ちの端末でアクセス。

↓

奥付掲載のパスワードを入力すると、アンケートページが開きます。

↓

アンケートにご協力頂きますと、著者書き下ろしの「こぼれ話」がWEBで読めます。

- PC・スマートフォンに対応しております（一部対応していない機種もございます）。
- サイトにアクセスする際や、登録・メール送信時にかかる通信費はご負担ください。
- やむを得ない事情により公開を中断・終了する場合があります。